Andra boken

"Ett ögonblick av tålamod kan bevara oss för olycka. Ett ögonblick av otålighet kan förstöra hela livet."

P-C Wike

Fiffel

[fฺ̣if:el]

Spår av utveckling i Köttrymden

© 2016 P-C Wike
Tryck och förlag: BoD
Omslag: Windrike
Illustratörer: Ville, Joel, Ida

ISBN: 978-91-7699-076-6

Till mina filurer

Inledning
Om människor och djur i Laduvik
samt sysslor och förhoppningar

På Laduviks Gård någonstans i Stockholmstrakten hände det. Kossa 583 födde tre kalvar. Rut och Twist, lyckliga ägare till såväl djur som gård, var båda överförtjusta. Eller överförtjust var ingenting som Twist blev i onödan, så det var väl att ta i. Men Rut som redan innan trodde på livets mirakel och slumpens skördar, var minst sagt överförtjust. Förutom att ha berikats med tre kalvar, fanns där givetvis också en ko som för övrigt sällskapade med ytterligare mjölkgivare på gården. En hel drös Lappgetter hade de skaffat och höns hade de sedan tidigare. Det fanns en gammal älsklingshäst, så gammal och så älskad att vore den en snuttefilt, skulle den vid det här laget behöva köras i tvättmaskin både en och två gånger.

Gården sköttes med god hjälp av Mini, en liten man i stor kostym som de brukade säga. Han var son till den skicklige båtreparatören Mac Frödin och hans tystlåtna men skrivsugna fru Pia-Carin på andra sidan vägen. Mini som var en bra person men en godhjärtad slarver, hade enligt sin mors starka övertygelse förlänats med något slags syndrom. Vad han än arbetade med, gjorde han det som en maskin men saknade dessvärre helt känsla för smidighet för allt som hände runt omkring. Av den anledningen lyckades han vare sig skaffa eller behålla några ordentliga arbeten, vad nu ett ordentligt arbete var i dessa dagar. På Twists och Ruts gård arbetade Mini hårt och noggrant, han och getterna hade sin sorts kommunikation och allt fungerade toppen.

Mac var av den generationens båtmotorreparatörer som visste hur saker skulle skötas. I hans värld fanns inga genvägar och han avskydde alla varianter av tekniska nymodigheter. Deras hem hade successivt förvandlats till ett slags traktens museum men med ett tillägg som han själv inte förstod var den kom ifrån. En tomte i finstickad tomtedräkt i röd akryl, nära fyrtio centimeter hög och gjord av massivt trä. Runt magen hade den ett brunt bälte och i sin ena hand höll den en skylt med texten "GOD JUL". På slutet av de smala stumma benen satt ett par svarta träskor. Tomten hade bara stått där på kontoret en dag och ingen ville kännas vid den. Mac hade två flitiga kunder, Tobbe och Pernilla, som ofta besökte honom i diverse spörsmål kring båtar och båtmotorer. De hade fler båtar än de hann med att hantera. Dels två segelbåtar, det var små katamaraner som de rände runt med på trailer och även tävlade en del med, och så hade de en motorbåt som bara kostade pengar. Men som i och för sig försörjde Mac och Pia-Carin.

De två medelålders paren samt Mac, Pia-Carin och Mini plus en vrång ICA-handlare bodde någonstans i utkanten av Storstockholm. De gjorde vad de kunde för att överleva och förgylla vardagen. Det var en balansakt att ta till vara på energin och göra fler saker tillsammans än att enbart längta till helgerna, fylla livet med parmiddagar, heminredning och reglerbara tv-fåtöljer.
Var och en av dem hade verkligen allt man kunde önska, utom det kanske viktigaste av allt; förmågan att varva ned. Att inte rymma från sina liv utan i stället bo in sig i dem. Vara här och nu i sina göromål, tankar och observationer. Att fortsätta spana, vara nyfikna och noga undvika att soffa till sina värderingar. Förhoppningen de alla levde med var att förstå värdet av stunden innan den blev ett minne.

Något som Bengt styvnackat och medvetet avstod ifrån men som herr Frödin faktiskt klarade galant. Knappt utan att veta om det.

Kapitel 1
Om rävjakt och pizzamiddagar
samt om paret på bild och tomten i hallen

PANG! Det var lördag kväll, klockan var en bit efter tjugotvå. Äh, sådant reagerar man knappast på nu för tiden. Kan vara en förgasare, ett fyrverkeri eller vad som helst. PANG! Där kom ljudet igen men sanningen att säga började de ändå spekulera.

"Är det någon som skjuter?", undrade Pia-Carin. "Nä, ett skott låter mer distinkt, som en snärt", svarade Mac. PANG! Men vad är det som händer? PANG! PANG! Jaja, det kanske är någon fest någonstans. Ett fyrverkeri kanske? Plötsligt hörde de någon som smög i buskarna utanför. De hajade till.

Det var Twist. Han hälsade på dem med orden:

"Det är någon som skjuter."

De hade setts samma kväll hemma på Ruts och Twists gård över en bit mat och lite käbbel vilket var oerhört trevligt. Eller "en bit mat", lät ju flådigt. Dessvärre hade Rut sinkat bort hela tiden som behövts för matlagning på grund av att hon som vanligt fastnat i något läsvärt. Biten mat var inget annat än varsin pizza.

Så mycket kontakt hade de inte, grannar emellan, men nu kändes det plötsligt som om de skulle kunna ha lite skönt utbyte av varandra framöver. Twist hade hört skjutningarna när han och Rut hade suttit böjda över läsningen i ett resereportage från Grekland. Plötsligt hade det börjat panga där ute. Twist blev spikrak i ryggen och lyssnade fokuserat och uppmärksamt. Rut verkade inte notera något av det han hört och efter fjärde pangljudet, lämnade han henne och gick ut genom ytterdörren. Hon satt kvar, helt försjunken i det hon läste. Som vanligt.

Twist gick iväg till det enda hus vars dörr stod öppen, vilken var Frödins. När han närmade sig huset såg han att Mac och Pia-Carin satt framför tv:n vid den öppna altandörren. De reste sig och bjöd honom att göra dem sällskap på deras altan, glada över att se honom som det verkade. Kvällen var ovanligt ljum och vindstilla. Ganska ljus än, så där som den fortfarande kan vara i juli.

Nu ville Twist berätta att det nog var rävjakt minsann, det trodde han åtminstone, och att han kände hur det drog i skjut-tarmen som han sa. Han gillade det där med jakt men eftersom de inte längre hade någon jaktmark och eftersom Rut motsatte sig dödande av alla sorters levande djur, hade Twist slutat jaga. De hade hyrt ut sin jaktmark. Nu, tänkte han... kanske han kunde få vara med ändå? Bara smyga iväg, utan att säga ett knyst till Rut. Mac var ju en riktig karlakarl med klara värderingar, utan pjosk och med stadigt tänk. Klart att han ville skjuta lite räv, tänkte Twist.
"Vad säger du Mac? Jag har ett par pipor där hemma, ska vi ta med dem och göra rätt för medborgarlönen?"

Rävar hade på sista tiden setts i trädgårdar, bland barns kaniner och i familjers sängar. De har till och med börjat riva sönder sovrum om man skulle tro tidningsrubrikerna. Nu har de blivit på tok för många, åt helsike för närgångna och alltför skabbiga. Nu skulle de bort.
Mac tittade först på Pia-Carin, sen bort mot tv:n som de nyss suttit vid och sedan tillbaka på Twist. Så suckade han, sträckte lite på sig och sa:
"Ibland fattar man bara inte.
Jag ska hämta något att dricka åt oss, kanske vi skulle fukta strupen med lite Mackmyra, så snackar vi igenom det här med att härja runt och jaga. Man ska varva ner, inget annat. Minns du hur det var med vargarna, som någon kom på att man kunde flytta runt?"

Twist visste inte att han hört något om vargar. Herregud, han hade sina getter och mjölkningen och hönsen som Rut aldrig hann ut till eftersom hon fastnade i allt hon började läsa, och kon och kalvarna... så vargar ingick inte precis i hans intresse eller ansvarsområde skulle man kunna säga. Han anade dock att det där med att jaga inte skulle bli av, så kändes det i alla fall. Vad var det med folk egentligen? Han ville ha en jaktkamrat bara, ingen föreläsning om vargar. Okej, lite Mackmyra skulle nog slinka ner.
"Ja, tack, gärna det", svarade han. Mac hämtade ett glas och började snart prata vidare:
"Fyra gånger under två års tid försökte man flytta en vargtik från Västerbottens renar och ner till Stockholms län. Så fort hon släppts ut i Stockholmstrakten började hon gå uppåt igen, flera mil per natt. Det tog henne tio dagar att ta sig tillbaka till renbeteslandet som hon flyttats i från."

"Ja, det där kommer jag faktiskt ihåg när du säger det", ljög Twist.
 "Fyra gånger, det är inte klokt, men hon kom tillbaka en femte gång eller?" Han tänkte på Rut. Så dum skulle hon aldrig vara. Hon skulle stanna på platsen dit hon blev flyttad, eller i vart fall så länge det fanns något att flura över.
"Nej, man bestämde om. Hon skulle inte flyttas en femte gång, klart slut. Kostnaden uppgick till fyra miljoner så där gick människan bet. Men en annan dag kom någon annan på att för att undvika inavel räckte det med en vargstam på 180 djur och därför utlyste man i stället vargjakt. Och varg på varg sköts. Så vaknade någon upp ur krutdimman av alla korkade beslut och kom på att 180 djur var alldeles för få att ha kvar, sett ur perspektivet av gynnsam bevarandestatus."

Vad mycket han kunde, Mac. Det var nog ingen vanlig båtmotorreparatör det där, tänkte Twist vidare. Så kom han återigen och lustigt nog att tänka på Rut. Hennes bevarandestatus handlar inte om 180 sorters Rut, nej det fanns bara en som hon. Han fick plötsligt lite dåligt samvete över sin tanke med att gå bakom ryggen på henne och hennes värderingar. Han skulle försöka intressera henne för lerduveskytte, tänkte han. Då skulle han få lov att panga lite och hon skulle nog gilla att skjuta bara hon slapp döda något som levde.

”Men så skulle man ju aldrig göra om det handlade om exempelvis hackspettar”, sa plötsligt Pia-Carin som börjat delta i samtalet.

”Alltså bara skjuta på.”

”Eller lerduvor”, slapp det ur Twist, varpå både Mac och Pia-Carin hajade till. Twist log lite generat och bad om ursäkt.

”Äh, jag tänkte på en sak bara”, sa han.

”Så sant!” Svarade Mac. ”Klart man inte skulle. Den så kallade skyddsjakten avblåstes. Så dyrt hade det inte blivit, tyckte man, eller ja annat än för vargstammen då. Den hade ju minskat rätt ordentligt. Själva kostnaden för jakten var bara lite tidsåtgång och några varmintkulor.”

”Ja blyhagel är ju numera förbjudet”, flikade Twist in. Glad att även han kunde samla sig och säga något vettigt.

Herr och fru Frödin, det vill säga Mac och Pia-Carin och givetvis också Mini var verkligen trevliga att ha att göra med. De var så avspända och härliga. Det var bra att ha grannar så där nära och lite mysigt att kunna halka över när man behövde. I kväll var en sådan kväll. I går kväll hade det inte varit det, för då hade de liksom inte knutit de banden med varandra.

Pia-Carin var inte den mest pratsamma sorten, det var ingen av dem egentligen men Rut hade sagt till Twist att hon anade att Pia-Carin haft det tufft som mor till en pojke som inte riktigt fått livet att flyta på så där alldeles önskvärt. Ja, det var säkert länge sedan Pia-Carin haft ansvar över sin son som ett barn, men känslan fanns där att banden dem emellan alltid skulle vara av karaktären hjälpsökande och hjälpare livet ut.

Mini krympte ett par centimeter både över axlarna och mentalt när han var tillsammans med sina föräldrar. Deras förväntningar på honom, som den vuxne mannen han ändå var, var rätt så låga. Det hade både Rut och Twist noterat under de samtalen som fördes vid middagen tidigare.

Tanken var att Mini skulle kunna börja jobba på Ruts och Twists gård och han hade redan börjat bekanta sig med gården och djuren. Rut och Twist hade berättat om sina planer för Mini. Och när de beskrev vad de behövde hjälp med beträffande diverse sysslor och inte minst med djurskötseln, såg de att föräldrarna skickade menande blickar emellan sig. Ögonbryn hade höjts och dragits ihop mer än en gång och under berättelsernas gång stötte de till varandra då och då under bordet. Det syntes för hela duken rynkade sig varje gång.

För övrigt hade de alla pratat om de olika vardagsbestyren som upptog deras respektive tillvaro. Om glädjen i att kunna göra en sak i taget, att inte boka upp sig för mycket och att inte ackumulera stress. Där tänkte de så lika och spelade verkligen på samma strängar trots att det nästan var en generation emellan dem. Livet är för kort för att planeras bort hade Pia-Carin sagt, och det som måste göras planerade de ut över hela veckan. Aldrig packa på för mycket på en gång. Hinna andas, leva, känna och vara. Det resonemanget höll både Twist och Rut med om.

De var ändå helt överens om att stress inte bara var av ondo. Pia-Carin som ägnade väldigt mycket av sin vakna tid på biblioteket och där läste hon allt mellan himmel och jord, hade nyligen fångats av ny information. Det hade forskats i Kanada.

”Man hade följt generationer av rödekorrar och kommit
fram till att honor med höga halter av stresshormon födde
snabbväxande ungar”, berättade hon.
”Dessa avkommor blir större och starkare och får högre
intelligens. Det är bristen på mat som stressar dem, särskilt
under år då kullarna är stora. Samma sak gäller för brunråt-
torna. Vid förhöjd stressnivå ökar tillväxten av nervceller till
hjärnan och råttornas tankeförmåga och minnesförmåga
stärks.”
”Ja, var det inte i spåren av liknande studier den nya dieten
tog form, den där 5:2 dieten”, replikerade Rut. ”Då man har
normalt matintag under fem dagar och sen två dagars fasta,
när man endast får peta i sig typ 500 kalorier, dock inte da-
garna direkt efter varandra. Var inte det från början en slags
studie och alls ingen diet?”
”Säkert. Men jag säger som 116-åriga Jiremon Kimuras,
världens äldsta levande person: Ät rätt och lev länge”, sva-
rade Pia-Carin.
”Nu pågår det ett forskningsprojekt runt en mindre befolk-
ningsgrupp i Japan där 95 procent är över 100 år. Varför blir
man egentligen så gammal just i Japan och just på den plat-
sen kan man undra?” fortsatte hon. Den frågan uppehöll de
sig vid ett tag utan att komma någon vart med svaren.

Twist uppmärksammade på vilket sätt Mini visat intresse för
djuren tidigare under eftermiddagen. Rut och Twist turades
om att delge dem tankarna om hur gården kunde utvecklas
och fritiden kunde bli ännu mer kvalitativ för dem i och
med Minis hjälpande hand på gården. Om han nu var in-
tresserad vill säga. Att utöka sin tid utan bindande uppdrag
och att få reflektera lite över verksamheten skulle bidra till
ännu mer kreativitet, vilket var nödvändigt för att hålla en
liten bondgård vid liv. Här kände Twist ett uns oro faktiskt.
Han tyckte att Rut var kreativ nog som det var och såg
framför sig hur hon nu skulle få mer tid över att hitta på
ännu fler projekt att starta upp. Han mindes husmorsskolan

som hon initierat förra hösten, i sina försök att dölja sin rastlöshet, då Twist var den enda "kursaren" och som då fick lära sig vika näckrosor av servetter och sådant som att inte blanda för friskt när det serverades julbord.

Rut och Twist berättade om kommande projekt med ett eventuellt äppelmusteri men att de i första hand ville få ordentlig fart på getostproduktionen. Det hela sköttes lite lagom småskaligt för tillfället men det skulle vara värt att öka upp produktionen lite för osten var omåttligt populär. Nu var det ICA i byn som fick ta emot det mesta av osten, och det spred sig snabbt var den kom ifrån, så de hade många spontanbesök på gården då folk ville handla mer.
På tal om getter kom Rut på att hon skulle berätta om reportaget från Grekland som hon läst samtidigt som hon hade lagat mat.

"Lagat och lagat var väl verkligen att ta i", muttrade Twist. "Du hade ju helt glömt bort själva matlagningen".
Den informationen stämde alltför väl för att Rut skulle orka svara, men det var helt riktigt skälet till varför de nu satt med varsin tallrik framför sig med texten *PIZZA* präglad på tallrikens botten. Rut tittade ner och flottet från maten var precis jämnt fördelat i bokstäverna och blänkte som små snirkliga sjöar på tallriken. För så var det med Rut. Hon hamnade ofta i sina tankar och bryderier när hon var för sig själv och gång på gång hade matlagningen gått förlorad just därför. Den aktuella kvällen, när de bjudit hem familjen Frödins, blev det ingen grillmiddag som utlovats. I stället blev det mat från den lokala pizzerian.
"Jaja", svarade hon sin man. "Jag ska gå och hämta tidningen så ska ni få se vad jag roade mig med i stället". Hon blängde på Twist, fast med glimten i ögat.
Rut reste sig upp och samlade ihop några tallrikar. Mini hjälpte henne att ta undan lite från bordet också och när de

var i köket pekade Rut på tidningen med reportaget om
Grekland som hon tyckte var så häftigt.
"Titta där", sa hon.
"Den sidan som är uppslagen och sidan innan den. Ser det
inte härligt ut?" Rut började dra igång kaffet medan Mini
läste högt på sidan som var uppslagen:

*Dagen innan racet hade vi "Race Training-chat" och därefter tränade
vi i förmiddagens lugna vind. Vi körde tre omgångar med enbart star-
ter först och därefter fyra korta race. Flottan bestod av allsköns bland-
ning av båtar men samtliga var jollar. Vi hade alla gemensam start
och totalt var det fem race. Vi hann med tre race före lunch i lätt vind
och då placerade vi oss på en bra plats bland Hobie 16. Efter lunch
blev det två race och den hårdare vinden kom först efter ett tag. Hela
fältet låg först i bleke men plötsligt lyckades just vi fånga ett vindstråk.
En riktig privatare. Vi stod i dubbeltrapets och körde på som gal-
ningar, vattnet yrde och båten skenade, så vi var klart först vid kryss-
märket låååångt före alla de andra. Jag vände mig om och såg att res-
ten av fleeten fortfarande låg och guppade i fyra knop. Vilken känsla!
Vi behöll ledningen genom hela detta fjärde race och vann till och med
över en FX one med singelbesättning.
Vi fick en fin serie bland Hobie 16-seglarna: 1-2-1-1-2. Med det
menas att det var fem race och vi hade topp i tre race och en andra
plats i två av racen. Dessvärre räknades våra poäng ihop med Torna-
don och FX one men vi slutade totalt på en 3:e plats. På kvällens
prisutdelning vann vi varsin öl – det säger en del om tävlingens allvar
kanske?
Man behöver inte bara segla på Windy Bay. Man kan i stället delta i
mountain biking, scuba diving, paddling, vatten safaris med RIB,
vattenskidor, wakeboard och som tidigare nämnts stand up
paddleboard. Eller om man vill njuta av lugn och harmoni, deltar man
i healthy option. Det vill säga: Yoga, pilates, aqua aerobics, herbal
walks, massage eller lerduveskytte…. Eller så gör man absolut ingen-
ting alls. Bara solar, kanske badar och har det allmänt bäst.*

”Inte för att jag förstår så mycket av alla seglingstermer, bå-
tar och placeringar men vilket coolt ställe det verkar vara”,
sa Mini.
”Var är de förresten?”
Rut svarade att reportaget var från Grekland, från Lefkas,
närmare bestämt från en liten fiskeby vid namn Vassiliki,
och att paret som reportaget handlade om varit där flera
gånger tidigare. Hon hade läst allt om dem. Hon pekade på
karln med blodet som rann från ögonbrynet. En ganska
suddig bild. Mini rynkade lite på näsan åt tidningen som var
både kladdig och blodig. Han undrade för sig själv vad som
kan ha utspelat sig på den.
”Åh, vilket kul sammanträffande att det är just han, eller de
där två, som är med i reportaget.”
”Vadå, vilka de där två?” undrade Rut som i samma stund
kom av sig med kaffebryggningen. Hur många skopor kaffe
var hon uppe i? Äh, bara att börja om. Hon hällde tillbaka
kaffet i burken, satte i filtret igen och fortsatte att lyssna på
Mini medan hon började skopa kaffe igen.
”Ja, det är ju de där med cabben, Z4:an du vet. Pappas kun-
der, de med alla båtarna. De som alltid har så bråttom. Som
alltid verkar ha tre järn i elden, sju spett i backen och fem
bollar i luften.”
”Nä, vad säger du, det känns som om de är precis överallt”,
sa Rut till Mini. Så rätt han hade. Det är klart att det var de
två. Igen. De som tagit alla bilder och beskrivit platsen i det
Joniska havet, om resmålet, aktiviteterna, farterna och um-
gänget. Och så kom hon på att tidningen nog var den som
hon hade hittat i motorbåten efter att Mac hade haft den
hos sig för reparation. Det var naturligtvis han som råkat
lämna kvar den där. Nu längtade hon ännu mer efter att läsa
klart artikeln och snart kontakta den där kvinnan. Nu hade
hon ytterligare en anledning.
”Kom så går vi tillbaka till middagsbordet medan kaffet
bryggs klart.”

De tog med sig tidningen till de andra, kaffet blev klart och de drack det tillsammans med äppelkaka och kall nyvispad vaniljsås. Till slut var allt uppätet och Rut noterade att hela familjen Frödin tittade storögt på Twist när han körde sitt vaniljsåstricks. Det gick ut på att till varje bit äppelkaka ta så mycket sås att kakbiten liksom lättade från assietten. När det slutligen inte fanns någon kaka kvar att ta, tömde han det sista av vaniljsåsen genom att äta med sin egen sked direkt ur skålen.

"Slickar du in dig det sista med? undrade Mac där han satt, varpå Mini fnissade till. Rut led en smula men Twist visade sig vara helt obekymrad. Och nöjd.

Kvällen löpte på, i ett behagligt tempo. De hade läst vidare i tidningen om seglarna och deras upplevelse och Mac bekräftade att de var hans kunder. Då blev det så klart ännu mer intressant att fortsätta läsa. Såsom tidningens uppslag såg ut, turades Mini och Rut om att läsa högt, och Mini funderade än en gång över vad som kan ha nackats på den tidigare. Han slätade ut en sida genom att dra handen över den och något svalt och lagom kladdigt rullade runt under handen på honom. Rut fångade upp det i lite hushållspapper i förbifarten och log lite besvärat. Twist gav henne en blick och skakade nästan osynligt på huvudet.

Twist noterade glatt att man kunde skjuta lerduva på platsen och tänkte att med all tur i flaxenvik skulle de kanske kunna åka dit å arbetes vägnar. Lära sig om grekers sätt att ta hand om getter, ta del av deras sätt att tillverka goda ostar och kanske få segla Hobie Cat igen. Det var åratals sedan sist, då när han varit ute med Älvsnabben.

När Twist avslöjade sina tankar högt berättade Pia-Carin på tal om det, hur hennes reportage om Rut och Twist stoppats sedan det lämnats över till Lokaltidningen. Det berodde på att tidningen var nedläggningshotad och att de inte visste något om framtiden för den. Därför hade de inte vågat ta emot ännu mer tryckjobb just nu. Medan Pia-Carin berättade detta, såg Mac ut som ett frågetecken.

Twist pratade vidare om möjligheter att få skjuta lerduvor men då blängde Rut till, han skruvade på sig och slutade drömma, det var ju befängt att ha så vilda planer. Och att resa över huvud taget. Det var svårt att lämna gården och när hade de egentligen haft en längre semester sist? Men kanske att de kunde få drömma lite och hoppas på att Mini skulle bli en god hjälp i jakten på att fånga drömmen. Sen småpratade de om diverse händelser från nu och långt tillbaka, det var inte en tyst stund men ingen pratade heller i mun på någon annan. De pratade, lyssnade, vred och vände på det som sades, diskuterade, funderade, löste problem och drog paralleller.

Efter kaffet visade Twist dem farmingspelet vid datorn men då blev herr Frödin ganska besvärad. Han tyckte inte om datorer och absolut inte sådana där spel. Fia med knuff, Monopol och Rävspel det var riktiga spel, men det där? Mini däremot fick ögon stora som pingisbollar och blev eld och lågor. Alltså på sitt stillsamma vis, mer ivrig. Här närde Twist en förhoppning om att få en ny sparringpartner till Farming Simulator inom en snar framtid. De där andra tomtarna hade inte intelligens nog att leva sig in i spelets alla finesser. Twist och Mini kanske skulle rocka fett i hans välutvecklade cyberfarming. Kanske.

De gick ut till getterna för att titta på hägnet och alla tekniska lösningar där. Pigga, pliriga ögon mötte dem i kvällsljuset. Efter en varm dag, började de röra sig mer sedan luften blivit svalare. Rut pratade med getterna och presenterade dem som orkat resa sig upp och gått dem till mötes. Det här är Älva och där är Kolgrim, Dag och Saga. Bakom henne står Rå. Längre bort ligger Syn, Villemo och Tengel. Ja, och så är det några till ännu längre in i hägnet, Sol till exempel och den arga bocken Ulvar. Mini följde hennes pekade hit och dit och i tur och ordning upprepade han getternas namn lite tyst för sig själv. Getterna tittade upp nyfiket på sina besökare. Twist visade herr Frödin vattenpumpen som precis nyligen hade slutat att fungera och den trodde Mac att han kunde fixa utan problem.

Kvällen hade tagit slut och de hade följt med Mini, Pia-Carin och Mac till slutet av tomten och sagt "hej då" där. När de var tillbaka vid huset igen kände sig Rut lycklig i hela sin bondmorakropp. En sådan lyckad kväll. Hon älskade verkligen sitt liv. Ensam i sina funderingar tänkte hon på det där med getosten... kanske det kunde vara möjligt med ett studiebesök i Grekland någon gång? Köra sån där yoga som alla pratar om. Det finns en sorts yoga, visste hon, där man bara ligger och vilar. Det skulle passa henne. Twist hade också verkat taggad på något sätt, särskilt det där med lerduveskyttet. Hon kanske kunde ha det som en lockande faktor om han skulle sätta sig på tvären. Tänk om de kunde komma iväg? I hallen ställde hon i ordning skorna, hängde upp koftan och plockade bort lite barr och björkfrön från hallmattan. Hon visste att Twist verkligen avskydde när barren satte sig på tvären i röret på dammsugaren så att sugförmågan blev dålig.
När hon böjde sig ner skymtade någonting rött bakom hennes stövlar. Vad var det? En tomte? Hon böjde sig ner och tog upp den hårda rödklädda fyrtio centimeter höga tomten från golvet för att studerade den närmare. Den hade svarta träskor, var rätt smutsig och ful men gav ändå ett ganska glatt och piggt intryck. Vad gjorde den här? Det måste ha varit den där tomten som Mac pratade om tidigare, men varför hade han bara ställt in den så där? Äh, han måste bara ha glömt att säga något om den. Jag får kolla det sen, tänkte hon.

Varför inte? En tur till Grekland! När hade de någonsin kunnat sticka iväg så där och tänk om det dessutom kunde

vara i tjänsten? Hon tog fram tidningen igen, vars innehåll plötsligt kommit att bli det bästa hon lagt ögonen på någonsin. Eller i vart fall det grisigaste. Gammalt blod och några intorkade senor satt fortfarande hårt fastklistrade på en av sidorna. Men ändå, tänk om hon bara slängt köttet över alltihop och sen skickat det hela i soporna. Hur hade det blivit då? Man vet alltid vad man har och vad man gör men vet inget om allt man missar, det är lite av livets lotteri. Tänk om de hade missat detta? Tänk om vi inte behövde hjälp på gården, inte skulle gå över till grannen, inte bjudit grannen på middag, inte bestämt oss för att äta kött. Slutligen att inte just Rut förberett köttet utan i stället Twist, då hade tidningen aldrig kommit fram.
Detta var bara ett exempel på vad Rut tänkte om i termer som Sliding doors. Hela livet var fullt av tillfälliga händelser som obemärkt styr oss egentligen. Från morgon till kväll. I morgon skulle hon se till att fixa ett nytt exemplar av tidningen. Twist kom in i köket och satte sig bredvid Rut. De var helt överens om vilken lyckad kväll det varit.

Slutet på artikeln läste de tillsammans.
"Tänk", sa Twist och pekade på bilden i reportaget, "en sån där båt har jag ju också seglat en gång för trettio år sedan när jag var i Acapulco Bay. Det var coolt Rut, riktigt coolt och det gör jag gärna om", fortsatte han.
"Med dig." Så läste de vidare.

Sista dagen, please må den bli riktigt lång och innehållsrik. Kvällen innan hade vi löst ut våra notor från de båda hotellen eftersom vi under hela veckan levt efter principen beställ, njut och skriv upp på rummet. Vi lyckades göra oss skuldfria och fick dessutom behålla rummet under hela sista dagen. Windy Bay är verkligen lika med bekvämt, funktionellt och lättsamt. Transfern till flygplatsen skulle gå från hotellet klockan 19.
Under sista dagens segling fick vi vänta riktigt tålmodigt på eftermiddagens cross-shore, den där som slickade sig nedför berget med sådan

kraft att alla windsurfare och alla seglare blev som galna. Då det sjöd och bubblade i bukten av vilda aktiviteter. När klockan var 16.55 fanns inte tillstymmelse till stark vind. Ändå ville vi inte riktigt ge oss. En liten stund till, vi hinner. Inga andra var ute i bukten. Vi kanske ändå borde segla tillbaka till stranden, bussen går snart till flygplatsen, sa vi men stannade en liten stund till. I väntan på cross-shoren. Plötsligt började det hoppa delfiner runt oss. De kom från ingenstans men hade blivit nyfikna på båten. En fantastisk upplevelse, vi tjöt av lycka och fem minuter senare dök det upp en brusig fläck på vattnet. Vinden var där! Vi fångade upp vinden och fick några sekunders pulshöjande fart. Delfinerna följde oss och hoppade bredvid. De var under båten, mellan skroven och runtom oss. Det var fullkomligt magiskt.

Snart såg vi en ny brusig fläck, och en till och så var dagens cross-shore i full gång. Vi körde på under en den närmaste halvtimmen och fångade vind efter vind. Strax därefter lämnade delfinerna oss, lika hastigt som de kommit. Vi själva behövde köra tillbaka till stranden där vi lämnade ifrån oss båten vid bojen. Vi packade ihop det sista, delade på en avgångsöl och sa hej då till all hotellpersonal och alla instruktörer som tagit hand om oss. Vi hoppade på bussen mot Preveza airport. När vi senare hade landat på Arlanda vid midnatt och stod vid bagagebandet, var vi överens om att det kändes konstigt, nästan som en riktig cross-shore. Som om vi blivit avslängda i farten på något sätt, tjugosju seglingstimmar senare och tjugotusen kronor fattigare men så ofantligt nöjda efter denna himmelsfärd. Nu måste vi längta i 365 nya långa dagar. Det här är som barnens julafton för oss vuxna och vi rekommenderar dig varmt att åka till detta ställe, av vilken anledning du än väljer.

Hela reportaget slutade plötsligt med två bilder från Greklands djurliv. En gräshoppa och någon slags bagge. Vad ville dessa säga? Ingen text, ingen förklaring utan bara så. Efter två så fartfyllda veckor? Var det för att "sy ihop påsen", typ börja med flora och avsluta med fauna? Eller var det för att det hade råkat bli lite väl mycket seglingstema på reportaget? De som hade beställt reportaget, kom kanske plötsligt på

att, ja visst ja, det finns visst ytterligare ett aktivitetsval på Windy Bay. Ett mycket populärt alternativ dessutom som kanske skulle få en gnutta uppmärksamhet det med. Healthy option; för dem som är ett med sina själar och kroppar, som jobbar med smidighet eller satsar på massage. De gillar säkert att titta på skalbaggar mellan yogapassen. Ehhh, de kanske rent av äter gräshoppor?
Ja, jag vet inte, tänkte Rut där hon satt, men så skulle aldrig jag ha avslutat en reseskildring.

Den biten fick Rut fundera över på egen hand, Twist hade redan lämnat henne någonstans i läsningen. Han hade mumlat något om rävjakt innan han gick, och när hon lyssnade, så hörde hon några skott som sjöng där ute i mörkret. Konstigt, vart kan han ha tagit vägen, undrade hon.

Kapitel 2
Om äggkokning, dieter och vikten av att lyssna
samt Ardennern som inte kan gå ner i vikt

"Skit också", sa Pernilla. "Varför går batteriet på telefonen
från sju procent till noll på ingen tid?"

Sju procent borde hålla ett bra tag i hennes värld, annars är
det ju inte sju procent. Tänk om bränsletanken på bilen
fungerade på samma sätt? Att den först signalerade "reserv"
och sedan – pang – soppatorsk.
"Det är dåligt helt enkelt. En gigantisk miss från Mr Apple",
fortsatte hon.
"Då har du en bra telefon", svarade Tobbe. "De har lyckats
med operativet, att uppdatera sidor utan laddning är inte
bra."
"Nähäääää." Ett klassiskt Tobbesvar enligt Pernilla. Utan
uns av medhåll, empati eller förståelse. Bara kunskap om
tekniska saker. Om hur saker mår bra eller bäst ska skötas.
"Jag tycker i alla fall att det är skitdåligt," sa hon samtidigt
som en diskret spottfontän lämnade hennes mun vid varje
konsonant.

De kokade sina ägg som de gjort varje morgon. När Tobbe
kokade, gick det allt som oftast bra. När Pernilla kokade
uppstod fler varianter än endast löskokta och hårdkokta.
Det fanns bland annat en variant som kallades jag-har-
ingen-större-koll-kokta ägg.
Så fort vattnet började koka, kollade hon tiden. Så la hon på
sju minuter med hjälp av fingerräkning och DÄR satt tiden i
minnet. Eller inte? Efter ett par minuter, alltså upplevda mi-
nuter, börjar hon alltid undra. När egentligen var det som
äggen skulle vara klara? Vad var tiden när hon tittade på
klockan? När började de koka? Vilken tid hade hon i huvu-

det... den kollade tiden eller den uträknade tiden? Eller den upplevda? Hade hon någon tid i huvudet alls?

I så gott som samtliga fall kom dödsstöten för vidare funderingar, när Tobbe klev in i spelet igen efter att ha varit försvunnen med skjortstrykning i tvättstugan.
"Har du tid på äggen?"
Då var det bara att dra till med något.
"Ja, jag har koll."
Och så följdfrågan. "Är du säker?"
Vidhåll, vidhåll... se säker ut.
"Japp, järnkoll faktiskt, varför skulle jag inte ha det?"
OCH (!) det funkar, de blir perfekta! Varken löskokta eller hårdkokta.

Äggfrukosten var en del i raden av alla försök att undvika bröd till frukost. De hade kört fil och müsli, havregrynsgröt med äppelmos och nu senast ägg och en skink- och ostrulle till kaffet. Bröd skulle till varje pris undvikas, på grund av mjölet. Mjöl var inte bra. Det var ett av de tre vita gifterna sas det. Socker och salt var de andra två. Just nu var detta den mest trovärdiga informationen, och den stötte man på vart man än tittade. Men idéer och alla olika dieter som uppkom utifrån dessa idéer, varierade ständigt.

Förr sa man att sex till åtta skivor bröd per dag var nyttigt. Tydligen var det en och annan som uppfattade det som att sextioåtta skivor var bra, och köpte limpor som aldrig förr. Sedan kom rapporter om tallrikar som måste vara välbalanserade. Tallriksmodellen dök upp. Men opp opp opp, den som trodde att det var en bra tallrik särskilt länge. Med så mycket kolhydrater? Aldrig. Plötsligt var kolhydrater det värsta giftet man kunde peta i sig. Tillsammans med rött kött, Östersjöfisk, opastöriserade ostar, besprutade potatisar och bananer samt alla produkter som innehöll transfetter. Halva tallriken skulle vara grönsaker, halva proteiner. Grön-

sakerna skulle vara ekologiska och fria från besprutningar.
Proteinerna skulle komma från glada grisar, lycklig kreatur
och frigående fjäderfän. Men bara från trakten, tänk på mil-
jön! Inga långa transporter där djuren fått stå i trånga ut-
rymmen. Se också upp för fågelinfluensa och galna kosju-
kan. Och så vidare, och så vidare.

Viktväktarna förespråkade sitt poängsystem och tyckte att
man kunde äta *allt* bara man höll sig inom poängen. Det var
själva poängen. För viktväktarna var gelégodis helt okej eller
i vart fall bättre än fudgekola vid val av godis. Det senare
innehöll mycket fett medan det förra mest bara bestod av
socker och lite gelatin, så det var bra att snaska i sig.
Men så återkom idéerna om att vanligt socker var den rik-
tiga boven i dramat och då var det någon praktmänniska
som sa: "ät gärna semlor men ta bort mandelmassan och
brödet först". Plötsligt var vispgrädde bra. Om man inte var
laktoskänslig förstås. Sedan när då? Grädde som tidigare
varit portförbjuden i alla sina former på grund av den höga
fetthalten. Man började göra lightprodukter och zeropro-
dukter, varpå nya larmrapporter såg dagens ljus. De talade
om att såna där nya produkter var jättejättefarliga på alla sätt
och vis eftersom kroppen inte kände igen dem. Människor
som tagit del av allt som skrivits och sagts började få djup
beslutsångest. Det blev svårare och svårare att handla. Vad
skulle man egentligen äta? Vi blev bara fetare och fetare och
mer och mer förvirrade och snart var det lika vanligt med
tjockisar här som det sedan länge varit 'over there'. Vare sig
vi åt eller inte.

Då kom det en plötsligt en ny diet. Som från ingenstans.
Eller från början var det ingen diet, utan resultat av någon
slags forskning, men det *blev* en diet. Fem två, eller 5:2 som
den hette. Den gick ut på att svälta sig i två dagar, dock var
det viktigt att de dagarna inte låg i direkt anslutning till
varandra eftersom man då signalerade till kroppen av det

26

var svält (vilket det ju faktiskt också var). Eftersom just de två dagarna upplevdes som tråkigast i universum, var det smart att skjuta dem framför sig och så att säga låtsas så länge att de inte fanns. De andra fem dagarna kunde man liksom bara käka på. 5:2 tilltalade de flesta som var ute efter en diet just för de extra generösa 5-dagarna och därför stod de pall i exakt fem dagar. Sen var den dieten inte särskilt kul längre.

All vaken tid ägnas åt att köra någon slags smygbantning som går ut på att lura sig själv lika mycket som andra. I brist på nyheter körs gamla tongångar högt och övertygande; "Jamen hur svårt kan det egentligen va´? Man äter väl allt men med måtta... lagom är bäst". Som för att skyla över tidigare misslyckade bantningsförsök. Det märkliga med alla olika varianter av bantning och kontroll av vad man stoppar i sig är att de uteslutande tycks landa hos var och en som vore de unika. "Det här var en bra idé, det här måste jag pröva, det här tror jag verkligen på." Fast samtidigt som det nya landade tungt i vars och ens mjuka bukfetma, hände någonting spännande. Allt annat som tidigare gällt blev nonsens. Rena tramset. Först nu var den riktiga dieten här, halleluja.
Det gick alltid att höja ribban om vanlig klassisk bantning inte fungerade. Alternativt gick för långsamt. Vi vill väl ha snabb utdelning och synbara resultat? Så en del grundade med en tomat innan moffandet. Därefter stoppades fingrarna i halsen för att starta kräkningar tills det röda syntes och tomaten var uppe. Andra tryckte i sig pulver ur stora exklusiva burkar för att liksom pudra bort det dåliga samvetet efter den senaste portionen av "extra allt". Lägg antalet fetmaoperationer samt fettsugningar till det och olika tv-program där bantningar blivit till tävlingsmoment inklusive utröstningar.

Egentligen blir man faktiskt rätt så trött och alltsammans känns bara som ett enda stort fiffel. Summan av kardemumman: Vi blir allt fetare.

Pernilla och Tobbe satte sig vid frukostbordet och började skala sina ägg.
"Du har fått till dem idag", påpekade Tobbe och syftade på äggen.
"Mmmm", svarade Pernilla och så fortsatte hon med sina dietfunderingar genom att delge Tobbe dem.
"Tobbe, det här med vikt är ett spännande fenomen. Hör här. Någonstans är det ju alltid kilona man jagar eller rättare sagt försöker skrämma på flykten i och med alla olika dieter. Om man exempelvis lägger om kosten helt, skiter i nattmackor och kvällsmys framför tv:n, och lägger sig hungrig varje kväll, då går man inte ned i vikt. Om man njuter och trycker i sig tre kilo godis, då går man heller inte ned. Men man går heller inte upp dessa tre kilo. I alla fall inte på en gång. Hur kommer det sig?"
"Det kanske stämmer", svarade Tobbe och hon fortsatte. "När de lastar ett flygplan med en herrans massa mat som väger flera tunga kilo, då minskar flygvikten när maten är utdelad och uppäten fast allt ändå borde finnas kvar ombord. Lite ompackad bara. Ingen har ju hoppat av. Och om några har bajsat efter maten så samlas det väl upp i särskilda tankar ombord. Inga bajskorvar släpps väl ut och kör fritt fall där uppe i luften eller? Alltså hur funkar det?"
Hon fattade inte och Tobbe bara skakade på huvudet. Hon var inte klok, så var det bara.
"Vart tar vikten egentligen vägen?" fortsatte hon. "När man tränar går man upp i vikt och när man inte tränar går man också upp i vikt. Hur man än gör så vinner vågen."
"Ja så kanske det är", svarade Tobbe. "Vart vill du komma?"
Han gick och hämtade tandborsten och började borsta medan hon pratade vidare.

"Till konstaterandet att jag inte förstår det här och att jag
själv måste ha världens sämsta ämnesomsättning. Jag tränar
på gym och springer regelbundet. Säkert mer än gemene
man, cyklar till och från jobbet som för övrigt är rörligt när
jag väl är på plats. Jag är aktiv på fritiden och äter heeeelt
rätt. I ett helt år nu har jag dessutom lagt till ett hemmaträ-
ningspass, alltså min extra magträning. *Varje dag* minus fem
dagar per månad som är vilodagar. Ändå väger jag det jag
väger. Punkt slut. Vad är det som är fel?"
"Tänk om man gick ner några gram för varje ord man sa, då
skulle du försvinna helt min fina Pernilla", sa han medan
han torkade sig om munnen och samtidigt rörde sig mot
badrummet.
"Jag ser att du har blivit fastare och starkare. Min ardenner
håller faktiskt på att förvandlas till en dressyrhäst, sådant ser
jag minsann. Däremot kommer jag aldrig att få dig att gå ett
fullt dressyrprogram, det är du på tok för galen för", la han
till när han sen stod i hallen.
"Jag måste sticka nu, ha en bra dag idag."

Tobbe och Pernilla är rätt så olika. Hon pratar mer och han
informerar mer. Hon säger saker och vill ha svar, han säger
saker som inte går att svara på. Hon önskar att han säger
emot mer men när hon säger emot sprider sig en lukt som
påminner om stressad katt. Han är rätt så konflikträdd. Tror
att fenomenet "tycka olika" kan leda till osämja.
Pernilla berättar och Tobbe lyssnar …eller nej förresten,
han lyssnar inte alls. Hon blir galen för att han inte lyssnar.
Saker hon berättar och säger koms inte ihåg. Nu hade hon
börjat köra med stickprov på hans lyssning. Hon tvingar
honom att repetera. Och det tar tid, det tar lång tid innan
allt är ute. Det kommer i oordning och orden ser ut att växa
fram medan han tänker hårt. Men allt finns med! Hon blev
lika förundrad varje gång måste hon erkänna. På ett gene-
rellt plan var han ganska duktig men han lyssnade inte med
inlevelse i alla fall, i så fall skulle hon inte behöva hålla på

med stickprov. Alltså, hur normalt är egentligen det? Att
köra stickprov, så gör man väl inte?
Hon mindes en gång när Tobbe hade köpt nya hörlurar.
Han satt med dem på men hon trodde inte att det var igång,
de var ju helt nya. Hon trodde att han bara prövade dem på
huvudet, kände hur sköna de var. Pernilla pratade och pra-
tade, så där som det blev ibland, liksom utan stopp. Tobbe
såg nöjd ut och nickade. Hon var så glad för att han lyss-
nade med bekräftelse och uppmärksamhet. Så insåg hon att
det tydligen var ljudreducering på lurarna. Han hade inte
hört ett enda ljud från henne, han hade lyssnat på något helt
annat än henne. Hans nickningar var inte bekräftande, de
avslöjade bara takten på den musiken han hade i lurarna.
Efter det var hon tyst långt mer än en timme. Han undrade
inte varför.

Sextio procent av vår tid spenderar vi genom att lyssna, men
vi är inte särskilt bra på det. Vi behåller endast tjugofem
procent av det vi hör. I vårt moderna samhälle håller vi på
att tappa lyssningen. Denna otroligt nödvändiga kompetens
för kontakt, förståelse och fred håller på att försvinna. Ja,
alltså vi *hör* ju en massa men vi *lyssnar* inte. Att lyssna är en
mental process för att göra ljud meningsfulla. Det handlar
om att känna igen mönster för att urskilja ljud från varandra.
Vi silar ljuden genom filter där vi lärt oss uppmärksamma
språk, kultur, värderingar, förväntningar och avsikter som
passar oss.
Faran i att förlora medveten lyssning, är att vi då tappar
möjligheterna att kunna förstå. Så, det ligger verkligen i allas
intresse att öva upp sin lyssningsförmåga till ett medvetet
plan. Det kan man göra genom att först och främst noll-
ställa öronen i en helt tyst miljö tre minuter per dag. Sedan
kan man i en bullrig miljö träna på att urskilja så många ljud
som möjligt. Man kan börja lyssna efter ljud som man jämt
haft omkring sig, men slutat uppmärksamma just därför.
Man kan också träna på att medvetandegöra de olika filter

som vi sorterar genom och samtidigt ändra sin lyssningsposition mellan att vara en aktiv respektive en passiv lyssnare, en kritisk respektive empatisk lyssnare och så vidare. Helt enkelt variera sig och bekanta sig med möjligheten att finna olika positioner.

Och hur har det då blivit så, att vi tappat lyssningen? Jo, de tidiga fördelarna med lyssning har försvunnit i och med alla möjligheter till inspelning. Den möjligheten startade en gång i tiden med skriften och så småningom med ljud- och video-inspelningar. Världen är numera så bullrig att vi bara blir uttröttade av att lyssna. Vi skärmar av oss med hörlurar vilket medför att ingen lyssnar på någon, var och en går i stället omkring i sin egen privata ljudbubbla, utan kontakt. Vi har blivit otåliga och effektiva och skickar hellre ljud- och textmeddelanden än att delta i en konversation. Som det har utvecklat sig, blir det allt svårare för oss att uppmärksamma tysta, diskreta budskap och möjligheter till kontakt.
Så här var det nog inte meningen att det skulle bli, tänkte Pernilla för sig själv. Hon hade precis borstat tänderna, sköljt mun och tandborste och torkat sig om munnen. Det kanske inte var så tokigt med stickprov trots allt.
I sin låda på jobbet hade hon en samling läsvärda tidskrifter och det var i den senaste hon läst om just lyssning. Hon hade tagit hem den och plockade nu fram artikeln och vek upp sidan.
Man kunde träna upp denna livsviktiga förmåga, stod det att läsa. Man kunde bli en bättre lyssnare genom att följa akronymen R A S A. "R" stod för *Recieve*, det vill säga träna på att vara uppmärksam på personen som talar och ta in det som sägs. "A" betydde i sammanhanget *Appreciate*, alltså bekräfta det du hör med medhållande ljud eller ett aktivt kroppsspråk och därigenom visa att du uppfattar det som sägs. "S" var *Summerise*, som givetvis menas att man ska sammanfatta och bekräfta det som sägs, till exempel "så du menar att…" och slutligen "A" lika med *Ask*, alltså ställ

klargörande frågor efteråt.

Detta var någonting att satsa på. För kontakten, förståelsen, freden och relationen. R A S A skrev hon med stora bokstäver på ett papper som för säkerhets skull fick ligga framme.

Nu får vi se om Tobbe undrar vad det här kan vara då? Han tänker säkert på bantning och dieter och allt det vi pratat om till frukosten. Eller "vi och vi", förresten. Allt det *jag* pratat om till frukosten, tänkte hon. Från och med nu skulle hon vara mer uppmärksam på huruvida hon själv lyssnade för att verkligen förstå eller om hon lyssnade enbart för att kunna svara.

Pernilla anade svaret och log för sig själv, tog på sig skorna och hoppade upp på cykeln. Det här kan nog bli en givande dag.

Kapitel 3
Om katten som blev kvar och hamnade i pizzan
samt borgenärskor och kiosktjejer i en salig röra

"Idag ska jag hämta två datorer någonstans i huset men jag vet inte vart de ska", sa Twist vid frukosten.

Å kära nån, tänkte Rut. Undrar om de vet hur dålig Twist är på att hitta saker, i alla fall saker som han själv nyss haft koll på. Hur kan det möjligtvis gå då, att hitta det han inte för egen maskin förlagt någonstans?

"Jaså ska du?" svarade hon. "Är det ingen annan som vet var de är då som du kan fråga?"

"Ä, jag vet inte. Problemet är väl snarare vart de ska flyttas."

"Men gud, hur svårt kan det va'? Du får väl ta dem till ditt rum så länge?"

Rut fattade ingenting. Det lät som ett simpelt jobb för uppdragsgivaren att i samma veva som man beordrade någon att göra något, också sa vad som skulle göras. Och som en ytterligare ingrediens i begäran, också berättade var detta *något* stod och vart det skulle flyttas.

"Men jag kan väl inte gå och bära runt på två datorer heller?" Plötsligt fick Rut en bild i huvudet på hur det skulle tänkas se ut. En bild på Twist som hela dagen bar runt på två datorer tills någon kom och avlöste honom eller så.

"Nej, det har du verkligen rätt i", avslutade hon samtalet.

Twist driver sedan ett par år eget företag. Hans huvudsakliga uppdrag är att sköta och underhålla stadspolitikernas mejlsystem samt lösa alla tänkbara problem som uppstår med detta. Vilka inte är få, skulle man med säkerhet kunna uttrycka.

Arbetet innehåller tekniskt ansvar i olika projektformer för applikationer och deras miljöer i såväl interna- som externa nät. De kontroller av servrar och uppdateringar av program, samt i viss mån även problemsökning som behövde göras, kunde Twist sköta hemifrån. Det var ytterst ovanligt att han behövde lämna gården för att lösa några problem på plats men i de fall det krävdes, passade det gården bäst att överges vid 14-tiden på eftermiddagen. Så då bestämdes det. De gemensamma produktionsmötena hölls som regel en gång per vecka, klockan två.

Den här dagen var en sådan dag och Rut var för närvarande ensam hemma på gården och gick i sina penséer och skrotade. Skrotandet var tänkt att innehålla städning men blev ingenting annat än vad hon anade redan när hon planerade dagen. Enbart skrotande. Men en och annan tanke hanns med, så var det alltid. Kanske var det just därför hon inte hann med städningen. Hon tänkte för mycket. Innan Twist åkte hemifrån hade han sagt:

"Visst ja, det kan komma en leverans hem senare idag".

Åh romans, tänkte Rut, säkert blommor! Så omtänksamt och helt underbart, älskar honom så. Rosor, liljor, gerbera och krysantemum. Kärlek!

"... ett paket kan komma med bromsbelägg till bilen", fortsatte han. Ja, vad trodde hon?

Den tjugoandra juli klockan 14:00 för ett antal år sedan slog kyrkklockorna för Rut och Twist. På Ruts vänstra ringfinger glimmar därför en vigselring med fjorton diamanter. Den tjugoandra juli var också det datum då de förlovat sig, exakt ett år efter sin första dejt. Som för övrigt även den gick av stapeln klockan 14:00, eller kvart över för att vara exakt. Klockan 14:15 till 15:30 för att vara ännu mer exakt. En träff som till bådas förvåning gick att trycka in i en redan fulltecknad agenda, och som till lika stor förvåning visade sig vara oerhört effektiv. De åt, rapade och fattade tycke för varandra, i exakt den ordningen. Därefter sågs de inte på två veckor, utan hördes i stället på telefon desto mer. En kväll hade de bokat en träff till och de sågs på en brygga vid badplatsen, och så ytterligare en gång till på en annan brygga i

närheten av Laduviks gård. Där i myggsurr och kvällsdagg
hade de fördjupat sina känslor för varandra. Nästa gång de
sågs åt de en pizza hemma hos Rut och sen stannade Twist
kvar. I just den pizzan hamnade förresten en katt men det är
en helt annan historia.

Rut hade fast och beslutsamt tänkt att hon skulle, med start
på midsommardagen samma år ovan nämnda dejt ägde rum,
göra allt för att träffa en rekorderlig karl. Och varför hon
tänkte just så, kunde man med fog undra. Ja helt enkelt för
att den karln hon hade innan, var allt annat än just rekorder-
lig. Av rädsla för att bli bitter i skvalvattnet av de minnena,
startade Rut upp en profil på en av alla dejtingsajter som
fanns och hon gav det hela tre månader. Längre tid skulle
inte behövas för att hitta någon som var tillräckligt rekor-
derlig. Och i bästa fall kärleksfull och ansvarskännande. Ex-
akt vad som felade med den hon tidigare haft, gick det inte
att få någon särskilt givande klarhet i. Det enda Rut var helt
säker på var att hon levt ett antal år i en relation där minst
en inte var redigt navlad.

En lögn har inget ansikte. Inget kön, ingen nationalitet, ing-
en socialgrupp eller plats. Det finns små lögnare och stora,
okända och välkända. En av världens mest kända lögnare är
USA's tidigare president, Bill Clinton. Han meddelade inför
sin fru och hela världen, att han minsann inte hade haft sex
med Monica Lewinsky, trots att det var precis det han hade
haft. Rut hade också haft en relation med en "Bill". Det var
honom hon tänkte på just idag så här långt senare och av en
anledning hon själv inte riktigt begrep.
I Bills och Ruts knappt fyraåriga relation kom det att bli
omöjligt att veta vad som var en överenskommen verklighet
och vad som var känslomässiga uppfattningar. Att lögner
förekom i avsevärd grad, det var uppenbart. Lika fällande
som fläckarna på Lewinsky's klänning.

En augustidag för drygt tio år sedan klev en fantastisk person in i Ruts värld för att dela den. Starten var en kontaktannons med nummer 137846.
Ärlig, händig, tålmodig, huslig, positiv, utåtriktad, empatisk, godhjärtad och lite lat medmänniska runt 40 sökes av dito med tre barn och ett hus hade Rut skrivit.

Kontakten sköttes av morgontidningen DN och det var numret på kontaktannonsen som var "adressen" man använde. Detta innebar att inga personliga uppgifter läckte ut om man inte själv gav sig till känna med exempelvis sitt telefonnummer. Ganska snart kände Rut att denne man var en öppen och ärlig person, så hon vågade absolut dela med sig av sitt telefonnummer. Hon gav visserligen ut mobiltelefonnumret som inte gick att spåra eftersom hon på den tiden hade kontantkort. Lite försiktig ville hon allt vara.
När kontakten slutligen inte sköttes genom DN:s kontaktannonsavdelning längre, hade de sitt första riktiga telefonsamtal. Rut satt ute på sin altan i kvällsvärmen, en sådan värme som egentligen bara ligger kvar i luften efter en riktigt het dag. Hon fingrade länge med telefonen innan hon slog numret.
Samtalet var minst sagt lyckat från första ordet till det sista och hon kom att prata med en härligt underhållande person. Han lyckades hålla greppet om henne i många halvtimmar utan att hon kände den minsta lust att lägga på. Det kändes som ett sådant där evighetssamtal där tiden stod still och som man mest bara haft med en och annan tjejkompis förr i världen. Hon ville bara få mer av denna lyckliga levande människa som gav så mycket att det blev gott och behagligt i örat. Bill var namnet och han var allt hon någonsin drömt om. De pratade många gånger och så småningom bestämde de tid för en dejt. De skulle ta en fika ihop.
Bill och Rut gjorde upp om att träffas vid en av alla ingångar i centrumet och efter att de sagt "hej", la han varmt sin arm om henne som om det var det mest självklara i världen.

Hon trivdes med det och mindes hans stora kliv som var lite svåra att hålla jämn takt med. Hans kavaj fladdrade av hans framfart. Han tog mycket plats, syntes och hördes och spred glädje och kärlek. Bill blev snabbt omåttligt populär hos Rut och alla i hennes omgivning, även hos dem som tillhörde den mest kritiska eliten. Han trollband alla genom sitt generösa sätt. En ovanlig man som helt och fullt styrdes av förmågan att slösa med kärlek. Bill var lång, glad, utåtriktad, älskvärd och som sagt mycket kärleksfull.

Rut kunde verkligen dra sig till minnes hur känslan var, hur utomordentligt lycklig hon var som blivit utvald, som hittat himlen runt hörnet. Någon som visste vad hon behövde.

Hon mindes när de varit hemma hos honom tidigt i deras relation och han hade berättat om sina uppväxtår. Uppväxten hade varit kantad av fosterhem och misshandel, psykologkontakter och utnyttjande. Mamman hade lämnat familjen och pappan tog till en början själv hand om Bill och hans storasyster men efterlyste sedan en hushållerska. Hushållerskan hade också två barn så det blev plötsligt fyra barn i familjen. Bill som var enda pojken, var den som blev utfryst och misskött av pappan som för övrigt fick gott stöd av hushållerskan i den karaktärsdaningen. Pappan och hushållerskan gifte sig och snart därefter fanns det fem barn i familjen. Med start redan som mycket liten, blev Bill regelmässigt instängd i pannrummet och därtill slagen med faderns bälte. Vad han än hade gjort för fel, åkte han på stryk. Han rymde flertalet gånger, första gången redan som sexåring. Under några veckor bodde han helt ensam i skogen, allt för att slippa vara hemma. Ganska snart påbörjades en serie av fosterhemsplaceringar parallellt med psykiatriska utredningar. Det senare efter Bills försök att svälja stora mängder tabletter. Från sex års ålder och tills han blev tolv, tretton år bodde han i tolv olika fosterhem, inklusive ett hem för enbart pojkar. Alltså missanpassade sådana. I så gott som samtliga fall slutade placeringarna med rymningar.

I det sista fosterhemmet bodde Bill till han var femton. Där trivdes han ganska bra. En överenskommelse gjordes med barnavårdsnämnden som sade att så länge han valde att sköta skolan, skulle han bli försörjd med egen bostad i samhället försorg. Detta trots sin ringa ålder.

Så småningom började han på folkhögskola och började sedan jobba. Först som fritidsledare och senare som pastorsassistent. Han var behjälplig med att bygga upp en SIA-verksamhet, alltså skolans inre arbete, och drev tre olika klack- och nyckelbarer. Först när han var 28 år tog han körkort men då hade han redan kört bil sedan många år tillbaka. Han drev café, jobbade som behandlingsassistent och var senare chef för Akademibokhandeln. Bills CV var spretigt och spännande på samma gång. Han hade jobbat som konsult inom IOGT, marknadschef, sålt frisörprodukter och fritidskläder Han hade drivit distributionsföretag för gräsmattegödsel och varit dammsugarförsäljare. Även konsult på finansbolag samt personalansvarig i olika utbildningsbolag. Alla dessa sysslor var de som näst efter uppväxten formade personen Bill.
Ett pussel som Rut aldrig lyckats lägga, var hur en människa som varit så utsatt och oälskad under sin uppväxt, själv kunde ösa så mycket kärlek över andra? Det var en stor förmån att få dela sitt liv med denne spännande man och med i paketet fanns också en sextonårig dotter. Äntligen har du träffat rätt man, grattis och vilken tur du haft, var det flera som sa.

Jag bara älskar dig och åtrår dig, din själ gör mig rik, och din kropp ger min kropp liv. Din Bill.

Eftersom de båda hade barn, han söder om stan där han bodde och hon norr om stan där hon bodde, kunde de ses mest bara på helgerna. Visserligen hade han inte fast jobb, i vart fall inte på regelbundna tider men i veckorna höll han sig ändå söder om stan. Hans dotter var väldigt mycket med sina kompisar och var hemma allt mer sällan så ibland fanns Bill med i Ruts vardags också. De helger som Ruts barn var med deras pappa, var Bill och Rut ofta hemma hos Bill i stället. För henne var det verkligen som att fly vardagen. Ibland var det Ruts mamma, ibland någon av hennes vänner och ibland de stora barnen som åtog sig att se till hästen hennes. De matade också hönsen och ordnade så att hon verkligen skulle kunna koppla av och lämna gården.

Bill ordnade för henne som om hon vore en prinsessa av ädlaste sort. Skumbadet upphällt och drinken på badkarskanten. Förrätt, huvudrätt, efterrätt. God vällagad mat dukades fram på bordet. Vackert porslin, robusta bestick, servetter och generösa mängder av allt. Han hade stil och klass. Vid sidan av att göra ett inlevelsefullt intryck i köket, hade han mycket god känsla för heminredning. Och städningen gick inte av för hackor, inte heller de blommor som prunkade på hans balkong. Ett välskött hav av Pelargoner. Varje helg var det både dammsugning och golvsvabbning som gällde samt grovrengöring av badrum och tvätt av alla handdukar och sängkläder. Hans hem var lika rent som den kärlek han spred omkring sig.

Rut tittade ut genom fönstret och konstaterade att hennes egna blommor verkligen inte prunkade. De behövde vatten och idag skulle hon nog blanda ner lite hönsgödsel i vattnet. Ett grepp som Bill hade lärt henne. Han hade förklarat att det var därför hans Pelargoner var så kraftiga i stjälkarna och blommorna så lysande röda. Var det något Rut hade gott om nu, så var det hönsgödsel. Kanske hon skulle ta och peta hönorna lite i stjärten, tänkte hon och fick en kul bild för sin inre syn som hon skrattade lite åt.

Jag tittade på dig när du låg och sov, och hjärtat, orden finns inte som kan beskriva vad jag känner. Tårar, värme, kärlek bara flödar genom min kropp. Och jag vet att jag älskar dig mer än livet, jag vet att

Bill hade inte så många vänner. Givet var att han inte hade
någon som helst kontakt med sin familj, varken mamma,
pappa, styvmamma, syskon, bonussyskon eller styvsyskon.
Ja, kanske ytterst lite med sin storasyster då. Några vänner
från hans hemtrakter hade han fortfarande lite kontakt med
och ett par affärskontakter men annars var det tomt på um-
gänge. Första gången Rut var hemma hos Bill såg hon att
det stod ett annat namn än hans på dörren. Han förklarade
att en av hans affärskontakter som var en gammal vän till
honom, ägde lägenheten. Kvinnan hade hjälpt till som bor-
genär när han hittat lägenheten vid sin flytt till Stockholm
och nu hyrde han lägenheten av henne. Det visade sig också
att bilen var hennes. Rut funderade över detta men förkla-
ringen fanns där, inget mer med det. Borgenärskan och Bill
plus ytterligare en affärskontakt drev ett företag som pyss-
lade med utbildning. De hade ett antal föreläsare inom olika
ämnesområden som lånades ut till andra företag genom
detta företag. Ett halvår efter att Rut och Bill hade träffats,
köpte Bill loss hela företaget men hon var osäker på om han
verkligen jobbade i det och inom ett år var det för övrigt
försatt i konkurs.
Samma kvinna, alltså borgenärskan, hade tagit sig an Bills
dotter på olika vis. Hon tog också hand om Bills hund vid
ett senare tillfälle och hon hjälpte honom med lägenhet igen
när han så småningom tvingades lämna Stockholm. Det var
inte alla som hade vänner som ställde upp på det viset men
han förtjänade dem alla.

Om Bill nu inte hade så många vänner, hade han desto fler

kompisar. Eller ögonblickskontakter kanske man skulle kalla
det för. Sådana som stått i hans väg och som genast fått
hans uppmärksamhet. Ett exempel på det var ett gäng som
han kallade "Coop-gänget". De hade han träffat och festat
en del med men Rut träffade dem aldrig. Hon kanske inte
fick träffa dem, så kändes det. Han påstod att kontakten
startat med att han handlat på Coop och kommit i slang
med någon ur personalen som i sin tur presenterat honom
för fler och så vidare. Ganska typiskt för Bill egentligen.
I hans hemmiljö bodde, som vanligt är söder om stan,
många människor från andra länder. Rut hade nog aldrig
sett så många radband och skylande tygstycken på ett och
samma ställe dittills. När Rut och Bill var i det närmaste
centrumet, och särskilt på tobaksbutikens V75-avdelning,
var det mer än en som sken upp och gladdes åt att se ho-
nom. Rut såg de aldrig åt. Det här var männens värld. Som
sagt, Bill var verkligen en omtyckt person. Rut själv gillade
det hon såg. Hon hade en man som inte sorterade vilka han
skulle dunka i ryggen. Hans omedelbara kärlek räckte för
alla, oavsett ursprung, kön och socialgrupp.

*Mitt hjärta är ditt, liksom min själ, mina tankar, min kropp, mitt
hopp, min längtan, mina drömmar, mitt skratt, mina tårar. Din Bill.*

När det var ledighet och semester sågs Rut och Bill givetvis
lite mer och de blev snabbt ett par som delade det mesta. Ja,
om man bortsåg från boendet då.
Ett problem som uppstod ganska snabbt var att det aldrig
gick att boka något. Det som de trots allt gjorde tillsammans
blev gärna plötsligt och impulsstyrt uppbokat. Längre plane-
ringar, och särskilt de som skulle göras i god tid, var svårare
att få till. Bill hade någon oro i sig, det kändes som om han
undanhöll en del av sig. Små eller stora aktiviteter, ofta blev
det bokade ändrat eller avblåst. Många gånger av skäl som
var mer eller mindre begripliga. De begripliga var ofta van-

ligast vilka skymde sikten för de gånger när någonting faktiskt inte stämde.

En sak som stämde var att det i perioder var omöjligt att få kontakt med Bill när hon ringde. Hon visste ingen som så regelmässigt struntade i att svara i telefonen eller som bytte mobilnummer lika ofta som Rut pumpade cykeln. Hans mobiltelefon var alltid inställd på tyst läge och dold avsändare. Det senare för att han inte ville skylta med sitt eget nummer när han ringde någon. Han hade tre telefoner för olika ändamål. Telefonerna hemma hos honom var som regel urdragna ur jacket, utom en gång. Det var när Rut var ensam i hans lägenhet. Hon svarade. En mycket arg kvinna vrålade i andra änden av luren och krävde mitt i alla dessa skrik att få prata med Bill. Hon var helt bindgalen och att det handlade om pengar, så mycket förstod Rut. När Bill sedan kom tillbaka skrek han på Rut för att hon svarat och sen ringde han upp den som hade ringt, hur han nu kunde veta vem det var egentligen, och skrek på henne också. Sen blev det tyst. Rut fattade ingenting, vad var det som hände egentligen?

En dag och en kväll ägnade de tillsammans åt att rensa i hans källarförråd. Där behövde kartonger, som bara blivit ditslängda i hans flytt till Stockholm, ställas i ordning. Det behövde städas och rensas. Rut tog sig an massor av papper som slängts i en salig röra både i och utanför tänkta uppsamlingskartonger. Hon hittade då flera brev och kuvert med namn på en Bill fast med ett annat efternamn. Han hade tydligen bytt efternamn och en rimlig förklaring lämnades. Innehållen i breven rörde sig i huvudsak om inkassokrav, vitesförelägganden, hälsningar från Kronofogdar och kallelser till rättegångar. Förklaringar gavs till dessa också och varför inte? Hon visste ju att han haft ett trassel runt sig, så det vore väl rimligt med försändelser av den karaktären. Var det hemligt, hade hon väl inte fått följa med till källaren och röjandet av densamma. Nu var det nystart och alla lik skulle fram ur garderoberna.

Älskar dig, och jag menar, älskar dig. Du är det bästa och finaste som kommit i mitt liv, jag vet att jag vill leva med dig. Tack för att du ger så mycket av dig till mig, jag älskar dig över allt, du är så underbar. Du gör min dag till den bästa. Tack älskling. Din Bill.

Men var i all världen fick han sina pengar ifrån? Han hade ofta sedelbuntar i kavaj- eller skjortfickan. Aldrig en plånbok, aldrig ett kreditkort. Var kom pengarna ifrån och hur kunde han leva utan någon fast inkomst? Betala räkningar och leva på god fot; handla prylar, kläder, mat och många ölburkar, ha råd med resor och dyr bil? Till och med köpa en häst? Ja, för det gjorde han. Han köpte en hel häst, med fyra ben och en svans. En riktig travhäst. Det var i och för sig ett övertagande från en kompis vars dotter hade tröttnat på den, men han fick betala tiotusentals kronor för den. Själv red han inte men det gjorde Ruts dotter, så helt plötsligt hade hon blivit med egen häst, en dröm som vilken fjortonåring som helst hade. Hästen Ella där hemma på gården var ingen häst man red på, gammal som hon var, men en före detta travhäst borde väl gå att få igång? Dottern var överlycklig. Hagen där hemma var det ingen särskild ordning på, så den nya hästen behövde en riktig uppstallning. Det kalaset kostade flera tusen i månaden och då var ändå inte maten inräknad. Sommarbetet var likaså ganska kostsamt och alla tillbehör i form av hästtäcken, sadel och allsköns prylar för skötsel. Både Rut och dottern ifrågasatte inköpet och försökte förklara att det löpande skulle vara ganska stora kostnader förknippade med att ha häst men på det örat lyssnade inte Bill.

En vacker dag gick det ändå upp för honom att pengarna rann mellan fingrarna, att en häst behövde skos och dessutom om och om igen. Hovar växte och skor tappades. Man kunde hämta hästen i hagen och mötas av en häst med sön-

derrivet täcke, flugbeströdda sår och som sagt någon sko
mindre och förstå att tusenlappar nu skulle rulla. Snart vi-
sade det sig, att det blev allt större veterinärkostnader. Häs-
ten var inte i något vidare skick och var sned i länden så den
började halta ganska omgående. För dottern, vars hästdröm
gick ut på att rida i full galopp så hår och tagel viftade i vin-
den, blev i stället till ett evigt tvättande, pysslande, smör-
jande, medicinerande och promenerande. Och hon accepte-
rade det. Tog ansvar. Skötte och ledde runt.

Diskussionerna kring inköp och kostnader föranledde en
hel del gräl där Bill gång efter annan hotade med att ta bort
hästen vilken han slutligen också gjorde. Rut fick en dag en
ingivelse om att hästen hade hämtats från sitt sommarbete
och tagits iväg någonstans. Hon och dottern åkte till hästha-
gen och såg direkt att grimman var bortplockad, så även
hästen. Nu var den i stället uppstallad på andra sidan stan
hos en kvinna som jobbade med problemhästar. Ganska
snart redovisades en bild för Rut där hennes dotter anklaga-
des för att ha suttit snett på hästen och åsamkat skadorna.
Så kunde det ha varit, eller förresten inte. Dottern hade ridit
i minst tio år vid det laget och var väl anförtrodd av flera
privathästägare att vara medryttare på deras hästar. Hon
blev givetvis förkrossad och Rut med. Hästen såg de aldrig
mer.
Undran kvarstod. Varifrån kom pengarna till alla inköp? Bill
spelade på hästar. Han spelade flera gånger i veckan men
kulmen nåddes varje lördag som var den stora travdagen,
alltid från något hörn av Sverige. Rut lärde sig snabbt vilka
hästar och kuskar som gällde, vilka som var hög- respektive
lågoddsare. Vilka som eventuellt kunde skrälla och vilka
som gav spänning i spelet. En dag visade Bill en rejäl bunt
med pengar som han förvarade i garderoben. Det var en
skräll som travat in dessa pengar. Så sa han.

Under tiden Bill och Rut hade med varandra att göra, gjorde han tretton ansatser att få igång olika jobb. Varenda en av dem klev han in i med ögonbindel och en obotlig optimism. Han var entreprenör och galenskapare i lika stora doser men hade många goda idéer. Inte en enda av dem färdigställdes dock. Jobben blev bara till projekt och skisser som i sin tur inte ledde till någonting annat än trubbel och kostnader. Han skissade på att starta klack- och nyckelbarer vid ett par olika tillfällen. Det fanns planer för minst lika många caféer och ett tag var det en jackaffär som hägrade i hans fantasier. Kurser ansågs vara hans bransch, så han planerade för att starta hästkurser för handikappade. Eller, om inte annat, kurser riktade mot fosterhem och nazister. I den förra kurs-idén fanns det säkert viss bäring men i den senare var det lite grumligt med att förstå kopplingen. Vad hade fosterhem och nazister med varandra att skaffa? Ett av de senaste jobbprojekten var att börja sälja cashmere halsdukar och därför kom han hem med en hel väska full av vackra mjuka halsdukar. Inte heller den idén höll tillräckligt länge för att bli något av.

Hmmm, jag undrar vart halsdukarna tog vägen egentligen, tänkte Rut där hon stod med hinken i högsta hugg utanför hönsburen. Såväl väska som halsdukar hamnade nog i något nytt källarförråd hos någon som fattade lika lite som hon själv hade gjort då. Rut tog en spade och började skyffla hönsskit ner i hinken. Nu skulle blommorna få nytt liv. Just idag.
Så hände det sig att Bills dotter började missköta sig i sko-lan. Bill hade tidigare beskrivit henne som ett mycket stökigt barn redan från unga år och som en följd av det, hade hon fått lämna skola efter skola. Men sedan hon tagits från sin mor och landat i Bills kärleksfulla omvårdnad, hade allt rett upp sig till det bättre. Nu var hon tydligen igång på samma sätt, hon hade börjat missköta skolan igen. Av den anled-ningen ville tidigare nämnd borgenärska hoppa av alla för-

pliktelser för lägenheten söder om Stockholm där Bill och
dottern bodde. Det var vad Bill berättade i alla fall och Rut
visste som vanligt inte vad hon skulle tro. Så där hux flux
bara, både att dottern misskötte sig, att borgenärskan hade
tröttnat och att lägenheten skulle säljas. Dotterns kompis
föräldrar kunde skramla fram en sovplats till dottern och
plötsligt fanns det en ny lägenhet till Bill i Linköping.
Men så var det ofta. En tanke åt vänster och en åt höger.
Ett kliv åt höger och så snabbt ett åt vänster. Rejäla rus-
ningar åt ena hållet och lika snabbt tillbaka. Det gick inte att
vare sig förstå eller hänga med, än mindre att planera något.
Rut och Bill började glida isär, det kändes inte värt att satsa
vidare i en relation där man aldrig hängde med på vad som
planerades och hände. Lägenheten såldes och Bill flyttade
till Linköping. Dottern däremot flyttade hem till sin kompis
och fortsatte plugga (eller missköta sig, vad som nu var
sant?) vidare i skolan.

Under de år som Rut och Bill hade kontakt, åkte han regel-
mässigt varje vecka till Östergötland. Där hade han några
kompisar och de fiskade eller spelade på hästar eller Gud
vet vad. Rut visste inte i alla fall. Det enda hon var säker på,
var att hon inte fick följa med. Han passade alltid på när han
visste att hon inte kunde. När flytten gått till Linköping
hade Rut inte ens ett telefonnummer till Bill och hon fick
inte komma till den lilla ettan i Linköping som han hyrde.
Anledningen påstods bero på den röran som var. Lägenhet-
en var nämligen full av byggdamm på grund av de renove-
ringar som pågick.
Sanningen kom så klart fram senare och den var, att han
inte alls bodde i en etta, utan i en fyra. Hemma hos borge-
närskan. Det var ingenting han berättade, det var något Rut
kom att förstå. Ett ambivalent uppvaknande eftersom han
två veckor innan sin flytt skrev:

Älskling, jag har aldrig slutat hoppas att du fanns, ditt inre är en större rikedom än du anat, och tack vare ditt mod faller sista skyddsvärnet. Jag vet att hela jag kan och vill säga ja till den dröm om att vara ett par som delar allt i ett hem. Du besitter nycklarna som gör att jag är den mest lyckligt lottade, jag vill vara din man, partner och vän. Jag vill vara den som villkorslöst står vid din sida. Din Bill.

Här tog Bill och Rut nu en helt naturlig paus från varandra under större delen av vår och sommar. Lite telefon- och SMS-kontakt pågick dem emellan men inga träffar.

Det som skymtat, egentligen från allra första stund, men som nu började visa sig alltmer tydligt var att Bill var minst lika skamlös som sorglös. Rut visste att han behövde ha Linköping som frizon, det hade tydligen hans kurator sagt. Hon däremot fick ingen frizon. När som helst under den tid som gick, kunde han bara slå en signal eller skicka ett SMS. Bill spelade rätt hårt på travet och drack alldeles för mycket öl. Billig öl i djupa klunkar oftast bara på helgerna men också mitt i veckan. Han hade som rutin att knäppa några öl till travet och sedan blev det fler och fler. Till middagen sedan, när ett glas vin i normala fall kunde ha smakat, fanns ingen längtan efter mer alkohol. Det var så att säga mättat både i mage och huvud.
Rut antog att hans så kallade frizonstänk handlade om att få dricka i lugn och ro. Hon började allt mer tänka på honom som en periodare, så varje gång de inte kunde ha kontakt tänkte hon att han kanske var inne i en period. Egentligen var han blandmissbrukare. Han åt stora mängder Alvedon eller om det var Ipren, hon minns inte så noga. Flera om dagen som någon form av självmedicinering.
So what, Rut hade ett helt och fullt liv så hon brydde sig faktiskt inte om hur det var med den saken. Ibland träffades de, ibland inte. Träffades de inte var det någon mening med det. Däremot sågs de allt oftare på allmän plats för Rut hade beslutat att om hon inte fick komma till Linköping, skulle

Bill inte få komma hem till henne och barnen heller.

*Jag kommer alltid att älska dig för du är den enda som fått mig att
älska och känna riktig kärlek och aldrig kommer någon att ta din
plats i mig för jag kommer aldrig glömma dig. Din Bill.*

Rut fyllde hinken med vatten och började röra runt. Ganska
snart blev vattnet riktigt brunt och irriterad som hon kände
sig, efter alla tankar om sitt förflutna kärleksliv, rörde hon
aningen lite för ivrigt. En kaskad av brun sörja skvätte upp
ur hinken och stänkte ner hennes tröja. Det luktade fruk-
tansvärt illa, så hon lämnade det hela för en stund och gick
in för att byta tröja.

En månad senare flyttade Bill åter till Stockholm där han
fått jobb i en restaurang som drevs av en kompis. Han hade
dessutom fått chansen att hyra en lägenhet i Hammarby av
en vän från förr. Naturligtvis var även det en kvinna som
Rut aldrig sett men däremot hört talas om. Hon identifiera-
des som den som ägde en av de största pälsbutikerna i
Stockholm. Bill hade nu det sjunde mobilnumret på tre år
och ännu en ny mobil. Den hade han märkligt nog fått i
gåva av sin hyresvärd. Bara så där. Till denna lägenhet fick
Rut heller inte komma, men vare sig jobb eller boende blev
några särskilt långvariga projekt. Två månader senare blev
han först vräkt och sedan arbetslös. Anledningen var
osämja. Igen. Fanns det priser att vinna i kategorin "såga av
den gren du sitter på", så hade Bill fått den största pokalen
och samtliga guldmedaljer.
Och hyreskraven gick till Kronofogden. Rut lyckades snoka
rätt på telefonnumret till lägenheten, dit hon en dag tog
mod till sig och ringde. En yngling svarade efter ett par sig-
naler. Rut frågade efter Bill, om han som svarade sa att den
idioten inte bodde där längre men att han visste vem Bill
var. Att hans mamma var skitarg på honom och att han inte
visste var puckot tagit vägen. Ungefär så.

*Jag vill inte leva med någon annan än dig och alla ungarna. Men jag
har en känsla av att jag knäckt grenen tillit för hårt. Jag kan inte få
något ogjort men jag vet vad jag ställde till med och att det aldrig
kommer ske någon mer gång. Jag kommer alltid hoppas att du en dag
kan ta mig till dig igen, att få vara i din famn. Älskar dig. Din Bill.*

Det hade blivit höst och Bill hade lyckats ragga rätt på ett
nytt boende. Den här gången var det en liten sommarstuga i
Orminge och dit fick Rut komma på besök. Det började bli
lite balans i deras relation eftersom de nu hade möjlighet att
ses, endera hos honom eller hos henne. Tyvärr fanns det
fortfarande så många lögner som hängde i luften, händelser
som aldrig fått någon klarhet och versioner som inte gått att
pussla ihop. Tyvärr hade de kommit för långt ifrån varandra
i det allt mer ytliga förhållandet. Varför såldes egentligen
lägenheten söder om stan och vad hände i Linköping? Vart
hade hans hund tagit vägen, den som påståtts lämnats hos
en härlig gammal pensionerad polis på en adress där det
vare sig fanns någon polis eller någon med det namn som
nämnts i sammanhanget. Samma hund som plötsligt bara
kommit i hans ägo av minst sagt lika förbryllande omstän-
digheter. Hur mådde Bill egentligen och hur mycket drack
han? Hur såg ekonomin ut, fanns det några jobbplaner med
mera, med mera.
Bill och Rut var i hans stuga i Orminge. Han hade fortfa-
rande en gedigen röra av inkassokrav och kronofogdeären-
den och de enades om att lägga allting i prioriteringshögar.
Han skulle försöka ta ett lån och göra sig kvitt alltsammans
fast i rätt ordning. Ekonomisk sanering kallade det för. Ett
känt tv-program kallade det för något annat och just nu var
Rut programledare. Bill hade flertalet dyra snabblån som
tecknats i desperation både nu och då som behövde lösas,
de kostade skjortan. Han hämtade alla krav och fakturor
han kunde hitta och gav samtliga till Rut som fick den stora
äran att reda upp i röran. Hon satte sig mitt på vardags-
rumsgolvet och spred ut allt framför sig. Bara det tog sin tid

för det var krav på än det ena, än det andra. Kraven från kronofogden var på drygt etthundratusen i form av obetalda räkningar och böter. Enskilda fordringar till privatpersoner var på allt ifrån femtusen till närmare etthundratusen, det mesta var obetalda hyror. Astronomiska summor enligt Rut som aldrig någonsin levt över sina tillgångar. En riktig sanering behövdes. Det fanns också redovisningar från försäkringskassan över underhållsbidrag som betalats ut och där, i raden av antal barn, stod inte två utan tre namn. Dels de två redan kända barnen, men så hade ytterligare en son också dykt upp som från ingenstans. Nu tonåring. Ännu en händelse som Rut bara fick lov att förstå, ännu en detalj han missat att säga.

De beslutade sig en dag för att ses med enda syfte att han skulle lägga alla korten på bordet. Nu fick det vara slut på allt fiffel, alla lögner, undanhållanden och konstiga historier. De sågs men det gick inte att prata om det som varit. Gamla lögner förkläddes snart i nya förvillande dräkter och mynnade ut i ständigt nya påhitt och dimridåer. Det var ungefär här, denna höst, som Bill knöt en kontakt som äntligen stjälpte hela lasset i diket. Det började gå upp för Rut att det inte bara handlade om mer eller mindre vita lögner i deras kontakter, utan också någon form av dubbelliv. Det svåra var bara att stilla inse hur lite hon kände till omfattningen av det.
I närheten av Bills nya boende fanns en kiosk som också fungerade som ATG-ombud. Där jobbade en kvinna som han började knyta kontakt med. Vid sidan av att ofta vara där och spela på travet, hade han sagt att han var ute efter ett boende. Antagligen för att fiska i hennes civilstånd. Vid det här laget var Rut och Bill att betrakta som ett par men det kände inte kvinnan till så klart. En naturlig fråga i sammanhanget var om Bill själv kände till det, för en gång när Rut och Bill varit tillsammans i kiosken, hade han på hennes fråga om vem Rut var, bara sagt att hon var en kompis.

Ganska snart hade han bjudit kiosktjejen till stugan; tänt ljus, lagat middag och pysslat om, så där som bara Bill kunde. Strax efter började kiosktjejen och han ses mer och mer, både hos henne och hos honom. Något som Rut inte kände till så klart. Rut hade vid det här laget lämnat inkassokraven och de pånyttfödda barnen bakom sig, för närvarande och återigen så fruktansvärt less på alltihopa.

En relation behöver utvecklas åt något håll för att hållas vid liv. Det är inte alltid den fördjupas, den kan i stället ta vägen till ett löst förhållande fritt från krav, åtaganden och löften om evig trohet. Men att dela sitt liv med någon som ljuger, undanhåller, bedrar och mörkar och samtidigt menar att det är för att skydda sin partner, sådant bidrar inte till utveckling. Människan är skapt för att bringa ordning. Hela naturen fungerar så. Jämna ut, finna strukturer och skapa mönster som stämmer. Söka förklaringar på det otänkbara och obekanta. I brist på logik finns bara fantasin som den enda sanningen och den kan skena iväg tills man blir helt slut. Rut kände sig slut.

Det hela hade verkligen börjat urarta till ett medberoende. Det fanns ett tydligt mönster. Det var mycket energi som gick åt till att undra, sedan bringa ordning, därefter ifrågasätta, begripa logiken, hantera bortförklaringar och ställa nya frågor. Relationen kantades av en massa misstro, ifrågasättanden och mängder av kontroller. Sen ångest och önskan om förlåtelse och strax därefter en vändning av händelseförloppet till arga diskussioner, motanklagelser, glåpord, uppbrott, ilska och SMS-bråk. Sista stadiet var tystnad. Avstängda telefoner, avböjda samtal, nya abonnemang och mobilnummer. Sen förnyad kontakt och så började allt om, så såg det ut i vända efter vända. Det fanns inte tillstymmelse till att bringa ordning för att skapa någon slags varaktighet. I stället var det ögonblickets samvaro som gällde.

Rut bytte inte bara tröja, hon satte också på sig ett förkläde denna gång för att slippa duscha sina kläder i hönsskit en gång till. Blandningen i hinken hällde hon försiktigt ner i en vattenkanna och förberedde det hela för att ge sina blomster en riktig uppmuntran. Hur var det nu, hur långt uppehåll hade hon och Bill haft den gången, vem ringde vem igen och varför. Jo just det, så här var det.

Det hade gått ungefär tre månader sedan de senast var i stugan tillsammans, det var februari och Bill började ta kontakt med Rut igen. Han hade vilda planer och undrade om de kunde ses. Och det gjorde de. Ännu en gång på neutral mark, denna gång på ett fik. Faktiskt samma fik som de hade sin första dejt på. Där började Bill plötsligt berätta hela historien om den påhittade polisen som han sagt att han lämnat hunden till och om var hunden egentligen varit. Nämligen hos borgenärskan. Han berättade att han nu hyrde en lägenhet av en kille i Orminge och att han skulle starta blomförsäljning på en tomtplätt han hyrt av kommunen. Där skulle han också sälja potatis, jordgubbar och så småningom Vätternkräftor. Han verkade må bra igen, tänkte Rut.

Skulle Rut kunna tänka sig att följa med honom till Gotland och hjälpa till med inköp av diverse fina kryddor och annat från Krusmyntagården? Hon som varit i Visby så mycket och älskade stället, kunde hon tänka sig att vara hans privata guide? Skulle Rut kunna hjälpa honom med det? Bills nyvunna dröm var att få ordning på allt, få stil på ekonomin, kunna ge henne allt hon så väl förtjänade. Han ville satsa på henne och företaget och det såg ljust ut nu. Äntligen. Så, skulle hon kunna tänka sig att följa med till Gotland i mitten av mars, snälla? Innan de skildes åt hade Rut sagt att hon skulle tänka på saken. Hon kunde inte låta bli att notera att han hade ny mobil och samtidigt fråga varför han just valt en rosa. Bill sa att han tjatat till sig den av en kompis, mest på skoj.

Parallellt med idén om blomsterbutiken, ville Bill också delge Rut ytterligare en plan. Det fanns en lokal i Gröndal som han tänkte hyra för att driva ett café. Blomförsäljning vår och sommar och ett café året runt. Han ville ha med Rut till caféet som smakråd och idéspruta. De åkte dit och han låste upp dörren till en söt liten lokal med tre rum, perfekt för caféverksamhet. De började mäta och pratade om möblering, färgsättning och en eventuell hörna med leksaker för barn att vara i. Rut älskade att bli tillfrågad. Hon gick igång på alla sina estetiska och kreativa kanaler samtidigt. De tog en tur till IKEA.

Bill och Rut kom iväg till Gotland och hade fyra fantastiska dagar där. Efter besöket på Krusmyntagården hade de en lång lista med kryddor som Rut fick prioritera i och välja fritt ur. De hittade jättefina små lyktor för trädgårdsbruk som också kunde säljas med bra förtjänst. Fyrtio stycken fick de med sig hem och det här var första gången någonsin som det fanns lite substans i projektplaneringen. Rut kände sig nöjd och det var fantastiskt att möta Visby i tidig vår. Rut och Bill bodde bra, åt gott och njöt av ön.

Men i en annan del av världen såg det ut så här. Samma dag som Rut och Bill hade träffats på fiket och pratat om att åka till Gotland, hade Bill varit tillsammans med kiosktjejen och hennes mamma. De hade planerat deras gemensamma framtid dels på ett känslomässigt plan men också på ett affärsmässigt. Caféet i Gröndal och blomförsäljningen var kiosktjejens och Bills framtidsplan och gemensamma dröm. Cafélokalen ägdes av kiosktjejens äldsta son. Bill och hon sa; "Nu börjar vi om, nu tar vi tag i det här, glömmer det som varit och gör någonting bra av det". Visst var det väl så som Bill hade sagt till Rut också? Den tomtplätt som Bill kallat för kommunens tomt var kiosktjejens mammas tomt. Ki-

osktjejens mamma som för övrigt kallades för svärmor. Av
Bill alltså. Ringar var nämligen beställda, vigsel höll på att
planeras och det fanns en gemensam plan att flytta till Norr-
land. En vilja till fler barn fanns där också. Den där "killen"
som Bill sa att han bodde hos, var kiosktjejen och den rosa
mobilen... behöver det nämnas vems det var?
Resan till Gotland finansierades av kiosktjejen med pengar
som Bill lånat i hennes namn. Han hade sagt att hans båt i
Östergötland var värd minst den summan så hon kunde
vara lugn avseende det. Från Gotland ringde han kiosktjejen
och berättade lyriskt om allt han handlat men att han skulle
komma hem senare än planerat eftersom han hade missat
båten hem. Han hade passat på att ringa henne varje gång
Rut tagit sina springrundor längs med havet och Visby
strand. När Bill väl kommit hem var det kiosktjejens tur att
sitta med listan med alla kryddor på för att prioritera och
välja i. Givetvis undrade hon vem som redan skrivit i listan,
gjort bockar i bläck vid några och strukit över andra. Bill
hade förklarat att det var hon på Krusmyntagården som
gjort lite anteckningar bara.

Samtidigt som Bill var djupt involverad i kiosktjejen och
deras gemensamma framtidsplaner som var minst sagt om-
välvande och övergripande, delade han säng med Rut. Han
gav sig hän familjelivet som den godaste människa ihop
med Rut och hennes barn. Han till och med tjatade sig till
att få delta i en släktträff hos Ruts mamma, även hon kallad
för svärmor, samma dag som han (hoppsan) hade lovat att
följa med kiosktjejen och den andra svärmodern på kattut-
ställning. Släktträff versus kattutställning. Släktträffen vann.

Påsken närmade sig och Bill ville lämna pengar till Rut för
mat ihop med en önskan om att få äta påskmiddag med Rut
och barnen. Han hade köpt lite vin och öl och ställt in i hu-
set också. Påskaftonen kom och Bill med, tillsammans med

ett hav av blommor som han planterade lite all over i träd-
gården.

Bill och kiosktjejen hade många gemensamma planer som
sträckte sig från vår till höst. De hade tagit ett gemensamt
stadshypotekslån i hennes namn, pengar tänkta för att reno-
vera köket i hennes lägenhet med samt rusta upp hans bil.
De hade bestämt datum när blomstershoppen och därefter
caféverksamheten skulle öppna. Till hösten fanns också
planer på en gemensam presentbutik. Ringar var beställda
och skulle hämtas samma dag som blomstershoppen i Or-
minge öppnade men förlovningen sköts upp. Bill hade näm-
ligen blivit sur över att sängen, som utlovats i förlovnings-
present av den nya svärmodern, inte blivit beställd. Han och
kiosktjejen hade haft en hård diskussion om det samma dag
som han packade sin bil full med vårblommor för att åka till
Rut på påskmiddag. Han var arg på kiosktjejen så hon fick
fira sin påsk själv, alternativt med sin mamma. Svårt att
hänga med här i svängarna. Det som var mest imponerade i
denna ståtliga pytt i panna var att Bill själv lyckades hänga
med. Än så länge i alla fall.
Hur som helst planterade Bill blommor runt om i Ruts träd-
gård tillsammans med styvsonen, alltså Ruts son Sigge. Allt
medan Rut dukade bordet och gjorde påskmiddagen klar.

Kiosktjejen slet i sin kiosk och blomstershoppen intill öpp-
nade. Bill ställde i ordning allt som var planerat. Vårblom-
mor av alla sorter, lyktor samt skyltar och så kallade trot-
toarpratare, tänkta för att locka kunder att handla. Planerna
med potatis och kräftor var lagda på is så länge för Bill ville
börja i enkel skala.
Några dagar gick och plötsligt var blomförsäljningen inte så
kul längre. Påskförsäljningen blev inte såsom den förut-
spåtts utan visade sig tvärtom bli ganska usel. Detta hade
delvis sin förklaring i att blommorna inte sköttes ens på det
mest grundläggande planet, de fick nämligen inget vatten.

Bill ställde ut blommorna till försäljning på dagen, försvann sedan mer eller mindre för gott och återkom inte förrän till kvällen då blommorna skulle in. Eventuellt alltså. Blomförsäljningen fick kiosktjejen sköta, likaså noppning och vattning och i några fall även intagandet av blommorna vid dagens slut. Hon hade blivit med dubbla jobb denna vår. Men var höll Bill hus då? Jo, han var hos Rut så klart.

En aprildag åkte Bill till Göteborg. Han berättade för Rut att han vunnit resan genom Åbytravet och att det skulle vara föreläsningar, trav, middag, happenings och hotellövernattning. Han skickade bilder och beskrev sin dag och kväll. De hade bowlat och priset han vann var ett antal biobiljetter. Han skickade ett SMS och skrev att han ville att de skulle gå på bio tillsammans sen när han var hemma igen. Sanningen bakom resan var att det var kiosktjejen som egentligen hade ordnat resan till sin mamma men att Bill övertagit den eftersom mamman blivit sjuk. Från hotellrummet hade han skickat ett SMS även till kiosktjejen och sagt att han vunnit biobiljetter och att de kunde gå på bio när han var hemma igen.

Det här var exempel på hur Bill ljög och bjöd in i lögner där han inte ens behövde. Ingen av vare sig Rut eller kiosktjejen, hade behövt veta att han vunnit biljetter och varken Rut eller kiosktjejen hade någon hög önskan att få gå på bio. De hade heller inga uttalade eller outtalade förväntningar om SMS med bioinbjudningar. Det hela skulle bara leda till frågor, funderingar och anklagelser från dem och nya lögner för honom. Det borde han ha förstått vid det här laget. Han pysslade inte bara med vita lögner eller lögner för att rädda sig ur kniviga situationer. Rut trodde att han på något underligt vis "gick igång på" att ljuga och dubbelspela, att han njöt av det. Ville han bli påkommen? Hade Rut kommit nära en människa som var mytoman? Ja, i de tankebanorna hade hon snurrat sig yr vid det här laget.

Rut och Bill hade bestämt att de skulle fira Valborg tillsammans men först ville Rut prata igenom några saker. Hon hade bett Bill om hjälp med att sortera i hennes tankar och täppa igen de frågetecken som börjat hopa sig igen. De hade alltid tagit en paus när det blivit för stort gap i förtroendet dem emellan men sen när de sågs igen verkade det som om allt gammalt skulle vara glömt. Det var väl okej på ett sätt men att nya liknande saker hela tiden hände, kändes inte bra. Så Rut bad Bill om en träff för att få ny riktning i deras kontakt. De träffades på neutral plats och han såg ganska fräsch ut. Alltid glad och kärleksfull i mötet. Runt sin hals hade han en tjock silverlänk som han på frågan om var han fått den ifrån, svarade att han äntligen köpt något fint till sig själv. Så trevligt, tänkte Rut.

Som saker och ting artat sig, var det flera saker Rut inte fattade. Både beträffande sådant som hänt dem emellan, men också att de kommit till en punkt där de behövde bestämma sig om framtiden. Som det var nu visste hon inte ens om de hade någon relation, hon var visst bara någon man kunde ringa och störa lite då och då. Rut bad återigen om att få komma hem till honom. Det hade blivit lite av en signal för hur han såg på dem som par. I en frisk relation bjuder man hem varandra, de skulle väl inte alltid vara hos Rut alternativt på allmän plats. Det var nu väldigt länge sedan de varit hos honom. Herregud, hon kunde väl inte vara tillsammans med någon som hon inte ens fick besöka?
Nej, hem till honom kunde de inte åka, det gick absolut inte för sig, sa han. Det var stökigt och endast en madrass på golvet. Rut fick absolut inte komma dit. Hon bad om att få se blomstershoppen, att de kanske kunde stå där tillsammans nästa dag. Men nej, det gick inte heller. Eller det be-

hövdes inte för en kille som hette Robban ställde ut blommorna på morgonen och tog in dem på kvällen. Rut som bara tyckte att allt lät dumt, pressade på lite till och den här gången skulle hon inte ge sig. Då började Bill gråta. Han berättade att det inte fanns någon lägenhet, att han sov i ett förråd eller i bilen, hade alla sina kläder i säckar och duschade i kiosken i smyg innan de öppnade den på morgonen. Rut blev alldeles förskräckt. Hur kunde det ha gått så långt och varför hade han undanhållit allt detta för henne? Det var ju rena rama misären.

"Näe, så kan man inte ha det", sa Rut. "Imorgon är det du och jag som hämtar alla klädsäckar och övriga prylar och tar hem dem hit. Du får bo hos oss till det löst sig". Bill ville åka och hämta allt själv, han ville inte att Rut skulle se hur han hade det. Men Rut var envis. Vi har pratat om att inte dölja saker för varandra. Vi åker tillsammans. Vi tömmer förrådet gemensamt. Så sa Rut.
När morgondagen kom, gick Bill upp klockan halv sex på morgonen för att sticka iväg. Då gick Rut också upp och frågade vart han var på väg. Han skulle hämta kläderna. Det ska du inte, sa Rut. Inte utan mig. Nu insåg Bill plötsligt att det var lika bra att ge sig. Så han berättade om kiosktjejen. Han berättade att han var hyresgäst hos henne men att de inte hade någon kontakt för övrigt. De kände knappt varandra.
Rut drog en lättnadens suck över att kommit innanför det hon känt som en lögn hela tiden, hon kände så intensivt när någonting inte stämde så till och med det här var god information. Det hon inte visste i precis den stunden var att han i och med detta avslöjande, genast klivit in i en ny lögn. Det var så det fungerade. En lögn avlöste en annan. Just nu handlade det om boendet.

Den här dagen innan Valborg, då Rut och Bill träffades för att bringa ordning i olika händelser och få fred på jorden,

hade Bill och kiosktjejen haft världens praktgräl. De hade
med medlande stöd från kiosktjejens mamma försonats och
beslutat sig för att ta nya tag och satsa på varandra med ny
kraft. Bill hade sagt att han skulle på ett par möten under
dagen men naturligtvis inte sagt att ett av de mötena var
träffen med Rut. På träffen med Rut hade Bill också lovat
att rensa luften och starta om. Han hade, vilket Rut tyckte
var stort, erkänt hur boendet såg ut men att det nu skulle bli
ordning på torpet. Han var så tacksam över att få landa hos
Rut så länge.
Han stannade kvar hos Rut och SMS:ade kiosktjejen i smyg
att han akut hade behövt åka till sin syster sedan pappan
insjuknat men att han skulle vara tillbaka nästa dag. Som en
förklaring på varför han inte var hemma.
Det började köra ihop sig för Bill. Han hade nu hamnat i ett
läge som var minst sagt lika akut som det påstådda akuta
läget för hans far. Han skulle ställas mot väggen av Rut och
den här gången skulle hon köra med högtryckssprutan. Den
här gången skulle hon ta reda på vad i helvete det var som
pågick.

Det gick några timmar sedan avslöjandet om förrådsboen-
det när nya frågor, och frågetecken, dök upp hos Rut. Till
slut hade Rut pressat Bill så mycket att han slutligen också
erkände att han och hans hyresvärd faktiskt hade haft en
relation, men absolut inget sexuellt och heller ingen föräls-
kelse.
"Hon jobbade i den där ATG-kiosken du vet", sa han. "Du
har till och med träffat henne. Och hon är helt dum i huvu-
det", la han till för säkerhets skull. "Jag är så glad över att
inte ha med henne att göra".
Bill berättade att han hade frågat i kiosken om de visste nå-
gon som hade ett boende att hyra ut och att han trodde,
med stor sannolikhet, att han skulle kunna utnyttja kiosktje-
jens välvilja. De var endast vänner och han hade bara sovit
på hennes soffa, de hade ingenting med varandra att göra

för övrigt. De bråkade mest hela tiden och hon levde för
övrigt i en misär. Kiosktjejen både bajsade och kissade på
sig, rökte och drack kaffe oavbrutet och hade buntvis med
krav från kronofogden. Han frågade Rut om hon trodde att
han kunde vara så dum att han fastnade för någon som var
så lik honom själv. Han hade gjort allt för att försöka
komma därifrån och han hade inte bott där alls den senaste
månaden.

I den andra världen såg det lite annorlunda ut. Kiosktjejen
och Bill hade faktiskt en relation. Han hade flyttat in och i
och med det röjt upp i hela lägenheten. Han hade plockat in
sitt porslin i skåpen, ställt dit blommor, hängt upp gardiner,
ställt dit tv och stereo, mattor och lampor, dammsugare och
en micro. Alldeles för mycket prylar för att vara installerade
av någon som bara vara en hyresgäst på en soffa. De hade
umgåtts ganska flitigt med Bills kompisar från Östergötland,
både där och i Orminge. De firade jul och födelsedagar ihop
och han hade tagit emot en tjock silverlänk i julklapp av sin
kärlek. Själv hade han slagit in ett par örhängen i ett vackert
paket till henne. Bill hade klivit in i rollen som extrapappa
till tolvåringen i familjen och besökt sin nya svärmor på
sjukhus flera gånger när hon varit sjuk. Han och kiosktjejen
hade en utstakad framtid där de båda satsade känslomässigt
och gick in för sina gemensamma jobbprojekt. Det Bill inte
kände till var att hela denna framtid alldeles strax skulle pla-
ceras utomhus på en fuktig och vårkall balkong i Orminge.
I den andra världen var det också så att Bill snart skulle
öppna ett kuvert. Ett kuvert som han själv klistrat igen för
nästan ett år sedan. Rut ovetandes, hade Bill en ny födelse-
dagsrutin. Den gick ut på att han två dagar innan sin födel-
sedag hade alldeles egen tid. Under dessa dagar gjorde han
en lista för framtiden och det var den listan som under året
förvarades i ett förseglat kuvert. Kuvertet skulle öppnas
nästkommande födelsedag för att se vad som infriats, och
nu närmade sig födelsedagen med stormsteg. Man skulle

kunna tänka sig att Bill kom att ångra att han dragit igång denna så kallade födelsedagsrutin. Just detta år var det väldigt, väldigt lite av innehållet på listan som infriades. Kuvertet med listan hade han gett till kiosktjejen. Rut själv hade aldrig tagit emot någon liknande lista under de fyra åren hon känt Bill. Det hela var säkert bara ett fiffigt påhitt från hans sida att få chansen att vara lite på fel plats under dessa två "alldeles egna" dagar. För, en fråga bara; hur kunde det ta två dagar att lista nio saker? Tanken var mest troligt att det skulle ha blivit tio saker men eftersom Bill inte lyckats räkna till tio ens med två dagars övningstid, blev det bara nio punkter. Siffran sju kom liksom aldrig med. Listan fick Rut i handen en dag när hon träffade kiosktjejen och det är kiosktjejen som är "K" i listan. Den löd:

1) Bli skuldfri.
2) Gifta mig med K.
3) Ha 300 000 på ett konto.
4) Byta bil.
5) Se att dottern pluggar på universitet.
6) Se att K's barn lyckas i skolan.
8) Ha en inflyttningsfest.
9) Ha en egen fågel.
10) Samma glädje som hittills med K.

Åter till dagen innan Valborg då Bill hade förklarat för Rut att han ville hämta sina säckar och grejer själv, att det bara skulle vara förnedrande och dumt för henne att följa med till Orminge. Han skulle åka iväg själv för att hämta alltihop. Och han åkte. Rut blev arg och stängde av sin mobil. Bill blev stressad och fick känna på sin egen medicin, alltså den att det inte gick att komma fram på telefonen. Rut fick ett långt meddelande intalat på telefonen som innehöll bland annat löften om att det var Rut och han till hundra procent att han skulle "klippa tag i saker" som han kallade det. Han skulle få till allt såsom boende, kurser och jobbsökande.

Han deklarerade att han inte ville ge upp och hade en önskan om att allt skulle bli bra mellan honom och Rut.

Rut hade nu fått nog och letade upp telefonnumret till kiosktjejen. Bill hade vid ett tidigare tillfälle försagt sig för Rut och nämnt hennes namn, en tråd som Rut nu fångade upp. Eniro blev just denna dag hennes bästa vän och samverkan var fin mellan hennes eget minne, företagets tjänster och en alldeles rimlig uteslutningsförmåga. Snart skulle ringsignalerna brytas av att någon lyfte luren och snart skulle Rut tvingas säga saker som hon inte hade den minsta lust att säga. Hon skulle snart både behöva ta emot information och ge detsamma med ord hon aldrig någonsin föreställt sig att behöva välja. Detta var ett av de mest nervösa samtal, men samtidigt också det mest givande, hon någonsin haft. Om Hillary Clinton någonsin tagit kontakt med Monica Lewinsky, skulle hon tillsammans med Rut vara just de två på jorden som fått känna på hur man tillfredsställer sin nyfikenhet och ger sin hämnd i ett och samma ögonblick.
Kiosktjejen drog in luft för att svara på Ruts inledande fråga nämligen om hon kände någon som hette Bill. Kiosktjejen svarade: "visst, det är min fästman och ja, vi bor tillsammans i Orminge."
Därefter var det Ruts tur att svara kiosktjejen på ungefär samma fråga. Det svaret lät inte riktigt lika övertygande kring huruvida Bill och hon hade en relation, men Rut kunde i alla fall säga att Bill för närvarande hade förberett sig för att bo hemma hos henne. Därefter berättade kiosktjejen om hennes och Bills relation och om deras framtidsplaner. Hon berättade om blomstershoppen, caféet och familjelivet. Rut gjorde klokt att i det läget inte berätta så mycket mer. Det var ju ändå Valborg. De bedragna två bestämde en tid för ett uppföljande samtal längre fram.
Rut och Bill gick till elden nere vid sjön. Rut full av vrede och Bill med en ganska låg profil. Han kände kanske på sig att detta var början på slutet. När de var tillbaka hemma

gick Rut raka vägen upp på vinden och började slänga ner hans säckar med tillhörigheter. En efter en. Just denna kväll åkte Bills säckar och prylar ut från två ställen samtidigt. Från Rut och från kiosktjejen. Själv for han till Linköping.

Vid ett senare tillfälle träffades kiosktjejen och Rut och de jämförde brev och SMS och såg hur deras tid tillsammans med Bill delats på ett imponerande vis. Med bara någon minuts mellanrum hade han skickat samma kärleksförklaringar till kiosktjejen som till Rut. Hur han kunde skilja dem åt i fråga om löften och bokningar och hur han kunde komma ihåg vad han sagt till var och en av dem, var förundrande. Och hur han fick tiden att räcka till var en gåta.

Du är mitt livs kärlek. Jätteförlåt för det som varit, Vi behöver inte lämna ut och gräva i all skit. Jag älskar dig, tycker att det är jättetråkigt. B.

Bills nya utgångsläge var inte bara att han hade sina prylar utspridda. Hela hans liv med en titt i backspegeln tedde sig rätt utspritt. Det var några år före femtioårsdagen. En tid i livet då man befinner sig lite mitt i. Man har lika mycket framför sig som bakom, uppfylld av mentala rikedomar. Det var en tid då det blivit dags att räkna ner och hämta hem erfarenheter från tidigare segrar. Bills läge var lite annorlunda. Han hade sina söner utsorterade på olika orter i Sverige, sin dotter inhyrd hos en vän, hela sitt bohag hos borgenärskan, kläder och det mest nödvändiga hos kiosktjejen (något källarförråd existerade så klart inte) och hade enligt sina telefonmeddelanden en önskan om att starta om känslomässigt med Rut. Han hade ägnat sitt liv åt att ljuga och bedra, stjäla och vibbla. Han hade krav och fordringar hos Kronofogden och genom Inkasso. Inget jobb och inget fast boende. Ingen kontakt med vare sig sin ursprungsfamilj eller barnen. Och de flesta av hans vänner var antingen halvkriminella eller halvalkisar. Det var ju nästan synd om honom.

Från den där härliga augustikvällen som började med ett telefonsamtal på Ruts altan i den ljumma vinden, till och med Valborg knappt fyra år senare hade de haft en relation, eller i vart fall någon typ av kontakt. Ruts dröm sedan många, många år tillbaka var att få träffa exakt en sådan man som den Bill först utgav sig för att vara. Hon trodde så innerligt att det var sorten för henne. En långväxt, trygg, öppen, glad, utåtriktad, älskvärd och mycket kärleksfull man. Nu var hon i stället evigt tacksam över att ha fått chansen att leva i närheten av en man med liknande egenskaper, annars skulle hon för alltid fortsatt sitt sökande. Det var relationen som startade med ett bra första halvår men som sedan åtföljdes av ett tiotal kortare pauser och dessutom två längre. Så hade kontakten sett ut. Rut har aldrig haft en finare samling av kärleksbrev, varken förr eller senare, problemet var bra att samtliga var skrivna av en bedragare. Och uppstarten på det hela var en kontaktannons med nummer 137846.
Den närmaste tiden efter Valborg, bedrev Bill en slags telefon- och SMS-terror daglig dags. Vartannat var fullt med ånger, vartannat med hatiska anklagelser. En del handlade om att kiosktjejen bara hade ljugit men å andra sidan skickade han lika många meddelanden till henne, där det framgick vilken stor lögnare Rut var, men sedan blev det plötsligt tyst och var så i alla år.

Det senaste hon hade hört om honom var att han försökte stämma en simklubb i Mellansverige på miljoner kronor för sveda och verk eftersom han några år tidigare hamnat i blåsväder där. Bakgrunden var att han med borgenärskans hjälp, såsom ordförande i klubben, fått jobb i simsällskapet som marknadschef. Tanken var att han skulle driva ett marknadsföringsprojekt åt dem. Bill var en av dem som

plötsligt anklagade elitsimmare för att ha tillskansat sig
svarta pengar som ersättning för resor mellan Stockholm
och Linköping samt till SM. Utbetalningar som borgenärs-
kan känt sig tvingad att betala ut. Dessa utbetalningar stop-
pades när en redovisningsbyrå anlitades. Bill fick ovänner i
föreningen som framförde graverande uppgifter om honom.
Anklagelserna handlade om att han hade ekonomiska pro-
blem, att han skulle vara en sol- och vårare och att han lurat
borgenärskan att ordna jobb åt honom. Bill intygade att de
aldrig haft någon kärleksrelation och att han bara erbjudits
att bo i hennes lägenhet eftersom han själv var bostadslös.
Simklubben bestämde sig där och då för att avskeda honom
och en rättstvist startade. Även borgenärskan avgick från sin
post.

Under tre års tid tvistade Bill mot simklubben och krävde
skadestånd för att han fått sparken. Arbetsdomstolen och
tingsrätten arbetade med fallet och det hela avslutades med
någon slags förlikning. En okänd summa pengar betalades
ut till Bill. Tiden gick och så plötsligt, ytterligare tre år se-
nare stämde han simklubben igen. Denna gång för grov
ärekränkning och grovt förtal. Han begärde drygt niohund-
ratusen i förlorad arbetsinkomst och nära fyrahundratusen
för psykiskt lidande, totalt 1,3 miljoner kronor. Skälet var att
det lagts ut information om honom på internet under rätts-
processens gång som han ansåg hade skadat honom. Bland
annat påstods det att han hade stulit och förskingrat pengar
samt haft en kärleksrelation med ordföranden. Han menade
att detta förtal försämrat hans möjligheter att få annat ar-
bete. Just det tänker Rut en hel del om. Hon tänker en hel
del om alltihop förresten. Möjligheter för hans del att få
jobb hade nog varken försämrats eller förbättrats. Stackars
Pinocchio.

För så var det. Rut tänkte inte på honom som en Bill längre,
för den verkliga Bill var ju rakryggad nog att träda fram när

bevisen var omöjliga att ducka för. Nej, hennes Bill fick faktiskt ett helt annat namn. Pinocchio Raskenstam.

Ruts käraste behållning av den beskrivna relationen var en katt. En grå fin kissegubbe, lagom trevlig och tillgiven. Samma katt som hamnade i pizzan som stod på bordet på en dejt några månader efter Valborg. För maj flöt iväg och vardagen likaså i lättnaden över att det nu äntligen var över. Lever man nära någon som på ett eller annat sätt inte är frisk, som suger en massa energi ur ens egen livsföring och som gör det ena efter det andra osannolika, då är det lätt att ifrågasätta sig själv.
Rut höll verkligen inte sig själv för att vara någon dumskalle men när tillräckligt många obegripliga händelser förklarats på tillräckligt många märkliga sätt, utvecklas till slut ett slags medberoende. Och det gör en till en dumskalle. Det var inte förrän något uppenbart vrickat hände, som polletten skramlade rätt. I den omloppsbanan tänkte Rut på ett oändligt antal scenarier som förklarade det som hela tiden pågick, men inte en enda av dem inkluderade möjligheten att hon ofrivilligt och ovetandes deltog i ett triangeldrama.

Det var någon gång i juni som Rut fast och beslutsamt tänkt att hon skulle göra allt för att träffa en hyvens man. Hon behövde mental rensning, tankemässig rening och känslomässig resning. Tänkt och gjort. På midsommardagen satte hon in annonsen. Denna gång på nätet, på en av alla kontaktsajter som då fanns.

Rut rörde om det sista i vattenkannan. Hon hade blandat ihop en brun, grumlig och illaluktande sörja som hon omsorgsfullt hällde på sina blommor och det fick helt enkelt avsluta hennes funderingar. Det kändes himla skönt att få hälla ut lite skit nu. I samma stund rullade Twist in på gården med sin bil. Hans arbetsdag som projektsamordnare och problemlösare var över för denna gång.

Rut själv kände sig helt slut, bara av att ha vattnat några blommor.

Kapitel 4
Om minne, åldrande och en död hund
samt VM-segling och garderobsstädning

"God morgon lilla kissemiss", sa Pernilla. Hon hade precis vaknat och när hon kom nerför trappan såg hon att katten redan satt och väntade på henne. Alltid hungrig, alltid sugen på sällskap. Nyvaken som hon var och utan sina kontaktlinser upptäckte hon att det visst inte var någon katt hon hälsat på, i stället var det hennes gummistövlar. Tur att ingen hörde henne, tänkte hon när hon gick till köket. Hon tittade ut genom fönstret och konstaterade att den osläckbara sommaren ihärdade. Ännu en sådan där somrig, härlig dag var utlovad men hon visste att det bara var en tidsfråga tills det vände. Tobbe kom strax efter henne ner till köket.

Gud Ske Lov, sa de i mun på varandra. Lika världsfrånvänt som det kändes i juni att ha hela sommaren framför sig, upplevdes det på liknande vis att plötsligt vara mitt i den, fast aningen mer tomt i huvudet kanske. Pernilla hade kommit på att man kunde testa om ledigheten varit tillräcklig genom att andas in hårt genom näsan.
"Om det fläktade till i svalget, var det så pass tomt i huvudet att det blivit dags att hugga tag i grejerna", avslöjade hon för Tobbe. Å nej, tänkte han, nu börjar hon igen. Nya idéer, något nytt hon hört. Han meddelade snabbt att han behövde hämta sina glasögon och försvann upp på övervåningen igen.

Pernilla tog fram en filmjölk ur kylskåpet och började skaka den. Tydligen satt korken löst, alternativt satt den inte där alls, för medan hon skakade skvätte det filmjölk överallt. På tröjan, mattan och stolsitsen, som är flätad i någon konstig sorts bast som filstänket genast letade sig till botten av. Hon tittade bort på hunden och konstaterade att till och med hon hade blivit nedstänkt med filmjölk.

Det underliga är att när något går fel, märker man först inte att det *är* fel utan fortsätter bara med aktiviteten hur messigt det än blir. När det långsamma pusslet lagts klart i huvudet och insikten hinner ikapp: herregud det håller på att bli ett litet surluktande kaos i köket, då fortsätter man att skaka lite till. Man tänker liksom i slow motion: "var kommer all fil ifrån? Så dum kan jag väl inte vara att jag skakar filförpackningen utan kork?", och sen tittar man till och med ner mot hålet där korken skulle ha suttit. Man ser att korken inte sitter där. Då först slutar man. Ungefär så kan man beskriva händelseförloppet även om själva spektaklet bara pågår i några futtiga sekunder.

Hunden som hade oturen att bli nedstänkt av filmjölk, spred det hela vidare i huset eftersom hon snabbt försökte fly från källan till kaoset. Hon luktade med avsmak på sin egen päls. Tobbe kom tillbaka till köket och undrade var sjutton som hade hänt sedan han nyss varit där. På några få minuter hade köket förvandlats till ett målarrum på dagis. Det luktade surt.

"Om det känns tomt i huvudet, är det tomt då? Och vad är egentligen *lagom* tomt?" Pernilla flåsade när hon pratade, samtidigt som hon sträckte sig efter mer hushållspapper för att torka upp filmjölken som landat än här, än där.

Ja, det kan man verkligen undra, tänkte Tobbe för sig själv. Pernilla hade hört två personer på tv:n som pratat om en longitudinell studie av åldrande, minne och demens och där hade man kommit fram till följande. Att hålla igång hjärnan med fritidsintressen och intellektuella aktiviteter, att ägna sin tid åt att läsa tidningar och böcker samt diskutera mycket är viktiga faktorer för ett gott åldrande. Ända sedan 1988 hade tre olika minnesförmågor studerats med hjälp av 4200 människor i åldersspannet trettiofem till åttio.

”Vill du höra mer om det här får du sätta dig ner”, sa hon
till Tobbe och tog bort det sista fildrället hon såg.
Tobbe ville först gå fram och tillbaka till brevlådan lite
snabbt, och snart därefter hamnade han på en stol mitt
emot henne. Han visste att hon tyckte att det var jätteviktigt
att han visade full uppmärksamhet för det hon hade att be-
rätta. Mer än en gång hade han börjat lyssna i olika samtal
men sedan råkat dela sin uppmärksamhet mellan henne och
katten eller henne och hunden eller börjat drömma sig bort,
och då var hans sista stund kommen.
”Du är en mycket dum man”, hade hon sagt då och vänt
honom ryggen. Nu gällde det att lyssna noga, ibland kunde
det komma små kontrollfrågor på innehållet, det visste han.

”Den enskilda faktor som har störst betydelse för minnet är
utbildning. Den som utbildar sig får yrken som kräver något
av en hela tiden och som utmanar ens färdigheter, det för-
står man ju eller hur?” sa hon. ”Därefter är det *hälsan* som
spelar roll, och faktiskt mest den 'upplevda' hälsan. Med
andra ord, den som är frisk men känner sig sjuk presterar
sämre på minnestest än den som faktiskt är sjuk men känner
sig frisk. It's all in your head, det är ju det jag sagt hela ti-
den”, fyllde hon på. Han visste mycket väl att hon riktade
den informationen direkt till honom eftersom uppfattningen
fanns att han sökte efter fel. Exempelvis onda fläckar, ska-
vanker, sår eller märken på sig själv som kunde styrka hans
tes om att ha drabbats av en allvarlig åkomma. ”Hur mår
du?”, hade han hittills under deras tid ihop aldrig lyckats
svara på annat än med orden; ”det är okej” eller ”sådär” al-
ternativt ”det funkar” eller ”synd att klaga”. Det var sällsynt
att han mådde hundra procent enligt hennes uppfattning.

När det gäller fysiska aktiviteter, fortsatte hon, gäller att la-
gom med träning ger gynnsam inverkan på minnet. Minnes-
kapaciteten vänder och den statistiska kurvan blir U-formad
för dem som tränar för mycket, de får i stället sämre minne.

Den tredje faktorn som är viktig för de kognitiva förmågorna, är *tandhälsan* och framför allt hur stor del av tänderna man lyckats behålla upp i hög ålder. Ju färre tänder,
desto sämre minne.
”Så, sammanfattningsvis utbildning, hälsa och tandhälsa är
viktiga saker”, sammanfattade Tobbe i hopp om att slippa
hennes kontrollfrågor. Han visste så väl vid det här laget att
den informationen Pernilla valde att delge honom, var saker
som var aktuella för dem och inte sällan sådant där hon ville
få honom att vakna till och bli lite nyfiken.

Tobbe tänkte också att han var tacksam för att hon tjatade
på honom om att sköta tänderna, att använda tandtråd och
även ringa tandläkaren när kallelse kommit. Det var också
hon som troget drog med honom på springrundor och släpade honom till gymmet. Pernilla vägrade också konstant att
lyssna på hans eviga klagande om sjukdomar, värk i vissa
kroppsdelar och stelhet i andra.
Tack vare hennes flit och ävlan beträffande olika träningsmoment samt att dra med honom på detsamma, hade nya
chanser till investeringar skapats. Som härom sistens, en
pulsklocka. Marknadens värsta pulsklocka! En dag sa den:
”Vilket pass! Du förbättrade din sprinthastighet och dina
musklers nervsystem vilket gör att du blir effektivare. Passet
förbättrade även din förmåga att stå emot trötthet”. Tobbe
läste upp det som stod i klockans display.
”Få se!” sa Pernilla som tog klockan och läste högt vidare:
*Nu har du full kraft att skura toan, våtskura golv, storhandla och
klippa häcken.*
Hon berättade samtidigt att på hennes något enklare pulsklocka stod det bara: *Överansträngd. Vila obestämt antal dagar.*

Nu hade han ju ändå bekräftat hennes berättelse om utbildning och hälsa så kunde hon tänkas vara klar nu? Nähä, så
enkelt kom han inte undan för nu drog hon efter andan och
han samlade ihop sig igen.

"Ett glädjande forskningsresultat som studien gett, var kun-
skapen om att processen med det kognitiva åldrandet sätter
i gång mycket senare än vad man tidigare trott. Det seman-
tiska minnet är generellt gott upp i 70–80-årsåldern och
välinlärda fackkunskaper går lätt att plocka fram även upp i
hög ålder. Hos merparten är minnet ganska stabilt till 65-
årsåldern. Studien visar att kvinnor har bättre minne än
män, tio procent bättre än männens.
"Haha! Ni kommer inte undan, vi minns allt".

Tobbe tittade upp och mötte ett par intensiva ögon som
naglade honom med blicken. När det blev så där tyst och
hon tittade på honom på det där viset, betydde det antaglig-
en att han just nu skulle säga på något... frågan var bara vad.
Hade hon ställt en fråga nyss eller behövde han bara haka
på resonemanget som pågick? Tobbe funderade för sig själv.
Nej, han antog att hon tittade på honom för att hon var
klar. Hon hade nog delgivit honom allt. Budskapet var leve-
rerat och avslutades med en extra knorr, ett klargörande och
ett litet piskrapp. Katsching! Han gick en trappa upp, för
någonstans på vägen i all information hade han kommit på
att han just idag glömt att använda tandtråd. Hade hon känt
till det hela tiden tro? Ja, bergis.
Pernilla som blev kvar i köket, började se sig om och undra
vart katten tagit vägen. Det var ett tag sedan hon sist sett
honom.
"Tobbe, vet du var kissen är?" ropade hon efter honom
men frågan försvann i suset från vattenkranen som spolade.
Hund hade de som sagt och så en katt med. Hunden hade
kommit först till familjen och ett år senare kom katten.
Hunden blev med leksak och kissen blev med makt. De
hade faktiskt ganska trevligt ihop och helt säkert verkade det
som, visste de inte alltid vem som var vem. Och båda var
gula i pälsen.
Så här års hade de även en husfluga inne och en räv i sko-
gen och givetvis fullt med tvestjärtar i brevlådan. En gång i

tiden, för inte så länge sedan, hade de en kattunge också. En sådan där fin ullboll, busig och kelig i lika stora doser. Men katten försvann och Pernilla var helt säker på att någon hade tagit den. Hon hade efterlyst katten med lappar som satts upp lite varstans, bland annat på anslagstavlan nere vid ICA förra hösten men kattungen var och förblev borta. Så var det och så förblev det. Självaste lappen för efterlysningen försvann också ganska fort. En dag när hon hade gått ner till anslagstavlan för att se om någon rivit av nån lapp med telefonnumret, var hela tavlan tömd. Den såg till och med rengjord ut. Hon hade givetvis tänkt skriva en ny lapp, men det kom av sig som så mycket annat. Ett år har gått nu sedan lillmisse försvann.

"På tal om något annat", sa Pernilla till Tobbe som kommit ner till köket igen.
"Det var ganska nyligen i mänsklighetens historia, som vi började vårda våra husdjur minst lika ömsint som oss själva.
"Ömsint, hur då menar du?", undrade Tobbe som tänkte på mängden filmjölk han nyss sett på hunden.
"Jo för i jämförelse med hur det såg ut bara för tio år sedan, lägger vi ned dubbelt så mycket pengar på läkemedel till våra djur. Sammanlagt 75 miljoner kronor läggs på läkemedel. De opereras och behandlas mot diverse åkommor med exempelvis hormonpreparat, cellgifter och smärtlindring."
Återigen kom Pernilla att tänka på kattungen som de inte lagt ner mer möda på att efterlysa. Undra om någon tog hand om henne eller om det var räven som fick sig en liten ullig aptitretare, funderade hon.
"Vad du ser äcklad ut", sa Tobbe.
"Mmm, jag tänkte på hur det måste ha sett ut när räven åt upp lillkissen", svarade Pernilla.
"Äh, sluta. Det hände aldrig. Den där lilla snabba rackaren kom säkert undan både räven och andra hemskheter. Hon slank bergis in i första bästa hus som serverade bättre delikatesser än vi tillhandahållit."

Deras gamla katt hade en kattlucka som den kom och gick
igenom dagarna i ända. Även annat kom, eller i vart fall gick
som det ville. Eller som katten ville snarare, för den var
tjuvaktig. Utanför, eller halvvägs ut genom kattluckan kunde
de hitta allt från korvbitar, kycklingfiléer, söndertuggade
matpåsar med något före detta i, och ibland hela brödlim-
por. Eller som en morgon; en helt vanlig T-shirt.
Kycklingfiléer som lades för upptining i köket på morgonen,
var spårlöst borta på eftermiddagen. Katten rapade och
hunden slickade sig om munnen. Deras samarbete var full-
ändat, den perfekta tajming likaså. Men lika lätt och utan
vidare urskiljning kunde charkuteriprodukter och andra de-
likatesser lika gärna bytas ut mot nattfjärilar och kopparöd-
lor. Till jul var det den näringsfattiga halmbocken som fick
sätta livet till. Den blev tunnare och haltare för varje år som
gick. Katten bara slickade sig om nosen, kanske nös den lite
grand.

En dag var större delen av inredningen på hemmaplan ned-
stänkt med soja. Tobbe och Pernilla hade tidigare ätit sushi
och stoppat ned förpackningarna och sojaburkarna i en
plastpåse. Den konstant sugna katten hade stoppat huvudet
i soppåsen, fastnat i handtaget och sedan sprungit runt i ren
förtvivlan med påsen runt huvudet. Genom kök, vardags-
rum, uppför trappa och svischelisvosch runt omkring på
hela övre planet med. Kära nån vilket elände, både för katt
och matte.
Katten slogs också. Varje gång man passerade fick man sig
ett slag mot underdelen av benet av mjuka tassar. Det hade
blivit som en slags lek. Hunden däremot fick oftast en hård
smäll. En rejäl klatsch någonstans på kroppen, givetvis utan
indragna klor. Hundens päls var lockig och mer än en gång
fastnade katten därför med klorna i hundens päls, något
som han tycktes glömma från gång till annan. För att sum-
mera läget kan man säga att katten deras alltid var hungrig
och alert. Den kunde sitta vid sin matskål till och från långa

74

stunder vid sidan av matningstiden som för att påminna
dem om:
1) Jag är hungrig.
2) Ni får inte glömma mig.
3) Att det blivit dags att fylla på mat.

En katts missnöje är mycket tyst, den sitter bara där i när-
heten av matskålen och tittar. Och så plötsligt vet den vad
klockan är slagen och då är den inte tyst längre. Tänk Per-
nilla som alltid hade önskat sig ett gökur, hade nu fått ett.
Det startade varje dag framåt tre och sa sedan ”mjau” var
tredje minut tills maten var upphälld. Då tystnade den och
smög sig tillbaka i sin lilla vrå.

Varför i hela världen pratade de med hunden som om hon
förstod? Långa haranger om att den inte skulle skälla och att
hon borde hoppa ner från soffan. De hade egentligen en
ofattbart lydig hund, om de bara hade lyckats fånga varand-
ras språk. Om de sa ”gå” så la hon sig ner. Om de sa ”kom
hit” så stod hon still, vid ”hej då” kom hon och sa de ”tyst”
så skällde hon. *Skrek* de ”tyst” argt, så skällde hon ännu
mer. Lydig som sagt, men det var en utmaning att hålla reda
på vilka ord som utlöste vilka reaktioner.
”Näe, nu sätter vi dig nere vid vägen, då kan du sitta där och
säga till alla som pratar, cyklar, springer, skramlar och går
för mycket... plus alla som är för långa, för korta, som har
ljusa kläder och mörka kläder, som luktar eller inte. Alla
som passerar helt enkelt. Ta även de som inte passerar för
säkerhets skull.” Så sa hon till hunden och så skrattade hon
åt alltsammans.

Men så en dag fanns inte hunden mer. Tobbe och Pernilla
hade varit på gymmet och kommit hem vid halv sju på kväl-
len, glatt uppmötta i hallen av den fyrbenta. Men bara en
kvart senare säckade hon ihop på golvet. Hon låg som
däckad, oförmögen att göra något och samtidigt kissade

hon. Troligtvis hamnade hon i medvetslöshet, alla muskler släppte taget. Hon var verkligen borta.

"Gud, nu dör hon", sa Pernilla tyst samtidigt som hon kupade handen framför hundens nos för att känna om hon andades. Strax därefter började hunden hyperventilera och låta som en blåsbälg, varpå de beslutade att snabbt ta henne till veterinären. De samlade ihop resterna av det beige lilla pälsdjuret och särskilt mycket motstånd fanns det inte kvar i den gamla terriern. Hund och bädd, allt i ett i famnen och sedan i full fart till djursjukhuset.

Fyra veterinärer engagerade sig med frågor, samtidigt som de tog blodprover, gav syrgas och dropp. Hunden var verkligen illa däran. Veterinären ville behålla henne på djursjukhuset över natten för att röntga henne dagen därpå. De skickade hem Tobbe och Pernilla som återvände i grubblande tystnad. Innan de ens hunnit hela vägen hem, ringde veterinären och meddelade att de hade kört ultraljud över hundens mage och hittat cancer i så gott som alla bukorgan. De ville avliva henne omedelbart, utan att ens vänta på att Tobbe och Pernilla skulle hinna vända och komma tillbaka. Så otroligt chockerande, så bedrövande, så ledsamt. Från pigg till död vovve på en enda timme. En månad från att fylla tolv.

De tog farväl. Klockan blev sen kväll innan de kände att det blivit dags att lämna henne. Hon låg så fint och fridfullt under en röd filt med hjärtan på och hon hade snabbt blivit svalare i pälsen. När de gått ut ur undersökningsrummet, stannade Pernilla kvar en stund utanför dörren. Hon tittade in på hunden genom dörrfönstret och såg det lilla byltet under filten. Svansen hängde utanför, rakt ner och jätteledsen. Pernilla kunde inte se det utan gick tillbaka in, lyfte svansen och la in den i värmen under filten. Sen klappade hon om henne en sista gång, sa hej då och gick. Askan av hunden ströddes i en minneslund i Mälardalen där hon fick sova gott med de andra djuren. Eller kanske skälla ut dem.

Det här tog på krafterna. Tobbe och Pernilla blev så ledsna, de försökte bearbeta sina minnen, sin sorg och sin saknad. Det mest positiva med att vara med hund var faktiskt alla anledningar till samtal inom familjen. När de suttit på golvet, lekt med henne eller promenerat tillsammans. Särskilt med uppväxande tonåringar gav det många guldstunder. Promenader då de behövt ventilera saker, plugga glosor och periodsystem eller behövde ta upp känsliga ämnen. Det gick många gånger lättare axel mot axel med en hund emellan. De och barnen hade fått dela ansvar, planera tillsammans, glädjas ihop och också lärt känna varandra genom hunden och med hundens hjälp. De hade bråkat, tjafsat och varit arga på varandra när var och en av dem prioriterat annat och ingen ville ändra sina planer för att ta den där hundpromenaden. Men nu var den epoken förbi, numera bodde de ju inte ens ihop längre, förutom Tor. Enheten, besluten, samplaneringen var därmed slut och det kändes tungt. Många tårar.

Begreppet powernap känner de flesta till. Powercry fick nu en ny betydelse. Pernilla fick snabbgråta när ingen annan behövde. Vara duktig och informera alla, trösta och vara stark... och fälla tårar där emellan. Hon skrev också några rader till kenneln därifrån de hade hämtat hunden för länge sedan. Då hon var liten och ny, då de alla var fulla av spänd förväntan över denna lilla krabat som spred både hopp och livsglädje runt sig. Det kändes skönt och alldeles givet att kontakta kenneln med några rader i ett mejl och berätta att en av deras valpar nu blivit en änglahund. Som för att knyta ihop säcken eller så. Det var verkligen hemskt hur mycket man kan sörja ett djur. Några dagar senare gick hon igenom alla bilder som fanns på hunden från den första fina valpbilden till den sista då de suttit i bilen på väg till veterinär. Hon satte ihop ett album och det kändes som en bra bearbetning. Många leenden och sköna minnen.

"Varför är jag den enda som måste vara hemma klockan
tio?" kom det plötsligt från Tor som stegat in i köket han
med. "Å förresten, varför får vi inte vara i centrum? Det är
inget farligt där, ingen är där utom vi. Jag är den enda som
inte får av alla mina kompisar, varför är du så..."
För vilken gång i ordningen visste inte Pernilla, och så
oändligt trött på dessa ständiga frågor och jämförelser mot
kompisars förmåner. Åh, alla dessa "varför-frågor" som hör
tonåren till. De äter upp en. Helt plötsligt hade de glidit
över i den perioden när leksaker och fantasi inte längre hade
första tjing i leken. Nu hade Tor och hans kompisar i stället
börjat hänga med varandra, som det plötsligt kom att kallas.
Man leker inte längre, nej man hänger. I skatehallen, framför
tv:n, på ICA eller ute någonstans. Evighetslånga diskussion-
er om varför man absolut inte får vara i centrum på efter-
middagar och kvällar rullade på utan slut.
"Nä, sluta nu", sa Pernilla tvärt. "För det första kan man
säga god morgon innan man börjar sina attacker. Vi har
dragit det där så många gånger och det bästa du kan göra nu
är att försöka förstå vad vi har sagt, oavsett vad du tycker
om det."

Det var ett bra tag sedan hon fick höra att hon i Tors ögon
var något annat än en trist nejsägande och pinsam gråmorsa.
Som hon saknade Tors underfundiga sätt att kommunicera,
såsom det var förr. Inte nu längre men många gånger tidi-
gare sökte han hennes sällskap. Han ville vara i närheten av
henne, pyssla med sitt medan hon gjorde sitt och så plötsligt
kunde han säga:
"Du är inte ett uns envis". Pernilla som tyckte att hon verk-
ligen var det, i alla fall otroligt konsekvent och därför säkert
kunde uppfattas som grymt envis, höll inte med.
"Joho, det är jag verkligen!" svarade hon.
"Nej jag menar självisk", ändrade han det till då.
"Nähä, tycker du inte?"
"Åsså är du väldigt läcker också."

Hon skrattade och han såg nöjd ut, fullträff igen. Men som sagt, det var ett tag sedan nu som han unnade henne många, långa tankar och gulliga ord. Nu var hon mest jobbig och stod i vägen för allt som han ville ha eller göra, vara eller bli. Tor hade definitivt kommit till platsen Pernilla kallar "Hormonien", som ligger strax utanför barndomslandet men innan vuxenvärlden. Även kallad puberteten. Numera är dialogerna väldigt torftiga och Tors bidrag i samtalen var ofta bara snäppet över hominidnivå. Med andra ord väldigt enahanda. "Va'? Vadå? Venne… palla" är exempel på det.

"Du är som godiset i påsen, tian i plånboken, som grädden i tårtan", var ytterligare minnen från tidigare konversationer. Så himla gulligt sagt, rent av lite poetiskt. Hon log lite när hon tänkte på det plus andra sköna sätt han haft att uttrycka sig på. Han jobbade frenetiskt med att testa ord. Tor var verkligen en ordbajsare. Dels snappade han upp många ord när han tittade på tv:n och så hade de ofta och gärna läst sagor när han var liten. Sedan Tor själv började läsa gjorde han det själv en stund varje kväll. Sådant berikar ordförråd mer än vardagligt tal, det visste Pernilla. Ungar läser för lite, så är det bara. Enda sättet att fånga ord i den takten som behövs för att klara plugget, i alla fall på högstadiet och gymnasiet, är genom bokläsning. Pernilla var väl insatt.

De hade ett underbart sommarminne att luta sig mot nu när sensommarkvällarna blivit allt mörkare och fukten påminde dem om att hösten var på god väg. Det var resan till Travemünde i juli där de deltog i F16 Worlds i segling. De hade tagit nattfärjan från Trelleborg och inresan nästa förmiddag mot Travemünde hamn var lika spännande som överraskande. Pernilla och Tobbe hade stått i det lätta vinddraget ett antal meter över havet på TT-Lines färja Peter Pan och från ovan studerat kappseglingar som redan påbörjats i Lübeckbukten. På sin väg mot hamnen passerade de bryggor och småbåtar, stora segelbåtar, mindre passagerarfärjor och större skutor som alla delade på den trånga farleden, Travefloden. Det var en strålande sommarmorgon och solen verkade fast besluten att skina i Travemünde hela dagen. Faktiskt så preparerade den sig för att stråla skönt över dem hela veckan.

På land var det ett myller av aktiviteter. Vart de än tittade flanerade människor på strandpromenaden, det var stora tält och försäljningsstånd, caféer och restauranger. En doft av sött och grill låg i luften. De passerade ett mindre grönområde och precis där snurrade pariserhjulet "Mon Amour". De körde av färjan och letade sig omedelbart bort till området där båten skulle ligga under veckan. GPS:en ledde dem genom ganska fashionabla områden och vägarna i området, som var kantade av idel stora stenhus, blev allt smalare och krokigare. De hade verkligen hamnat i en sagostad. Och som vanligt när de var ute och luffade, var de plötsligt bara på rätt ställe. Vid pariserhjulet. Där skulle alla F16-båtarna ha sina uppställningsplatser. Det var precis där de skulle tillbringa sju dagar och tillsammans med belgare, nederländare, tyskar, fransmän, luxemburgare, österrikare och schweizare bilda en social arena bland segel och tampar.

En tradition som staden har, är den årliga Travemünde-veckan. Veckan var fylld av seglingsrace, mediabevakning och andra aktiviteter på dagtid samt musik, fest, matos och fyrverkerier på kvällstid. En riktig jippovecka och en stor publikmagnet. Varje dag strömmade det folk till platsen, det var kring två miljoner besökare under denna vecka som var den 124:e Travemündeveckan. Det hela påminde lite om Stockholms vattenfestival. Valfria happenings för avslappnade människor som bara ville uppleva och umgås. I närheten av detta seglingsmecka och i anslutning till en stor härlig park låg campingplatsen där de tältade hela veckan. På ankomstkvällen var de alla inbjudna till segelfartyget "Passat" på middag. Den låg på andra sidan av floden Trave, så med hjälp av en liten personfärja tog de sig över.

Passat är ett otroligt vackert och välskött fartyg och kvällen bjöd dem buffé, fri bar och liveframträdande à la 70-tal med funk, soul och disco. Där knöts de första kontakterna med seglarkompisarna för veckan och seglingskompisarna, eller rivalerna om man så ville, var många.

Trettiotvå F16-båtar, alltså drygt sextio personer bildade tillsammans med bland annat anhöriga, arrangörer, coacher och sponsorer ett stort gäng. Andra seglare var där också, exempelvis sju katamaranklasser till och därtill tretton klasser med andra jollar och kölbåtar. Även om alla inte seglade samma dagar och även om det fanns åtta banor att köra på, så visst blev trångt i bukten. Det var ett stort arrangemang. För alla dessa seglare hölls en öppningsceremoni och samtliga nationer som deltog i de olika klasserna välkomnades. Vid tillfället spelades också en liten snutt av varje lands nationalhymn. Tretton nationer välkomnades och det var så rart att höra; *And we say welcome to Sweden!* och veta att det verkligen bara var de två från Sverige på plats, och således bara de som välkomnades. Med hurrarop och applåder. Det var hur exklusivt som helst.

De hade fantastiska tävlingsdagar och det var varmt, för att inte säga hett, med lufttemperaturer på 25-30 grader hela veckan. En bikinitopp och shorts var på tok för påpälsat. Vindförhållandena var precis lagom och efter första tävlingsdagen seglade de in sig på en sjuttonde plats, en plats som de i det stora hela höll hela veckan. En dag skulle alla team ha varsin transponder med sig ombord och de skulle köra på en mediabana nära land. På så sätt kunde seglingen följas på en stor widescreen från stranden. Det skulle dessutom finnas tv-team på vattnet och en drönare svävade över hela härligheten för att filma starterna. Just den här dagen var en av de dagar då det blåste som mest.

Samma morgon hade de suttit och ätit frukost i den lilla staden när tre rakryggade, lagom muskulösa män gick förbi. De var alla klädda i exakt likadana kläder det vill säga grova kängor, vita strumpor, röda shorts och en vit T-shirt. På kroppen satt en röd sportig flytväst och på huvudet en röd keps. Pernilla tittade till och undrade högt med Tobbe om han kunde lista ut vad det var för sorts problem de tyska små Barbiepojkarna hade i livet. De såg ju dödsspända och fjantiga ut, verkligen. Han dämpade hennes fördömande funderingar och talade om att det var tyskarnas svar på Baywatch. Jaha, klart det var. Sjöräddningen. De var ju alltid på plats när det var tävlingar av det här slaget.

Åter till seglingen denna synnerligen blåsiga dag, då flera team avbröt seglingen, andra fick haveri och ett oräkneligt antal gick omkull. Det var vilt. Transpondern ombord kämpade lika hårt som Tobbe och Pernilla med att acceptera växellägena mellan våg och dal, blött och dränkt. Vid ett tillfälle hade de båda hamnat utanför båten med vatten upp över huvudena, för att nästa sekund vara uppe på båten, skota hem och köra på utan att hinna fatta vad det var som hände. Team Sweden gick inte omkull en enda gång, däremot föll Pernilla överbord vid ett tillfälle. Vid just det tillfället då vindbyarna likväl som båten toppade tjugofem knop och vågorna var mellan en och två meter höga. Det var precis efter kryssmärket i sista varvet, då de redan gjort fler konster än de trodde var möjliga, som Pernilla förlorade balansen och landade pladask ner i den alggröna Lübeckbukten. Något höll ett fast grepp om ena foten medan hon draggades under vattnet utefter båtens sida, tills det släppte. Då tappade hon helt kontakten med båten och bara låg där i sin ensamhet och guppade. Hon kunde varken simma framåt eller tillbaka, i vart fall inte med något resultat. Och! Gissa vilka som kom då? Röda kepsar, röda shorts och röda flytvästar. Barbiekillarna räddade henne och körde henne tillbaka till Tobbe som satt en bit bort och höll båten i kurs. Hon hoppade i vattnet precis bredvid och tog sig upp på båten, sen skotade de hem och körde i mål. Faktiskt utan att komma sist.

Hur sov de då? Jo ganska bra faktiskt, eller så bra som man kan när man campar. Nätterna i tältet bestod till övervägande del av partyljud, skrik och prat. Det var musik från minst tre olika källor som bildade en musikmix som bara inte borde finnas. Det var trafik, biltutor, utryckningssirener och fyllerop. Vid flera tillfällen skälvde hela sänghalmen av färjornas motorljud som transporterades från Travefloden, genom marken i festivalområdet, under hela parkeringen, förbi vägen för att sen nå fram till tältplatsen. Men de sov gott mellan varven ändå. Det var så mysigt.
Det som var mindre mysigt var den kommunala toalettkärran som var uppställd i anslutning till campingplatsen. Den blev snabbt full eftersom den också låg nära gångvägen där väldigt många människor passerade under ett dygn. Inom en vecka hade det spridit sig en olidlig ammoniakstank där bland tälten. Dörrarna på toaletterna ville inte riktigt slå igen och varför då? Jo, hela vagnen hade börjat luta, den hade så att säga satt sig och var på god väg att välta. Bara tanken på vad det var som gjorde att den lutade, alltså tyngden… den sammanlagda vikten av… Då låstes hela vagnen.

De hade fantastiska dagar och verkligen allt man kunde önska sig. Mycket segling, härligt sommarväder, underbara kvällar med trevliga kompisar, massor av god mat och dryck. Allt bara fungerade. Platsen vid pariserhjulet var minst sagt underhållande med en ständig ström av musik som hjälpte dem på traven med att rigga effektivt. Det var till stora delar tyska schlagers och andra käcka och taktfasta små musikpraliner som spelades.
Meddelandet i hamnen om att det var dags för race, kom alltid lika plötsligt. Från att meddelandet kommit, hade de bara en timme på sig att rigga båten, klä på sig, komma ned från rampen och hinna ut till rätt bana innan startsignalen

gick. Banorna låg ofta en bit ut i bukten så det blev ofta lite
panik och bråttom. Till pariserhjulets toner av exempelvis
Tutti Frutti; Little Richards rock n'roll hit från 1955, lycka-
des de rigga på nolltid. När de väl lämnat rampen ihop med
en massa andra båtar, blev det ganska fullt på den lilla flo-
den Trave. Om det dessutom kom ett par färjor blev det lätt
stressad stämning. Utan motor, vilket saknas på den här ty-
pen av båt, och i ett läge med svag vind kunde de med lite
otur dras mot färjan utan möjlighet att styra därifrån. Så fort
de kommit ut i bukten och lämnat trängseln bakom sig drog
de alltid en lättnadens suck. Utfarten var nästan mer nerv-
kittlande än själva racen.

De seglade upp sig under veckan som gick och under den
fjärde seglingsdagen hade de flyttat sig från slutet av det mit-
tersta fältet av seglare till det främre fältet och båtar de dit-
tills inte sett runt sig på banan, var plötsligt inom räckhåll.
Vid ett tillfälle var de uppe vid kryssmärket som fjärde båt
och de var riktigt nära att jobba upp sig en sjätteplats i ett
race.
Var de fick alla krafter ifrån och var de stundtals hämtade
modet ifrån, visste de inte. På morgnarna när deras kroppar
kändes stela, ömma, krokiga, svullna och blåslagna, lyckades
de ändå ge järnet på banan och det var ganska långa dagar.
Hade de fått fortsätta några dagar till, fast det rent fysiskt
hade varit en omöjlig uppgift, hade de nog visat var skåpet
skulle stå. De dåliga placeringarna i början av veckan var
svåra att jämna ut och alla andra hade ju blivit duktigare
också. Men, de hade varit där och de slutade som de bör-
jade, med en mittenplacering.

De tog farväl av dem som de haft mest kontakt med under
veckan, puttade trailern till bilen och lämnade seglingskom-
pisarna, gräsfältet, Mon Amour, Trave, campingen och fes-
ten bakom sig för att styra mot färjan i Puttgarden. Arton

race, tjugosex seglade timmar och tjugo blåmärken senare var F16 Worlds över för denna gång.

Det goda med säsonger, med ny säsong, ny termin, nytt arbetsår eller kalla det vad man vill var att göra omstarter. Börja på ny kula. Som att starta upp en ny kalender, börja från scratch i en linjerad och strukturerad men tämligen oplanerad värld. Just det skulle Pernilla ta tag i nu när de var hemma igen, alltså skaffa sig en ny kalender. Frågan var om hon skulle satsa på en liten kalender denna gång, en som det inte fick plats så mycket i. Det skulle kanske vara ett bra koncept för att planera precis bara lagom. Eller förresten, den skulle nog bli ännu rörigare då. På hemmaplan däremot handlade uppstarter slående ofta om städning och inget tycktes ändra på det.

Garderoberna var näst på tur. Pernilla hade börjat tro att Tobbe kanske hade rätt i att hon hade alldeles för mycket kläder. Nej fel förresten, han hade fel. Eller rätt. Eller fel. Skit samma, hon hade kläder.

Nej okej då, han hade nog rätt insåg hon en dag när hon hade köpt ett par nya vita byxor som hon skulle lägga in i sin garderob. I det ögonblicket hittade hon ett par byxor som hon aldrig hade sett tidigare. Det kunde hon verkligen svära på. Och vad var det för byxor då? Jo, ett par vita byxor. Verkligen pinsamt. Det här var ingenting hon berättade utan i stället tog hon fram en svart sopsäck och ställde den inne i garderoben. Därefter meddelade hon att från och med nu skulle fem plagg per skalle slängas varje helg. Vartefter helgerna gick blev det svårare och svårare. Ändå hade hon ansett att urtvättade, noppiga och trasiga nylonstrumpor slash trosor utan elasticitet i resåren var sådant som kunde räknas som plagg. Fem gamla trosor var lika med fem plagg.

En dag hade hon varit genialisk och dödssmart. Hon skulle precis slänga ett par byxor i säcken men gjorde istället

shorts av dem som hon behöll men slängde ändå två "pro-
dukter" i säcken, nämligen benen. Tobbe protesterade hög-
ljutt och menade att då skulle han minsann kunna ta en
gammal jacka, klippa av dess ärmar, behålla jackan men
slänga armarna i säcken.

"Visst", sa hon.
"Det är ju verkligen du att använda en jacka med fransiga
ärmhål. Ska du tatuera en läcker tjej på överarmen också
och sätta ett paket röda Prince i bröstfickan med? Go
ahead!"

Ett - Noll till henne alltså. Igen.

Kapitel 5
Om gethägnet som blev klart och den rätta vikten på ägg
samt karbonpapper, utflykter och USB-kondomer

Rut var nöjd med livet. Riktigt nöjd. De hade fått mycket
gjort på gården under sommaren. Getternas nya hage var
klar och blev till och med bättre än de först skissat upp.
Storleken var lagom för antalet djur men såg ändå inte ut
som ett stort flak i skogen. Taket som var tänkt att skydda
djuren från regn och fukt hade detta första år fungerat mest
som ett solskydd. Sommaren hade varit fantastisk torr så
getterna blev lata i värmen. Ända till långt in i september
höll sig lufttemperaturen kring tjugo grader mitt på dagen,
ibland till och med uppemot tjugotre grader. Djuren hade
en utmärkt plats att vara på då. Så plötsligt runt den tjugo-
femte slog frosten till. Getterna syntes inte till på gården
och morgonen efter denna plötsligt så kalla natt, fick Rut gå
hela vägen ut till hagen för att säga god morgon. Hon hit-
tade dem alla längst in i hägnet. Så var det tänkt att fungera.
Det skulle alltid finnas platser för dem, oavsett väder.

Vatten, avlopp och foderautomater fungerade hur smidigt
som helst och med god hjälp från MacMini, löpte allt på
som det skulle. Han var en härlig människa. Stor och stark
som en vuxen karl men inte så mycket äldre än en tonåring i
sinnet. En liten person i en stor kropp hade det visat sig ju
mer de lärt känna honom. Eller kanske snarare som en liten
gubbe och en ung man, allt i ett. Han var verkligen stark
som en oxe och älskade att arbeta, han var grymt smart och
hade fantastiskt lätt att lära sig nya saker. Det Rut och Twist
hade tänkt ta reda på den där förmiddagen i somras, när de
knöt de första kontakterna med grannfamiljen Frödin, var
bland annat om de inte kunde engagera deras son i lite vet-
tiga sysslor. De hade ju dagligen sett honom under berg av

kartonger och då inte förstått vad de nu visste, att han kämpat med dörrförsäljning av diverse allt möjligt och att han därtill var en synnerligen dålig sorts försäljare. Det hade kommit som en skänk från ovan för Mini med ett karriärsbyte här.

Rut plockade runt bland allsköns prylar. Flyttade tvätten från torktumlaren till soffan, började sortera den i högar. Satte igång en ny maskin, denna gång med arbetskläder och gamla t-shirts. Hon vek ihop tidningar och la dem i högen som skulle vidare för bränning. Hon torkade av frukostbordet, ställde in det sista i diskmaskinen och körde raskt av gröt- och äggkastrullen för hand. Sen satte hon igång datorn, för nu skulle hon äntligen få tid att skriva lite i sin blogg. Skrivandet hade fått stryka på foten och inspirationen hade sinat medan de arbetat med gethägnet. Hon funderade på innehållet, hur hon skulle börja och vad det skulle handla om, samtidigt som hon tittade ut genom köksfönstret. Bladen hade börjat gulna på sina håll och daggen hade släppt sin lätta fukt i spindelväven på buskarna. Hon såg den stora argsinta bocken som skavde sina horn mot staketet, hörde tuppens envetna galande och såg Twist som gick runt på gården med huvudet i nedfällt läge. Inte långt därifrån gick Mini, även han med huvudet nedböjt. De letade väl efter något i vanlig ordning tänkte Rut. Antingen var det något slags verktyg, eller så var det en nyckel som grävt sig ner under gräs och grus. Sådana var de. Ständigt letandes efter grejer, ofta i sällskap, som i en tyst överenskommelse om att det här skulle de hjälpas åt med... på ett diskret vis. Helst utan Ruts vetskap, men hon var inte dum. Nej då, hon såg precis vad de höll på med.

Ett vid det här laget oräkneligt antal gånger hade Rut sagt till Twist att så länge man lägger saker på sin rätta plats, hittar man dem också på sin, ...typ rätta plats. Hon var medveten om att det lät lite präktigt, lite 50-talsuppfostran och

mammigt så där. Twist svarade ofta då, samtidigt som han la
det aktuella föremålet på "sin" plats, att det här var den rätta
platsen. Rut visste att det bara var *ytterligare* en ny plats att
fylla upp med saker, bara för att det råkade vara enklast just
då. Vid det här laget hade prylar ur samma grupp av föremål
minst fyra tänkbara ställen som sin "rätta" plats.
"Du leker med döden." Fyra små vänliga ord som fick
Twist att planlöst börja plocka bland påsar och hinkar. Där
och då förstod han att han gått för långt, dock med viss
osäkerhet i fråga om hur, men ett planlöst plockande star-
tade strax efter. Den energin som utlöses vid dessa tillfällen
var förvirrande men härlig. Twist plockade men förstod säl-
lan vad han skulle göra av allt och hur han skulle få Rut på
bättre humör. Verktyg, tekniska prylar och sladdar som
strösslats runt de närmaste dagarna bytt plats. Något släng-
des, annat lades i skåp och ytterligare föremål placerades på
hyllor. I de lägena, när hon hotade honom till livet, hade
hon för länge sedan hittat en hink eller en påse med massor
av varierade prylar i, och som aldrig blivit uppackade, ex-
empelvis efter en mekardag i ladan.

Twist hade engagerat Mini inte bara i att leta prylar av alle-
handa slag på allehanda platser, utan också med sysslorna på
gården. Här var han till ovärderlig hjälp. Dessutom hade
Mini involverats i det virtuella jordbruket Farming Simula-
tor, vars spelande format dem till att bli ett absolut dream-
team. Twist stod för planeringen av helheten medan Mini
styrde upp fenomenala strategier i varje enskild detalj av
spelet. De hade minst sagt byggt upp ett hållbart jordbruk
tillsammans och numera var det länge sedan Rut hörde
några utbrott från Twist sida. Som sagt, Mini hade verkligen
fattat galoppen. Han fattade alla galopper ovanligt fort fak-
tiskt, tyckte hon. Det verkade som om de trivdes bra ihop,
både med sysslorna på gården men också med teorierna vid
datorn. Det var som om en helt ny värld hade öppnat sig
för dem alla sedan Mini börjat jobba hos dem.

Dittills hade Mini verkligen inte haft möjlighet att utveckla sina tekniska färdigheter till annat än det som nödvändigt var för att förstå båtmotorer, värmepannor och brandsläckare. Detta var på inget sätt dåligt i sig men det öppnade bara upp för en ganska smal och begränsad värld trots allt. Datorer fanns i var mans hem nu för tiden och det förutsattes i en rad olika sammanhang att man kunde kontakta folk via mejl eller söka information på diverse web-sidor. Datorer var inget som fanns i det Frödinska hemmet. Där arbetade man fortfarande på skrivmaskiner med färgband, körde med räknemaskiner med rulle och kvitton skrivna med kladdiga karbonpapper emellan. Det har alltid funkat förr, så varför skulle det plötsligt vara fel, hade herr Frödin muttrat medan han skrivit ut en inblanco-check till sonen som skulle till ICA för att handla lite middagsmat. Twist som varit hos dem just för tillfället för att få hjälp med en av pumparna i gethägnet, hade blivit fullkomligt stum av förundran.
"Herregud", hasplade han ur sig aningen lite för högt. Herr Frödin hade blängt till åt hans håll.
"Kör du med checkhäfte fortfarande, alltså jag menar, funkar det?"

När detta sagts, hängde det kvar en stund i den tryckande luften som uppstått och Mini såg plötsligt inte ut att vara en dag äldre än tretton där han stod. Högröd i ansiktet av oro för hur hans pappa skulle reagera. Nöjd samtidigt över att någon vågat upplysa pappan om att det kanske började bli dags att tänka framåt. Kundtelefonen i hallen, en grön mynttelefon i bakelit, hade i det närmaste tjänstgjort klart och var färdig för tippen. Familjens bandspelare likaså, det visste han säkert. Herr Frödin höll inte med. Tvärtom hade han mer än en gång stoppat i en femkrona i telefonen och använt den för att provocera sina teknikmätta kunder. Han njöt när kunderna såg konfunderade ut över att han efter några knapptryckningar faktiskt fick kontakt där på andra sidan. Twist, som vid ett tillfälle glömt sin mobiltelefon

90

hemma och bad att få låna mynttelefonen fick då chansen att pröva den. Han hade till och med fått låna en femma för att stoppa in den i automaten.

”Här, varsågod!” hade herr Frödin sagt sedan han fiskat upp myntet ur en burk i närheten. Sedan pös han gott av stolthet när han förstod att Twist hade fått svar. Twist tyckte dock att kvalitén på kommunikationen låg ungefär i höjd med Viber.

”Raspigt och fördröjande som när Porseryd sänder från Kapstaden”, summerade han läget efter att han hängt upp luren i klykan.

”Den dagen kommer”, hade herr Frödin sagt, ”den dagen kommer när allt detta funkar igen. När hela systemet brakat på grund av att all ny teknik slagit knut på sig. När det analoga är det enda som fungerar. Japp, den dagen är snart här, när allting annat blivit överhettat”, tillade han för säkerhets skull. Mini hoppades att det skulle finnas bättre sätt att närma sig den nya tekniken än att göra det med prestige, förakt och en himla massa rädsla.

Nu kände han sig ändå slokörad och nöjd på en och samma gång. Tänk om det kunde bli början på något nytt nu, tänkte han. När någon annan ifrågasatt pappans sätt att tänka beträffande den nya moderna tekniken. Han tog emot checken från sin pappa och skyndade sig ut genom ytterdörren där han mötte en befriande frisk luft utanför. Han flydde från att behöva lyssna på pappans pinsamma kommentarer och omoderna inställning. Han läste på inköpslappen. Högrev och skummjölk stod det. Skummjölk, det var herr Frödins krav på vilken ICA butik som helst om den skulle kallas välsorterad. Det skulle finnas skummjölk och raketost. Och givetvis tomteskur.

Kvar i hallen stod Twist. I ett tappert försök att titta åt ett annat håll än rakt in i herr Frödins misstänksamma blick, svepte hans ögon förbi en tavla som satt där på väggen. Det

var en gammal griffeltavla som hyllade det personliga samtalet framför de mer virtuella vägarna till kontakt. Herr Frödin förklarade genast att skylten satts upp som svar på alla kunders tjat efter Wifi. Så fort de fått vänta i mer än trettio sekunder i ett ärende, märkte han att de börjat fingra efter sina mobiler, knappat in sina lösenord och strax frågat efter Wifi. "Men det är slut med de frågorna nu. Här har vi ingen Wifi. Här pratar vi face to face eller håller käft. Ville de ladda upp sina statusuppdateringar på Facebook, lägga in bilder på Instagram och försöka göra världen mer begriplig via Twitter, så var det inte härifrån i alla fall. Det visste de nu". Herr Frödin pratade så ihärdigt att ett vitt skum snart började synas i vardera mungipa. Och han fortsatte:
"Ja vi lever verkligen i ett underligt informationssamhälle. I morse vid frukosten konstaterade jag att man tydligen skulle gilla yoghurten på Facebook och följa den på Twitter. Jag som trodde att det räckte med att hälla den i tallriken och låta maten tysta mun."
Nu var han uppretad och lite överlägset road på en och samma gång. Han tyckte bestämt att han var smartare än de flesta därvidlag.

"Hmmm", svarade Twist lätt frånvarande samtidigt som han fortsatte att se sig runt. Han tittade från den gamla mynttelefon på ena väggen, till hyllan under griffeltavlan där det låg en kartong som verkligen drog ögonen till sig. Det kunde väl inte vara… Jodå! Eftersom kartongen var öppen såg han att det minsann var ett ljudband, ett äkta gammalt rullband.
"Nä men, dra på trissor", sa Twist högt och mötte herr Frödins skeptiska blick.
"Det här är ju som ett museum ta mig tusan. Vad har du mer i dina gömmor tro?" Precis när han sagt det, kände han att han nog varit på tok för frispråkig för att herr Frödin skulle vara road. Plötsligt kändes hallen alldeles för trång för dem båda och Twist insåg att det säkert var läge att backa

ut, han hade nog trampat på en och annan öm tå vid det här laget. Twist höjde högerhanden och tog tag i kepsen som han vippade på upp och ner på huvudet som någon slags avledande gest. Samtidigt sa han:

"Tack för besöket, ni har verkligen många fina saker och det var inte meningen att verka oförskämd. Känslan är att jag snarare imponeras över i vilket skick du lyckats behålla alla prylar".

Men det mesta lät bara dumt nu insåg han. Kanske var det bättre att vara tyst. Verkligen bara tyst.

"Tack själv", svarade herr Frödin.

"Jag kan komma över lite senare idag och se över vatten-pumpen i hägnet. Jag kommer mest troligt inte att föreslå en installation av vattenhjul med skovlar på tomten eran. Så mycket kan jag lova". Han log när han sa det.

"Och jag blir jätteglad för all hjälp jag kan få av dig Mac", sa Twist. De sa hejdå till varandra.

Nu var det tydligt för Twist att det verkligen var en hel ge-neration mellan dem och en hel del värderingar som var olika. Han kom ihåg när Pia-Carin varit på gården för att intervjua dem. Hon hade inte precis den mest moderna skrivmaskinen med sig som komplement till den obsoleta bandspelaren. Kanske från sent 70-tal. De körde lite tvär-tom mot vad andra annars gjorde som var sjukt fixerade vid att renovera, förnya, rusta upp. I stället gällde: ut med det nya och behåll det gamla. Så var det hemma hos Mac, PC och MacMini. Twist konstaterade att han gillade Mac skarpt. Han var ett himla fint bidrag till mänskligheten.

Nu förstod Twist anledningen till Minis adaptiva förmåga vid farmingspelet där hemma. Killen var ju hungrig, tänkte han. Ashungrig. Det var ett högst naturligt och efterlängtat steg för honom att äntligen få pröva lite modern teknik, att få lägga sina fingrar på ett riktigt tangentbord och att få ge sig ut i cybervärlden. Där hade vi förklaringen, det var Twist mer säker på nu än tidigare.

Helt ärligt hade Rut gett upp. För det första var hon alldeles
säker på att Twist var sladdmissbrukare. Han hade korta,
långa, räfflade, släta, svarta, vita, platta, runda, tvåfas, trefas
och vet i fasen alla sorters sladdar men han kunde ändå hitta
nya varianter. Det senaste inköpet var en sådan var "high
speed rotating HDMI" kabeln, det vill säga en sladd som
hade en teleskopkontakt i ena änden och en mycket lycklig
man i den andra änden. Bakom teven var det ett maxitrassel
av sladdar, det fanns en fullproppad kasse på vinden plus en
stor kopparkittel med så kallade aktuella sladdar inom syn-
håll. Egentligen var de inte ett dugg aktuella, det var bara ett
försök från Twists sida att få ha sina sladdar inom räckhåll.
Han ville få Rut att tycka att sladdar var viktiga. Det där
hade hon genomskådat för länge sedan. Förutom just denna
uppdelning och analys av Twists sladdmissbruk fanns några
fler, lätt frisläppta sladdar utan hemvist. De låg både här och
där i huset. Hon hatade dem alla.
Twist ville så gärna köpa en Curved UHD TV med full HD.
Den kostade mycket pengar men han ville så gärna ha den
och han hade läst på så mycket om alla finesser och funkt-
ioner. Vid ett av alla tillfällen då han varit i affären och
smekt på sin visions-tv, var det en annan intressent där.
Twist berättade så mycket om allt och svarade på alla frågor
så... gå hem med er försäljare! Här tar Twist hand om kun-
derna. Ultra HD 4 K, interfaceburkar, inmersive experience,
upscaling, purColour. Allt var förklarat. Snart var han nog
ändå värd att få göra ett inköp, men först måste det bli ord-
ning på alla sladdar och prylar hade Rut beslutat.

Rut och Twist hade fått ovanligt mycket tid för varandra
denna sommar då de båda kunnat vara mer lediga än van-
ligt. Med den goda hjälp de fått av Mini med bygget av get-
ternas utevistelse, gick det snabbt att få allt klart. Tack vare
honom och hela byggets självförsörjande funktion, hade till
och med möjligheter getts att lämna gården då och då. Rut
kunde lämna över omvårdnaden av hönsen och älsklings-

hästen Ella till Mini. Och Twist kände att deras gemensamma skötsel av korna, kalvarna och givetvis getterna helt låg i linje med Minis kapacitet. Rut skötte däremot alltid ägg- och ostleveranserna till ICA, hon hade trots allt lite tumme med ICA-handlaren. Det trista var att det återigen hade varit en hel del strul runt honom. Som hästköttsskandalen till exempel.

ICA-Bengt hade för en tid sedan, i sina särskilda omsorger över killen i charken, fått klart för sig att allt inte gått rätt till i kötthanteringen. Köttkillen hade färgat fläskfilé extra röd, paketerat om köttet och döpt det till oxfilé för att sedan sälja det dyrt och tjäna egna pengar så att säga "off record". Det var Rut som hade uppmärksammat Bengt på just det. Killen var både nyfiken och uppfinningsrik, en kombination som kanske var kortlivat framgångsrik men oftast inte helt lyckad. Det var säkert inte för inte som han behövde samhällets särskilda stöd. I det här fallet var stödet lika med Bengt. Övervakningen fanns mest bara på papper men nu antog Bengt att det även behövdes i praktiken. Det här var nog bara början. Och rätt fick han.

Snart såldes det gris- och oxkött över ICA-disken, fast egentligen var det kött som inte innehöll något annat än häst. Ja, inte bara över ICAs diskar, det var flera butiker som drabbades och bedrägeriet gick att spåra till långt bort i Europa. Köttis hade ingått i härvan och visste mycket väl vad som pågick men hade tystats ned. Han hade försetts med hyfsade summor pengar som rullat in kontinuerligt genom varuintaget tillsammans med köttet. När de ansvariga äntligen tagits med byxorna nere och fingrarna i syltburken, när någon äntligen sagt "ajabaja" så beslutades bara att maten skulle slängas. Ingen hantering gick att spåra till en specifikt ansvarig person, så inga straff utdömdes.

Den totala kostnaden var och förblev okänd och de olika butikerna löste matberget på varierande sätt. Och med klart skiftande grad av begåvning. Två stora butikskedjor, den ena ett stort möbelvaruhus (som också sålde mat), fick panik och stämplade hela rasket med lappen "säljstopp". Ytterligare en matvarukedja löste problemet med de tiotals ton matprodukterna genom att helt enkelt kasta dem djupt ner i närmsta soptunna och sedan snabbt stänga locket.

En annan kedja däremot, ett företag som tänkte lite längre, skänkte maten till behövande efter att maten plockats ut från förpackningarna och fått en riktig ingredienslista. På ICA i Laduvik följde man just det exemplet, eftersom det ansågs vara bäst av alla de olika alternativen. Men, med ett litet undantag. Det fanns som sagt en nyfiken och uppfinningsrik person bakom just köttdisken på ICA i Laduvik, så initiativ togs utan vidare till en fjärde lösning.

I stället för att skänka köttet, tyckte köttis att han kunde *sälja* köttet till behövande och därigenom få in en extrainkomst. Ett litet bidrag liksom, för hanteringen alltså. Så då pysslade han med det ett tag i godan ro. När initiativet hade pågått ett tag och pengarna börjat rulla i ett allt snabbare tempo, uppdagades det hela. Det blev då stopp på många saker. Köttansvaret och anställningen för köttis samt övervakningsansvar och tålamod för Bengt.

Efter denna händelse hade det varit tyst runt Bengt som tvingats arbeta hårt med att för butikens räkning och för sin egen ekonomis skull, återställa såväl lugn som rykte. Det gick väl så där, men Bengt hade vid det här laget vant sig vid att det mesta krånglade och att det var så livet såg ut. Det fick inte vara bra i för långa perioder. Uttrycket "efter regn kommer sol" stämde enligt Bengts förmenande inte alls. Snarare gällde: "efter växlande molnighet kommer störtskurar". För en tid sedan bröts ändå tystnaden och telefonen ringde hemma hos Rut och Twist när de minst anade det. Telefonen skrällde så där som det bara gjorde när ICA-handlaren ringde.

"Hur mycket väger ett ägg", hörde Rut i telefonluren.
"Jaaa", hade hon försökt svara lite svävande i hopp om att
kunna lista ut vem det var och vad det var för en typ av
fråga. Var det en busringning, en felringning eller vad hand-
lade detta om?
"Hallå, jag frågade vad ett ägg väger, det borde väl du veta,
ja äggen kommer ju i alla fall från dig. Eller inte från dig
kanske, eller vad vet man, det kanske de visst gör, men mest
troligt inte... jaja, så nu frågar jag igen. Vad väger ett ägg?"

Nu hörde Rut att det var ICA-Bengt. Det var nämligen bara
han i hela världen som kunde röra till det på det viset när
han pratade.
"Ett ägg väger mellan sextiotre och sjuttiotre gram", svarade
Rut snabbt för att hindra honom från att fortsätta mässa där
i andra änden.
"Om det inte sitter en liten Cindy i ägget och trycker", fort-
satte hon med glimten i ögat fast den glimten såg ju inte
Bengt. Sådana glimtar såg han förresten aldrig. Inte ens om
man stod framför honom och glimtade på som bara den.
Man skulle kunna kalla honom glimtblind.

"Mellan sextiotre och sjuttiotre", upprepade ICA-handlaren.
"Jag hade nyss en kund här som påstod att äggen bara vägde
femtiofem komma åtta gram i genomsnitt. Den kunden
tyckte att jag hade lurat honom på en himla massa gram ägg
per kartong vid det här laget, så han var inte glad. Han kal-
lade mig för fifflare. Hur kul tror du det är Rut?"
Rut hade tidigare förklarat att äggen faktiskt kunde minska
något gram i veckan genom avdunstning vilket ICA-Bengt
också känt till men den informationen avslöjade i så fall att
äggen stått närmare tio veckor på ICA. På den förklaringen
hade kunden följaktligen svarat honom att det tydligen inte
bara var små ägg som såldes utan till och med gamla ägg.
Därpå hade stämningen blivit ännu sämre.

"Hoppla", svarade Rut, för vad skulle hon säga? "Det var kanske något för livsmedelsverket att ta tag i föreslog hon också."
"Ja det kan du hoppa upp och sätta dig på", svarade ICA-Bengt bryskt.
"Nu ska hela den svenska handelns ägghantering synas, så håll i hatten du". *Klick.* Det blev plötsligt väldigt tyst i luren. Rut hoppades så, att denna tillsyn skulle få Bengt att bli en lyckligare människa. Något hon i och för sig betvivlade stark. Han var störd på något sätt men hur, det kunde hon inte begripa.

Telefonen ringde igen.
"Det är Rut", svarade Rut.
"Jag vill veta vilken kattmat som är godast. Alltså inte vilken du tycker är godast så klart och jag kommer inte heller att smaka, men vilken är bäst?"
"Ja du Bengt", sa Rut. "Vad trevligt att du hör av dig igen, och jag måste nog svara dig att det är en smaksak. Ja, alltså inte att du hör av dig men vilken kattmat som är bäst. Även djur har olika smak förstår du. En del katter gillar de vanliga märkena som Whiskey, Friskies eller Pussi, andra accepterar lågprismärkena och en del köper Sheba eller Royal Canin. Fast då tror jag mest att det är matte och husse som...."
"Jajaja", svarade Bengt. "Du låter som om du bor i Wikipedialand, säg nåt bara som man ska tänka på, håll inte på att brodera så förbannat."
"Eh, okej. Tänk då på att inte byta för ofta, att välja mat med hög kötthalt och att det är billigare att handla på nätet. Men ja visst ja, du kanske har personalrabatt. Om det nu är du som ska köpa? Har du gått och skaffat katt?"
Rut hörde att någon ropade på Bengt där i bakgrunden, det rasslade till som om han tappade luren och så lät det *klick.* Bengt hade lagt på.
Det hade faktiskt varit ganska tyst i luren ända sedan det samtalet för snart två månader sedan. De kunde andas ut.

Kanske. Och som konstaterat, kunde gården lämnas med Mini kvar där hemma. Bortsett från ICA-Bengt, som knappt någon utom Rut klarade av att hantera tillräckligt graciöst, fixade Mini det mesta som hade med gården att göra. Han fullkomligt älskade att arbeta.

"Mini är inte som andra", hade fru Frödin avslöjat i ett svagt ögonblick. "Hans förmåga att planera, följa samt att flexibelt kunna avvika från sin plan är hans svaghet. Att förstå socialt samspel och att uppfatta andras avsikter tillhör heller inte hans starka sidor. Men hans förmåga att följa en visualiserad arbetsgång och att köra som på räls, att göra det som är bestämt och absolut inte avvika från rutiner. Det är hans styrka". Så hade fru Frödin sagt. Det här var skälet till att dörrförsäljningen inte hade fungerat. Det var för många kontakter att ta, för mycket finstilt säljsnack som inte gick att förbereda honom för eller förutse utgången av. Minis förmåga att läsa av andra människors mimik och kroppsspråk var också begränsad. Hans mamma tänkte ibland på hur många som säkert reagerat med förundran på det. Som kanske precis hade sagt att de nog kunde tänka sig att handla men att Mini tagit dem bokstavligen på orden och bara hört ordet tänka. Så när den köpsugne pinnat in i huset efter pengar kanske Mini redan stått och knackat på en ny dörr. Han hade ju aldrig förstått att det var på väg att bli en försäljning.
Minis alla goda sidor fick verkligen blomma på gården. Hans minne var briljant och hans begåvning nådde inga gränser när det gällde detaljer och sinne för ordning. På gården jobbade han på i dess lugna, förutsägbara miljö. Inget buller, ingen röra, inget som smattrade och tjöt, allt var strukturerat och lugnt. Och tydligt. En varm och mjuk miljö.

Ledigheten som syntes evighetslång i början av juni var ändå över i ett nafs och nu var de redan på väg in i oktober.

Den kvällen i juli när familjen Frödin kom över på pizza-
middag, hade Mini gått över i förväg. Det som drog och det
som var hans stora nyfikenhet var getterna. All aktivitet runt
dem hade han så klart sett länge från sin tomt, men nu fick
han chansen att träffa dem på närmare håll. Twist hade pre-
senterat getterna var och en vid namn och alla namnen hade
satt sig direkt. Mini gick runt där i hagen och ropade på dju-
ren och inte en enda gång tappade han bort något namn.
Getterna flockades runt honom så där nyfiket som bara get-
ter kan. Det var så allting hade börjat. Sedan hade han blivit
kvar, praktiskt taget flyttat in eller, han gick emellan som
herr Frödin sagt någon gång. Rut tyckte att det lät som en
beskrivning som bättre skulle passa in på hur en hemlös katt
skulle stryka runt. Nä, det här var inte någon som strök
runt. Mini tog plats och var närvarande i allt han gjorde, så
länge det var förutbestämt och utan sidospår.
Vad hon gillade denne man med sitt skiftande förnuft,
tänkte Rut där hon stod kvar i köket sedan hon plockat klart
med tvätt och disk. Hon hade visst inte kommit vidare med
dagens planer. Datorn surrade i kapp med hennes tankar
men än hade hon inte satt fingrarna på en enda av tangen-
terna. Som det vanligtvis brukade bli, skulle man kunna
säga.

Bloggare stjäl. De samlar på tankar, plockar på sig saker som
händer, sådant de läser och bilder de ser. Rut var inte sämre.
Idag var planen att lägga ut flera av de bilder och budskap
hon stulit vid alla möjliga tillfällen. Hon ville dela med sig
vidare, kanske bjuda på ett skratt, kanske få någon att tänka
till lite extra, inte bara köra på. Hon var själv inte den som
körde på längre precis. I ärlighetens namn hade hon inte fått
något särskilt uträttat på ett tag. Planer inför framtiden låg
och grodde men hon själv stod mest och stampade. Rut
hade hållit på med sin blogg rätt länge nu och inte ens fått
ihop tiotalet sidor. Alltså, hur gör man för att få ner något
på ett papper? Hon fattade inte. Det enda hon visste, var att

hon *ville* skriva men hon fick absolut inte ur sig någonting
vettigt, det blev bara skräp.

*A happy life is just a string of happy moments. But most people don't
allow the happy moments because they are so busy trying to get a happy
life.*

Texten om lycka var en av hennes favoriter. Den skulle hon
i alla fall skriva ned. Eller skriva av då, för guds skull.
Happiness. Någon gång hade hon hört någon säga att det
bara var ett fåtal gånger man upplevde den absoluta lyckan.
Alltså den som uppstår i sin alldeles renaste form.
Enligt denna person var genuin lycka bara något som kän-
des utan att det fanns någon direkt anledning till den. Så fort
det fanns en anledning till den upplevda känslan, var det
något annat. Glädje kanske? Ändå hörde man daglig dags
människor säga och skriva "jag är så lycklig" eller "det här
var den lyckligaste dagen i mitt liv". Ett brudpar som gifter
sig och upplever en fantastisk kärleksfull stund i det, känner
alltså inte riktig genuin lycka eftersom det finns en anled-
ning till att lyckan känns. Det är ju bröllop. Och en person
som får en dyrgrip av något slag, utger sig säkert också för
att vara lycklig, men det är inte heller riktig lycka eftersom
det är gåvan som skänker lyckan. Inte ens när vi får barn,
handlar det om riktig sann lycka. Det är en berusande känsla
men det är inte lycka. Det här hade Rut funderat över
många gånger. När i hela världen känner man lycka då utan
att det finns någon direkt anledning knuten till känslan?

Lycka borde alltså vara mer som ett tillstånd, en känsla som
inte hänger samman med någon speciell händelse, pryl eller
aktivitet. Hur då? Det kanske kunde beskrivas som en förbi-
ilande känsla som inte går att äga? Lyckan kommer på något
vis objuden. Ja, så här satt hon och funderade. Till slut hade
det hela blivit så svårlöst och filosofiskt att hon istället nöjde

sig med att försöka tänka på de små glädjeämnena i livet. Som ett alternativ till att bara checka av de stora.

Det hade faktiskt blivit lite av hennes livsstil. Det var alltid svårt att vara *här och nu* i olika situationer men att uppskatta de små sakerna i livet, det tyckte hon nog att hon äntligen lärt sig.

Ett litet glädjeämne kunde till exempel vara att åka iväg och fika. Att beställa en kopp kaffe och något gott till eller att välja en glass med de allra godaste glasskulorna. Ett glädjeämne av mindre mått var att bara kunna sjunka ned i soffan och lata sig, låta sig matas av sköna tv-program, speciellt dem man sett fram emot. Att ta en tur med bilen, en liten utflykt. Att byta miljö, att promenera och motionera… det var också små glädjeämnen. Att få krypa ner i en nybäddad säng, fastna i sin bästa bok eller att bara få några droppar regn fast det utlovats skyfall. Att lyckas med något man bakat, lagat eller odlat. Att få mat serverad på en härlig uteservering ger också trivselpoäng. Kanske är det så att många små fina bäckar av glädje bildar en stor härlig å av något som kan kallas lycka? Det här med glädje är definitivt ett "inside job" och en känsla som varierar från person till person. Det finns inga regler här.

Stora glädjeämnen är däremot att man är frisk, har jobb och arbetskamrater, att man har ett hem och tillräckligt med pengar för att försörja sig så livet fungerar. Att barnen, vännerna och de närmaste mår bra och är friska. Att man räknas med, ingår i ett sammanhang och faktiskt finns. Dessa och säkert många fler, är stora glädjeämnen men man hanterar dem som små genom att ta dem för givna. De upptar mycket av ens tankeenergi och även kan ge en hel hop av dåliga samveten. Så stort och tungt kan ibland höra ihop. Näe, ju mer Rut funderade kom hon på att vad hon än tänkt på, så var det stort, i alla fall om man jämförde lite. Herregud! Det fanns så många människor som inte hade någonting mer än sin kropp och knappt ens det. De kanske tvingades sälja sina kroppsorgan för att överleva. Rut själv var faktiskt omgiven av lyx, vart hon än tittade. Allt var stort och överväldigande, punkt slut.

Det började skymma ute och Rut hade nu ägnat så mycket tid åt att tänka på vad hon skulle skriva, att all skrivtid snart var förbi. Hon tittade förstrött på den enda lilla meningen hon skrivit, den om *a happy life*. Hon kände sig ändå nöjd med det och tänkte samtidigt vidare. Hennes tankar gick aldrig att hejda. Det var som en fyrfilig autostrada i huvudet av funderingar som for än hit och än dit. I sina grubblerier hade hon nu fastnat för en kategori av människor.

Det var de som samtidigt som de tar livets händelser för givna, konstant undviker att se de små godbitarna i livet. De som i stället för att pejla in de små glädjeämnena, lever efter de stora och därmed ständigt tycker att det fattas något. Som om de var omgivna av otur, att de var missunnade något, att de hade det värre än andra. Dessa människor tar för sig av livet, skär jättestora bitar av livets fantastiska glasyrtårta, har skyhöga förväntningar men kalkylerar aldrig med de små ingredienserna som kallas fiasko. För dem blir det aldrig riktigt på topp.

Det kommer alltid att fattas något, aldrig bli riktigt bra, de möter livet med: "jamen det var väl typiskt... sånt där händer bara mig" eller: "ja, det var ju trevligt… synd bara att…", "om det inte var för att… så skulle det ha gått riktigt bra", "jaha… hur kan den och den ha så mycket/så många… jag har ju bara…" och så vidare. Ruts tips här är: Håll dig borta från dem, stäng av, håll för öronen, blunda. Kör autostradan åt andra hållet, fort. Eller om du så orkar, ge dem en kram. För faktum är att en tjugo sekunder lång kram frigör oxytocin som är naturens och kroppens egna ångestdämpande antidepressiva medicin. Kramas vi mer, krigar vi mindre. Det låter sunt och riktigt.

Som sagt, lite ledighet hade Rut och Twist fått tillsammans och de älskade verkligen att få lämna gården och göra saker ihop. En kväll var de på restaurang och musikal i stora staden.

Det hade ju blivit så populärt att åka till Thailand, det visste de. Kanarieöarna ut, Thailand in. De visste också att just de två aldrig någonsin skulle komma till Thailand, och inte till Kanarieöarna heller för den delen. De kände däremot till att det fanns en restaurang i stan som Thailandsresenärer gärna besökte för att få lite semesterkänsla tillbaka i kroppen. Så dit bestämde de sig för att åka. Inte för att återuppleva något semesterminne utan snarare för att uppleva något exotiskt över huvudtaget. Twist var redan i stan. Han hade haft ett sånt där produktionsmöte som han behövde vara med på en gång i veckan. Rut däremot tog bilen till närmaste tåg som kunde ta henne in till stan så att de kunde mötas upp där.

Ta den sista vagnen, hade Twist sagt så kan vi tajma samma tåg på T-centralen.

”Nemas problemas”, svarade Rut men när hon skulle hoppa på tåget på sin station uppstod ett litet problem. Detta var ändstationen och tåget stod redan inne på perrongen. Enbart med hjälp av det stillastående tåget kunde hon inte avgöra vad fasen som var fram och bak på det, och följaktligen inte heller veta vilken som var just den *sista* vagnen. Att fråga någon var otänkbart, hon ville ju inte framstå som en lantlolla. Ja, även om hon nu var en. Det fanns heller inga ledtrådar att gå på, så hon tog sats mot den ände som troligast var slutet på tåget om det nu inte var tänkt att köras in i berget. Nåväl, tänkte hon. Det löser sig. Snart nog startar tåget och då skulle hon få svaret på gåtan.

Mycket riktigt, snart startade tåget som hon satt i. Spekulationerna var över och teorierna bekräftade. Det åkte precis åt det håll som hon *inte* trodde. Att protestera var däremot ingen idé utan det var bara att gilla läget. Hon hade hamnat

längst fram i tåget och inte som överenskommits, längst
bak.

Med SMS-kontakt gjorde hon och Twist därför upp att träf-
fas på ankomstperrongen i stället för på tåget. När tåget
kom fram gick Rut hela perrongen bort till den ände som
var så att säga slutet på tåget. Telefonen ringde.
"Var är du?" undrade Twist.
"Jag är på perrongen", svarade Rut.
"Vilken perrong då?"
"På T-centralen."
"Okej, men var där? Vid trappan eller?"
"Ja, alltså jag har precis kommit ända borta i slutet av per-
rongen, det som är längst bak på tåget", svarade Rut.
"Men det är inte möjligt. Där står ju jag också, står du verk-
ligen vid Fruängen-/Norsborgslinjen?" undrade Twist där-
efter.
"Ja."
"Längst bak?"
"Ja, alltså det som är längst bak på tåget när det kommer
in."
Därefter följde en ganska lång grubblande tystnad.
"Hallå?" sa Rut. "Vart tog du vägen?"
"Jaha, det är visst jag som står längst fram, vänta jag börjar
gå nu, jag kommer!"
Strax efter ringde telefonen igen.
"Hallå, Hallå? Hallå! Hallå!?!" ropade Rut i luren men det
enda som hördes var avlägsna steg och lite flåsningar, i öv-
rigt var det ganska tyst. Troligtvis en fickringning.

De hittade varandra alldeles därefter och gick till restau-
rangen. Där beställde de varsin drink. Strax kom det in hög-
fotade glas med något slurpigt, läskande och en bit ananas
balanserandes på kanten. Drinkpinnar med något färgglatt
glittrande trassel på, skramlade runt i glasen också. Det bör-
jade ju bra. Sedan tittade de länge och väl i menyn och

låtsassmakade på allt de läste. Så småningom hade de bestämt sig. Twist valde kött och Rut räkor.

"Nu äter vi länge", sa Rut.

"Jaaa! Riktigt länge." Twist höll med.

De tog för sig och njöt av allt det goda, vitlökssmakande, smarriga. De åt, svettades och snöt sig, drack mycket isvatten och hade det på det hela taget hur mysigt som helst. När klockan blivit 17:40 ville Rut bara checka av tiden för musikalen, för att riktigt känna hur gott om tid de hade.

"Var det halv åtta eller åtta den började?"

"Åtta tror jag, jag ska kolla", sa Twist och började leta efter biljetterna. För ett kort ögonblick stelnade han till.

"Oj, nej, det var visst klockan 18. Nu har vi nog lite brådis, ursäkta, kan vi få betala?" sa han medan han skrattade lite nervöst.

Med hjälp av långa kliv hann de i tid till sin musikal. De såg en föreställning med vansinnigt många vackra kvinnor fast nästan alla egentligen var män. Det var kul. De femhundra originalkostymerna hade transporterats från Broadway ihop med tvåhundra peruker och alltsammans satte verkligen färg på föreställningen. Glassgubbar hade sett beiga ut och vilken hovgarderob som helst hade bleknat i jämförelse. Fantasin kraschade, det fanns inget mer att önska eller föreställa sig i denna långt ifrån sinande ström av intryck. Verkligen härlig underhållning! Efter timmar i sådan färgprakt hade helt vanligt svartvitt kommit att betraktas som spektakulärt och exotiskt.

Redan under försommaren hade Rut och Twist bokat in en liten minisemester, ett dygns herrgårdsliv i Uppland. Då tänkte de att när hösten väl kommit och arbetet dragit igång igen, kunde det vara lagom att få rymma ett stund. Deras plan var att först ta hand om djuren, sedan åka sent på dagen för att vara framme lagom till middagen. På morgonen nästa dag skulle de hänga på låset vid frukosten, snabbt trycka i sig den och sedan hinna hem till djuren igen. Hellre än att inte komma iväg alls, kunde de leva herrgårdsliv lite effektivt tänkte de.

När datumet väl närmade sig kändes det inte alls särskilt akut att dra iväg. Den där mörka höstkänslan hade inte riktigt infunnit sig och särskilt slitna var de inte heller, men det passade ändå bra nu när Mini kommit in i rutinerna på gården. Rut och Twist hade efter det senaste stadsbesöket fått lite blodad tand av att vara på rymmen och det var lika bra att passa på nu när de hade chansen. Bokat var bokat, det var bara att packa och åka. De hade kommit på att de nu kunde ta ut svängarna mer och slippa göra allt med andan i halsen.

De kom iväg en fredagseftermiddag och de åkte i sin lite lagom halvrisiga och vinröda Audi. Twists ögonsten. Han hade letat efter en bil med coolt motorljud länge, länge. Till slut hade han hittat denna Audi A4 Quattro 1,8T som han dessutom chippat till 200 hästkrafter. Det så kallat risiga med bilen var inget annat än att den alltid krävde en extra handpåläggning, en extra service och en extra trist budget. Utseendemässigt var det ingen bil man tittade till på när den åkte förbi, interiört var den en katastrof med sin gråa plyschklädsel anno dazumal. Men som sagt, Twist var nöjd. Och mest nöjd över att bilen lät. Den brummade högt och starkt, det hördes när han kom. Just det hade varit lite av en pojkdröm i alla år. Hästkrafterna ska höras, inte synas, tyckte han.

Twist hade en ny funktion på sin mobil. En app som hjälpte till att hålla koll på aktuella hastighetsbegränsningar. Den passade utmärkt att använda denna dag, tyckte han.
”En röst kommer att tala om när man kört för fort”, informerade han Rut.
De startade och glömde för ett ögonblick bort appen. Det gick några minuter och de letade sig ut från gården och så småningom också bort från Laduviks centrum. Efter ett tag

upplyste rösten dem om att de nog körde aningen för fort.
"Du kör för fort" sa rösten, "sänk farten". Twist gjorde
som rösten sa.

Rut satt och funderade över om det inte var samma sak som
hon själv upplyst Twist om ett oräkneligt antal gånger och
vad som egentligen var skillnaden. Men jaja, en app är ju en
app och med den var det en ny sorts kvinnoröst som pra-
tade. En mjuk, lugn röst som var rätt fascinerande att lyssna
på, och samarbetade gjorde de ju. Rösten och Rut.

"Du kör för fort" sa rösten igen, "sänk farten". Twist
bromsade till och körde vidare. Det kändes lite ryckigt och
Rut märkte att de inte pratade så mycket utan mest bara satt
och väntade på den där rösten.

"Du kör för fort" sa rösten som avbröt hennes tankar,
"sänk farten".

"Jaja jävla tjat", sa Twist till rösten och plötsligt var Rut väl-
digt glad över att det var appen han fräste åt och inte till
henne. Twist berättade att det också finns en livstids kart-
uppdatering som var kopplad till tjänsten i appen och den
visade han Rut. Hon konstaterade då att de på ett sätt, just
då körde i någon slags framtid och med sådant fokus på allt
det nya att de snart skulle hamna i diket. Snart avbröts sam-
talet av rösten:

"Du kör för fort, sänk farten" och Twist som suckade upp-
givet.

"Aaaah, man kanske kunde stänga av den där?"

Så småningom var de framme och checkade in i reception-
en, de hittade sitt rum och slängde sig sen omgående i
jacuzzin som låg avsides vid den spegelblanka sjön. Det var
inte bara lugnt på vattnet, hela själen fick ro, vilket var ljuv-
ligt. De var helt ensamma, det fanns inte en själ någonstans.
Inte ens i baren inne i poolhuset. Där var det pengar i en
burk som gällde sedan man bestämt sig för vad man ville
dricka. De tog varsin öl.

Jacuzzin fick bli inledningen på vistelsen där de senare serverades en drink, en trerätters middag, tre olika glas och bestickpar, en skön natt och en sagolik frukost. Feta och mätta, och kanske en aningen bakis, tog de sedan en lång promenad i nejden innan de begav sig hemåt igen.
På hemvägen hade Rut suttit i bilen och surfat runt i sin telefon. Hon läste de senaste nyheterna, checkade av mejlen och kollade in Facebook. Hon gjorde det som herr Frödin aldrig skulle komma i närheten av under sin livstid informerade Twist henne. Detta faktum log de lite åt faktiskt. Hon såg en bild på färgglada segel som fyllde upp en hamnplan någonstans, vart framgick inte. Två skrov och ett par segel på båt efter båt. Några mindre slags katamaraner uppställda på gamla bildäck och vagnar och en båt var halvvägs på väg ner i vattnet. Var någonstans var det här egentligen. Var det Grekland igen? Hon bläddrade runt bland bilderna och såg prisutdelningen från det Klubbmästerskap som tydligen avgjordes från platsen i dagarna.

"Men där är de ju igen, eller vänta… det är lite svårt att se, men jo det är Macs kunder, på bild igen. Här står de på prispallens andraplats. Twist, kolla in här!" Hon vred telefonen till liggande, zoomade in personerna och stack sen upp telefonen framför ögonen på Twist medan han körde. Japp, det var de igen, de med cabrioleten och alla båtar.
"Det var länge sedan vi sett dem, inte på hela sommaren faktiskt. Åh, jag som har hennes kalender fortfarande. Jag vet att herr Frödin pratat mycket om dem tidigare och om alla deras båtar, men han har inte sagt ett knyst på länge och paret har inte synts till."
"Betyder det att alla båtar har fungerat friktionsfritt då kanske?" flikade Twist in.
"Och cabben."
"Här har vi dem nu, på ett hemmavatten någonstans. Och äntligen fick vi namn på dem också. De heter Pernilla och Tobias. Nu vet vi i alla fall var vi kan hitta henne, eller de

båda förresten och återlämna kalendern". Rut lät funder-
sam.

"Få se, det är en klubb öster om stan."

"Äh, som om det har handlat om det", sa Twist. "Du har
haft telefonnumret till henne hela tiden, det stod ju i kalen-
dern, men du har varit för feg för att ringa upp, erkänn".

"Ja, med det känns som om de och deras aktiviteter följt oss
på olika sätt sedan ett tag nu, eller som om vi följt dem.
Nästan som om vi spionerat på dem genom alla bilder och
reportage, nästan som stalkers. Och jag som har tjuvläst i
hennes filofax också. Jag skäms helt enkelt", erkände Rut.

"Det är väl bara att ringa nu, direkt när vi kommit hem
ringer du", avrundande Twist.

Det är väl bra lustigt, världen var inte större än så här. Bara
en liten ankdamm. Nu måste de kontaktas, det var verkligen
ingenting att skjuta på.

Så sneglade hon till på Twist där han satt medan han styrde
bilen. Han såg ut att titta så där lite drömskt framför sig.
NU! Tänkte Rut. Nu kan jag fånga en romantisk tanke om
jag är snabb. Vad kunde väl passa bättre efter den här
dygnsvilan än att ge varandra det där lilla extra? Hon lutade
sig en aning mot honom så hon skulle komma närmare.

"Älskling, vad tänker du på", frågade hon och gjorde sig
beredd på att få höra något väldigt gulligt. Efter ett sånt här
romantiskt dygn kunde hon nog få höra det finaste trodde
hon.

Det var tyst ett tag, nästan så länge att Rut kände sig orolig
över att Twists flyktiga tanke just hade börjat... typ fly.

"Om jag ska sätta krängningshämmare på bilen", blev sva-
ret.

Rut bet ihop. Hon kopierade länken om seglarparet och
mejlade den till sig själv innan hon fortsatte att bläddra runt
på webben. Nu skulle hon frysa ut honom. Det oromantiska
stycket.

Efter en stunds läsning stannade hon upp igen vid ett par
tillfällen. Den ena händelsen gav information om ett företag
som lanserat en så kallad USB-kondom, ett skydd som gör
uppladdningar i osäkra USB-portar mer säkra. Det betyder
att man utan risk för infekterande virus kunde ladda sin tele-
fon på offentliga platser. Rut svek sitt löfte om utdragen
tystnad och började läsa högt om denna lilla uppfinning.
Återigen tänkte de på herr Frödin. På hans skyltar och olika
medeltida backups där hemma. Genomtänkt arrangerat för
att inte behöva hamna i teknikens presumtiva fördärv och
kaos.
”Det är egentligen bra lustigt det där”, sa Rut.
”Vadå menar du?”
”Jo, det finns en rad uppfinningar i Macs ägor, många
svenska sådana, som en gång i tiden varit så kallade nymo-
digheter. Undrar hur många år som behöver förlöpa innan
de anses vara okej i det Frödinska hemmet? Femtio, hundra
eller kanske tvåhundra år? Han har propellrar i mängder i
verkstaden, en uppfinning som snart är tvåhundra år. Tänd-
stickor, gaffelpärmar, skiftnycklar, kullager, blixtlås... samt-
liga över hundra år gamla”, sa hon.
”Och både säkerhetsbälte och uttagsautomater är sådana
han alldeles säkert använder varje vecka”, sa Twist.
”En gång i tiden har säkert någon liten bakåtsträvare fnyst
åt allt det här också utan att fatta värdet av det”, sa Rut.
”En USB-kondom behövs i alla fall inte i ett hem med
mynttelefon. Några virus går inte att spåra i gamla skrivma-
skiner eller Tandbergbandspelare heller”, sa Twist.
”Vadå skrivmaskin?” sa Rut innan hon stängde av telefonen
och lutade sig bakåt mot nackstödet.
”Är de så toppmoderna där hemma, tror du? De kanske kör
med fjäderpenna fortfarande?”
Twist log åt det hon sagt. Han kände sig nöjd med deras
herrgårdsdygn och längtade redan till nästa chans att få åka
iväg så här med Rut. Det hade varit en fin stund. Även

denna dag hade bjudit på idel sol och lätta moln. Tack härliga indiansommar som fortfarande höll frosten i schack.

"Det var den utflykten det" sa Rut. Det var den första övernattningen på evigheters evigheter som de unnat sig på bortaplan. Det hade aldrig varit möjligt utan Minis hjälp.
"Här näst på tur i utflyktsväg tar vi väl en övernattning på någon skärgårdsö va'?"
"Ja det hoppas vi på", sa Twist och fick något lyriskt i rösten när han fortsatte.
"Då tar vi skärgårdsbåten ut, checkar in på hotellet och badar bastu eller badtunna. Därefter sätter vi oss till bords och äter tiotalet sillsorter, laxcarpaccio, tjälknöl, terriner, gubbröror, västerbottenost, chutney, griljerat och brässerat."
Det lät verkligen som om Twist tjuvkikat och gottat sig i någon meny nyligen. Han hade nästan ett helt julbord uppdukat i huvudet. Rut mindes förra höstens husmorsskola i Laduvik. Den som hon hade arrangerat och där Twist var den enda anmälda. Han hade gladeligen skrivit upp sig på anmälningslistan på kylskåpsdörren där hemma i tron att det bara skulle mumsas. Snart förstod han annat. Först skulle det vikas servetter fast man var hungrig för två. Sedan framkom att det inte var tillåtet att blanda friskt, inte lassa fullt på tallriken, man skulle äta långsamt och sitta och konversera. Det hela påminde alltför mycket om skolan i bordskick och måltidsetikett ihop med kaptenen på Älvsnabben tyckte Twist. Han ville äta bara, punkt slut.

"Efter griljerat och brässerat, glöm inte godiset. Ett helt gotterum fullt med allt. Verkligen allt", fyllde Rut i samtidigt som det slog henne att just detta var något Twist verkligen kunde romantisera om. Mat av alla sorter. Det var hans sorts romantik det.

Kapitel 6
Om saker som är friska och människor som inte mår bra
samt om alla ord i brev och hur knas det lätt blir

Himlen har landat på ett grässtrå, därför darrar det.
Och visst darrar det i oktober. Först av vind, sedan av dagg
och slutligen av frost. Det började bli så där stelt i naturen.
Krispigt och frasigt. Men plötsligt vände det till behagliga
tio, elva grader mot slutet av månaden och det blev jättehär-
ligt. Just det där härliga varade inte särskilt länge.

Nu hade de oåterkalleligt och säkert mött hösten. Frågan
var om det räknades till att vara spännande, kärt återseende
eller vanligt invant? Absolut inte oförväntat i alla fall. Det
hela gick ganska bra faktiskt. De överlevde, mycket tack
vare solen som gjorde sitt yttersta för att pigga upp. Även
värmen höll i sig i det stora hela och det hade underligt nog
inte känts så mörkt som det brukade. Det var mer gult än
grönt på träden som såg alltmer avklädda ut för varje dag
som gick. Efter ett par frostnätter rasade nästan alla löv. Det
första snöblasket föll strax därefter men det var ingen snö
som låg kvar, de sköra flingorna smälte bort så fort de
nådde marken. Nu var det länge sedan man plockade några
blommor och ännu längre sedan man planterade några. Sna-
rare var det så att de ryckt upp och slängt bort allt som inte
sett ut som perenner ur krukorna. Krukor som numera var
undanställda.

Åh, tänk om det fanns en app där man kunde samla se-
mesterns och sommarens alla dofter, musikrippar, smaker,
vattenstänk, vinddrag, glada skratt och härliga vyer, tänkte
Pernilla. Lite som dagens app som man sedan kunde öppna
och släppa ut lite ur när man kände för det. Fast det hade
kanske blivit som med hennes filofax, det skulle bara upple-

vas stressande med allt som skulle fyllas på och så skulle
hon förlägga den någonstans när den var som mest påfylld.
Konstigt, tänkte hon, var kan den ha tagit vägen? När de
kommit tillbaka från Travemünde hade hon letat överallt
hemma, i vartenda skrymsle och varje vrå men utan resultat.
Då var det ju ändå sommar och semester så hon hade inte
brytt sig om att leta vidare, och till slut köpte hon en ny fi-
lofax. I ett svagt ögonblick tänkte hon ringa Frödins och
fråga om de sett den där, men så kom hon på att de aldrig
svarar i telefonen så den tanken försvann. Den nya kalen-
dern hade hon redan börjat fylla på och den här gången
skulle hon vara jätteduktig och inte packa schemat så fullt.
Hon skulle skriva fint och tydligt, hon skulle forma boksta-
verna långsamt och verkligen träna på att varva ner.

Den andra november hände det. Utemöblerna packades
ihop under ett par presenningar, temperaturen hade sjunkit
tjugo grader under den senaste månaden. Det trista var inte
att det plötsligt inte skulle finnas någonstans att sitta, för
allvarligt talat... när satt de i dem senast? Hade de suttit nå-
got i dem alls sedan de tog fram dem? Hade de gjort något
mer än att skura av dem i april, lagt dynor i stolarna och duk
på bordet och kanske borstat bort pollen från hela möble-
manget i juni? Nä, tänkte väl det, men hur som helst var det
otroligt jättesorgligt att täcka in dem under plast i början av
november. "Hej då med er, nu ska ni få sova lite grann, vi
ses snart igen, alldeles snart, var inte ledsna, frys inte.. puss
pu..."
"Nämen vänta, ge dig lite nu", sa Pernilla till Tobbe. "Det är
ju bara utemöbler. Halvruttna dessutom. Klart slut. Men
okej, jättetrist."

Hon gav sig iväg en sväng till centrum för att handla och
Tobbe pysslade vidare där hemma med häckklippning,
hängrännor som behövde tömmas och en cykel som be-
hövde fixas. Han var en mästare på hemmapyssel och kla-

rade verkligen allt. Vad som än sattes i hans händer, gav han
sig på det med största intresse. Det här var faktiskt en
ganska älskvärd sida hos honom och många gånger hann
hon bara yppa att något var på tok, så ordnade han till det så
att det hela blev "friskt" som han brukade säga. Ibland
kunde Pernilla irritera sig på hans sätt att pjoska med prylar,
som om de var viktiga. Eller riktiga. Man skulle vara rädd
om det man hade, vara försiktig och inte göra märken, nöta
eller repa. Det där hade han nog med sig från förr någon-
stans, tänkte Pernilla. Att det skulle vara fint, välskött och
representativt. Se ut som det alltid gjort. Ibland fick hon för
sig att det ansågs mindre upprörande när det uppkom repor
och skador människor emellan, bara inventarierna mådde
bra och inte råkade i förfall. Men vi har alla skit i bagaget i
mer eller mindre skrubbad form och som sagt, Tobbe var
ett geni på att fixa. Både åt sig själv men helst för andra. Det
fanns ingenting han inte kunde fixa till, laga upp eller ge en
bättre framtid. Om han stötte på något hinder med det
gamla, konstruerade han nytt.

Hon hade hunnit runt i sina ärenden och stannade upp
framför kvällstidningens löpsedel. Rubriken löd: "Vargarna i
Lycksele avlivade" och lite finstilt en bit längre ned stod det:
"Elva skadade av klor...
Hon tänkte, men oj hann verkligen ett par vargar ställa till så
mycket skada, elva personer? ...innan hon läste vidare: ...vid
en badolycka i Arvika". Sådana där tankevurpor var ju fak-
tiskt riktigt roliga. Som den här:
"Allt mindre personal på våra förskolor". Hur då mindre?
För att komma ner på barnens nivå, för att lättare få ögon-
kontakt, maxlängd 150 centimeter då eller? Nä precis, för
det man menade var egentligen *färre* så klart.

Man blir snabbt påmind om hur komplicerat det är med
språk. Tankar formar ord som lämnar huvudet och färdas
vidare mot tryck. Synapserna samarbetar och petar igång

tankebanor som levererar nya ord. Tankar formas till ljud tyst inne i huvudet och ljuden kopplas per automatik ihop till en bokstavsbild. Fonem matchas mot rätt grafem. Ljuden blir bokstäver, ord och meningar som skrivs snyggt på rad. Ögonen hittar rätt symbol på tangentbordet på ett ögonblick och tummen trycker mellanrum på exakt rätt ställe mellan de olika ljuden och bokstäverna. Och det hela går fort. Plötsligt sätts en punkt. Det är ju fantastiskt! Av bara farten hittar vi också rätt ändelser och hopkoppling av bokstäver för att få till den ljudstridiga stavningen.

Läs- och skrivförmåga är verkligen mer än bara avkodning. Det handlar om ordförståelse och i vilket sammanhang orden står och vilka syftningar som görs. Ingen givande läsning sker utan läsförståelse och hur vi begriper alltsammans har att göra med vilka förväntningar som finns på innehållet. Det i sin tur beror på vilken kultur man tillhör och vilka referensramar man har. Så än en gång hade hon trasslat in sig i funderingar som inte hade med hennes ärenden att göra. Få se nu, var det för någonting hon behövde uträtta mer här i centrum? Maten var inköpt, kuvertet lagt på lådan, träningsstrumpor fixade och sadelmuff köpt. Det började bli rejält kallt att sitta på cykelsadeln nu.

Om det inte var för att hela den här läs- och skrivprocessen var så komplicerad och därigenom öppnade upp så många vägar till feltolkningar, möjligheter att läsa mellan raderna och att krångla till budskap, så kanske det skulle vara fredligare på jorden? Kan det ha varit vänligare förr, det vill säga innan möjligheterna fanns att skriva rad på rad och vältra sig i ord och formuleringar? Var det må hända mer reko på fader Saxes och broder Udds tid då man ristade sina budskap i stenar? Med korta, enkla och raka budskap skrev man vad man tyckte om diverse saker innan man gick vidare till nästa sten och läste vad någon annan skrivit. Inga krav fanns på svar och inga konflikter blossade upp i tid och otid. Eller på tiden då man skrev med lerskiffer, med griffelskiffer på tavlor, var må hända budskapen mindre komplicerade och utan inferenser och tvetydigheter? Det var tydlig och klar kommunikation när man meddelade sig. Givetvis var det både osämja och krig men kanske inte trakasserier i underförstådda meningar på sida efter sida.

Vad var egentligen bäst, att skriva eller prata? Den frågan hade hon ställt sig en miljon gånger, exempelvis när det gällde i kontakten till sin egen pappa. De två hade alltid haft ett styltigt förhållande. Han var inte en närvarande gestalt under uppväxten och hur mycket Pernilla än försökte komma ihåg, hade hon bara ett fåtal händelser kvar i minnet kring hur han var som förälder. Minnena fanns där och tycktes vare sig bli fler eller färre. För så blir det när man tappat kontakten helt. Det blir ingen påfyllnad, inget underhåll, inget nytt. Det som finns, finns där och det enda som kan hända är att minnena blir färre. Och till slut försvinner de helt.

Hon minns en gång när pappan tog hand om henne sedan hon plötsligt en kväll kräktes efter sänggåendet. Han lämnade kontoret på övervåningen för ett ögonblick, torkade upp på golvet och frågade om hon ville ha lite potatis mosad i smör, varpå hon kräktes en gång till. Denna gång på toaletten.

Hon mindes att det inte gick att sitta i hans knä för att man bara hasade längre och längre ner hela tiden. Hon fick dricka mjölk i hans urdruckna kaffekopp eftersom hon gillade den svaga smaken av kaffe i mjölken. Men så mindes hon också den gången han örfilade hennes kompis för att kompisen och hon hade lekt i en liten motorbåt som stod uppställd på deras gräsmatta. Som hon skämdes då. Kompisarna över huvud taget tyckte att Pernillas pappa var ganska sträng och lite läskig. De var rädda. Men en dag skulle en spiraltrappa komma till huset och byggas ihop på plats. Den skulle gå igenom de tre våningsplanen. Då flockades alla

traktens barn. Alla ville se när Pernillas pappa byggde ihop
spiraltrappan.

Semestrar tillsammans i familjen hade de inte ihop utom
några gånger i Sälenfjällen. Och så var de visst en gång på
Gotland med. Annars var det alltid bara Pernilla och hennes
syster och mamman som hade semestrar själva. Pappan be-
hövde vara hemma och jobba. Även utflykter av alla sorter
fick de åka på själva. En enda gång hade mamma tvingat
med pappa till Skansen, det mindes hon. Fast bara att han
var med, ingenting av vad han spred, eller sa, eller bjöd på.
Inga intryck alls. För honom fanns inte tanken att hans per-
son faktiskt var en del av någon annans upplevelse.
Men till Sälen åkte hela familjen några gånger. Pernilla och
hennes pappa hade åkt lift tillsammans upp i backen och det
var riktigt dimmigt. Väl på toppen uppmanades hon helt
enkelt att bara åka nerför backen. Inga instruktioner, inget
pepp och inga löften om sällskap eller överenskommelser
att man väntade in varandra.
"Det är bara å köra, ner kommer du alltid", hörde hon pap-
pan säga innan hon lämnades kvar ensam högst där uppe.
Det blåste och var som sagt riktigt dimmigt. Hon hade ing-
en aning om vart hon skulle. Men han hade rätt. Ner kom
hon ju faktiskt. På sina träskidor utan stålkanter.
Sen blev det slut på fjällsemestrarna. Det var efter den
gången då de hade hyrt ett hus, även det i Sälenområdet
trodde Pernilla, en sådan där riktig fjällstuga. Med korkmatta
på golvet och träpanel på väggarna och i taket. Träinredning
i vardagsrum, kök och hall. Trä, trä, trä. Och en stämpel.
Pappan hade alltid jobbet med sig. Han hade papper, skriv-
maskin, kuvert. Han hade stämpeldyna och en stämpel med
texten: "Hus – Villa - Byggtjänst" präglad i gummiplattan på
stämpelns botten. Pernilla och systern turades om att trycka
stämpeln i stämpeldynan, för att sedan metodiskt stämpla
sig igenom större delen av köket. Till och med sidorna på
lådorna blev stämplade. Hon mindes hur de hjälpts åt att

118

dra ut de tunga lådorna fulla av köksattiraljer och sedan stämplat. Gång på gång. Det var inte precis så att man kunde måla över fadäsen. Det var som sagt en sportstuga i trä. Men eventuellt kan de ha slipat ner allt. Kanske.

På fester var pappan trygg och alltid nykter. Medan andra vuxna skojbråkade med barnen och ville dra in dem på dansgolvet i fyllan och villan, var han nykter och såg till att de fick komma hem innan det blev för sent. Jättegod grillad kyckling och köttfärsfyllda paprikor, det minns hon också som hans specialitet när det var fredag. Han var duktig i köket men stod där snudd på aldrig. Man fick inte skratta vid matbordet. Viktigt att veta. Då blev man ivägkörd.
Ett minne var också att hon ibland var med honom på jobbet, på olika byggen och kontor och att det var sjukt trist. Han flyttade. Inte långt, men han lämnade dem. Mamman, systern och Pernilla. Slut barndomsminnen. Pernilla gick i femman eller sexan och trodde nog att man skulle fälla en tår eller två, det gjorde ju andra vars familjer splittrats. Inte för att det var särskilt vanligt på den tiden, vilket i sig var en anledning att gråta över det inträffade. Men det kom inga tårar, kanske för att de varit en splittrad familj länge.

Vad som sen hände är svårt att få grepp om men plötsligt var det mest brevväxlingar som gällde. Fast inga handskrivna, hjärtliga, gulliga brev, fulla med längtan och funderingar kring livet. Nej. I långa, snudd på obegripliga meningar handlade det i stället om framtidsplanering och affärsspekulationer, siffror och procentsatser, fördömande och varningar, mästrande tilltal och mene tekel. Och alltsammans blev med tiden allt mer kränkande.

Från att vara en ganska tafflig förälder-barn-relation blev den ännu sämre när Pernilla var en bit över tjugo. Det var hennes fel. Eftersom pappan försörjde sig på fastighetsaffärer, hade han skakat fram en lägenhet i en av hans hyresfastigheter. Lägenheten var på ett rum och kök och de var två stycken som flyttade in där, Pernilla och hennes pojkvän. Lite trångt var det men det funkade. Så dök en tvåa upp och den ville Pernilla så gärna byta till sig. Frågan om tvåan ställdes av pappan till hennes syster, men enbart till henne. Inte vidare till Pernilla sedan. Systern tackade nej, eftersom hon redan hade ett ordnat boende, och då frågan inte ställdes till Pernilla blev hon besviken och kontaktade sin pappa om det. Dum som hon var skrev hon ett brev om sin upplevelse och önskan. Bortskämda unge. I det maskinskrivna svaret framgick att hennes pappa tyckte att innebörden i hennes skrivelse, skadade mer än gjorde nytta i deras av henne efterlängtade relation. Ja, då var det tydligt sagt då. Det var alltså bara hon som längtade efter en relation. Hon, ville ha en relation sprungen ur mer än endast papper och siffror men för honom verkade det kvitta. Han skrev också att han inte skulle bry sig om vad hon skrivit eller ens *att* hon skrivit. Han skulle se det som olycksfall i arbetet och skulle inte föra det vidare. Det skulle få vara deras hemlighet. Trots hårda ord och tillrättavisningar i brevet var det ändå undertecknat: *Puss o kram, din far.*

Ett par vändor till på samma tema gick dem emellan och det skrevs om orsak och verkan, krav som ställts, hur betungande tillvaron var, tilltro och misstro, varningar och föraningar samt förväntade saker som infriats eller inte. Sist men inte minst, fanns ofta några rader om sådant som att se över sitt hus inför framtiden. Detta ständigt pågående tema som följde år av brevväxlingar. Redan i brevsvar nummer två hade avslutningsorden "puss o kram" skalats bort, men det stod fortfarande "far" även om "din" försvunnit. Det finns en hel del budskap i ord och sätt att framföra dem. Med tiden blev både inledningar och avslutningar på breven allt striktare.

De här kändes som starten på något som därefter aldrig blev

riktigt bra igen. Det kanske inte ens fanns någon önskan om att det skulle bli bra? Det kanske rent av var skönt att ha en anledning till sprucken kontakt? De träffades så klart både nu och då, de pratade i telefon, var på skidresa tillsammans, de firade jul tillsammans några gånger och de kunde höra av sig till varandra men känslan var att de inte kände varandra. När han tog kontakt, var det alltid i ett ärende som rörde olika slags papper de hade sinsemellan eller deklarationer. Det var aldrig en kontakt baserad på viljan att veta hur Pernilla mådde, hur hon hade det, vad hon gjorde eller vilka drömmar hon hade.

De var inte så pass mycket främlingar att de respekterade varandra och lät varandra vara. De var heller inte så pass bekanta att de kom varandra nära. Det var ett slags mellanläge, inte riktigt äkta. Allt hängde på en skör tråd och vid minsta felsteg, som heller inte gick att förutspå, så föll det. Och felsteg var lätta att ta, de kände som sagt inte varandra. När det varit fred på jorden ett tag och de helt vänligt kunde prata om väder och vind, sipprade pappan ändå kommentarer från tidigare ordväxlingar. Ett citat eller en antydan om något som skrivits tidigare, utplockat ur sitt sammanhang och framfört som ett tecken från pappans sida på att ingenting var förlåtet.

Pernilla var ganska bra på att stå för sina åsikter ändå. Hon ville inte vara lismande, stryka medhårs eller fjäska. Höll det så höll det, han förtjänade inte mer respekt än någon annan. En uppfattning hon var säker på att han inte delade, det hade framgått i flera brev.

Ja kära nån, tänkte Pernilla där hon stod. För att inte göra sig någon brådska, och hon hade verkligen ingen tid att passa, gick hon till caféet som hon skymtade en bit bort. Hon beställde en kaffe och till det, enligt hennes mening det godaste som finns, en tung kanelbulle bakad på mycket smör.

Det här var verkligen händelser för bra länge sedan, men än idag så upprörande. Hur blev det som det blev och vad hände sedan?

Ja Pernilla fick sitt barn, en liten tjej, och en strimma hopp tändes om att det skulle föra henne och pappan närmare varandra. Nu hade han ju två roller att fylla. Både som pappa och som morfar. Typ som; det man förlorat på gungorna går att ta igen på karusellerna, för det hade Pernilla hört från andra. Föräldrar som tänkt på karriären i första hand och insett för sent att de missat barnens hela uppväxt, blir sedan galet uppmärksamma på barnbarnen.

Dessvärre hände just inte det. I stället visade det sig att Pernillas egen roll i att lyckas, eller misslyckas i relationer, uppenbarligen var genetiskt förprogrammerad. Hon separerade nämligen från barnets pappa två år senare och hade då ingenstans att bo. Hennes pappa lät henne hyra ett hus på hans tomt och det var en lösning som inte gick att tacka nej till. Flytten kunde ske omgående vilket var absolut nödvändigt. När man flyttar med barn löser sig inte barnomsorgen per automatik och ett boende är en mycket viktig förutsättning för att alls lyckas. Pernilla kände djup tacksamhet över bostaden och den befrielse det gav att få ett eget hem. Nu kunde hon också sätta fart med sitt sökande efter dagisplats och kände sig oerhört lättad över lösningen, både för henne och för barnet.

Kanske lösningen inte blev den mest lyckade trots allt. Eller i och för sig, Pernilla lärde sig att bortse från kritiken hon ofta fick för att hon inte krattat löv, klippt gräs, plockat hallon eller skottat snö såsom pappan tyckte. Och om hon bara lärde sig att sköta detta tillräckligt ofta och i rätt mängd på denna enorma tomt, så var det kanske rätt okej. Men otillräcklighetskänslorna styrde henne, hon visste att hon hela tiden låg efter med något, men hon visste inte riktigt med vad. Huset låg också ganska isolerat, i ett område med höga häckar, få barnfamiljer och liten chans till spontan kontakt

med andra. Pernilla jobbade i stan och försökte göra så mycket som möjligt utanför hemmet när hon var ledig. I det boendet hon närmast kom ifrån, var hon ofta ensam och nu hade hon kommit till ännu ett, vilket påverkade henne.
Det bästa av allt var ändå att det inte kom några brev från pappan längre. Inte så många i alla fall, de bodde ju så nära varandra så missnöjet behövde inte skrivas. Det kunde man i stället säga vid de få tillfällen kontakt togs. Så på brevfronten var det ganska lugnt och skönt.

En tid efter att hon flyttat till huset på pappans tomt, berättade han att det fanns en plan på att bygga två hus på föräldratomten i grannkommunen. Ett till Pernilla och ett till hennes syster, granne med deras mamma och hennes man. Det vore som en dröm, att få komma tillbaka till barndomsmark, att se barnen växa upp där hon själv vuxit upp. Området som under hela hennes uppväxt varit ett ödsligt sommarstugeområde, ett område som ingen gärna åkte till för att det låg så avsides. Det hade minst sagt hårdexploaterats under åttiotalet till något som liknade ett litet ABC-område. Mest med ”B:n”, det vill säga bostäder, men också ett ”C”, i form av ett mycket litet centrum där små chanser till ”A:n” fanns. Arbetstillfällena fanns på ICA eller posten, på BVC, bilskolan, biblioteket, någon av restaurangerna, i kiosken, inom äldrevården eller i skolan.
Men förr i tiden, om man utgick från huset som Pernilla bodde i som liten, var det från korsning till korsning som mest nio hus på gatan. Dessa kantades av tallar, granar, sly, ängar, mörker och djupa diken. Tre av husen var året runt boenden, resten små sommarhus. Tomterna var stora, en del med äppelträdgårdar och andra med enorma granhäckar som hindrade från insyn. Som om någon av de femton som bodde på gatan ens fann något intresse av att glo på varandra? Husen stod långt in på tomterna och det var alltid tyst, stilla och avfolkat. På den tiden låste man inte dörrar, varken till bilar eller hus.

En och annan bil fanns det men inte var det många som
körde på gatorna, och busskrället gick som bäst en gång i
timmen. Vägarna bestod av packat grus som med tiden fick
allt fler gropar där regnvatten stundtals samlades, det var
slalomkörning som gällde om man inte ville bumpa med
bilen i varje grop. På vintrarna kunde man åka pulka eller
tefat i de brantaste bilvägsbackarna. Det fanns inte minsta
risk för olyckor eftersom knappt några bilar fanns. Gatlyk-
torna, som satt på stora trästolpar, lyste eller kanske inte och
Pernilla minns att hon jämt var mörkrädd. Hon gick eller
cyklade ofta med sådan hastighet att hon kände blodsmak i
munnen. För övrigt var det fågelkvitter, ekorrar, rävar och
harar plus hundar och katter som gick som de ville och som
samägdes i någon slags udda form. Till och med en hel älg-
familj kunde trilla förbi när man minst anade det och givet-
vis grävlingar och rådjur.

Men nu hade hela området bebyggts och där det tidigare var
skogar, ängar och stora tomter fanns det i stället hus, skolor,
parkeringsplatser, trottoarer och någonting så märkvärdigt
som gångvägar. De vägar som det tidigare körts bil på både
fram och tillbaka hade plötsligt intagit formen av gångvägar.
Med skräptunnor, belysning för fotgängare, refuger och
skyltar. Skyltar som hänvisade än hit och än dit som om
man plötsligt inte visste vart man skulle. Allt var utjämnat,
utslätat, asfalterat och kurvor utdragna. Men bussarna gick
och skolorna fungerade, det fanns mat i en närbutik och
hela området var ljusare. Så klart. Träden var ju borta och
gatlyktorna stoltserade på var femtonde meter. Barndoms-
fastigheten som tidigare hade adressen åtta på gatan, hade
fått ny adress och den var nummer hundra. Tomt nummer
åtta hade inte bara blivit hundra, utan också nittiosex och
nittioåtta. Just den senare adressen skulle bli Pernillas. Hon
kände sig yr av glädje.

Planen att bebygga tomterna på barndomsfastigheten var
långt framskriden och de diskuterade hennes tankar kring

124

det. Det var som att få flytta hem som Pernilla kallade det för. Att få ha sina barn i skolor hon kände till och i ett område där det kryllade av andra barn, där det fanns rikligt med förskolor, sandlådor och aktiviteter. Där det var nära till det mesta och isoleringen bakom höga häcken bredvid arga pappan kunde få ett slut. Det var klart att hon såg fram emot det. En liten oro fanns för det ekonomiska men det skulle lösa sig, hette det då. Det här var ett exempel på hennes pappas trubbiga sätt att sköta relationer till sina döttrar. Kontakten behövde ofta tas i kombination med en affärsuppgörelse, vilket var ett ganska märkligt sätt att visa vad de betydde för honom. Som döttrar alltså.

Någon vidare kontakt hade de ändå inte trots att de bodde så nära varandra. Varje gång hon gick och hälsade på, fann hon honom mitt i olika göromål som han näppeligen avbröt för att snacka en stund. Ofta, ofta fick hon nöja sig med att prata med en framåtböjd kropp som hela tiden var i rörelse. Han kunde aldrig vara stilla. Ibland pratade hon med en kroppssida, ibland med en rygg och ibland med ovansidan på den tyghatt han ofta bar. Ibland satt han på kontoret eller hade händerna fulla, han kanske rent av fyllde dem lite extra när han såg att hon kom. Sällan gick det att få ögonkontakt och det var ingen skillnad om barnbarnet var med. Aldrig att han skulle sätta sig på huk och prata med henne. Pernilla trodde att han var blyg, eller rent av folkskygg. Han visste nog inte hur man skulle vara i en helt vanlig vardagskontakt tänkte hon. Hon hade till och med snuddat vid tanken på om han kanske kunde ha Asperger.
Pappans bekanta var till stor del vänner kopplade till hans arbete på ett eller annat sätt. I de många byggprojekt han genomfört genom åren, hade kompisarna blivit några stycken. Det var snickare, plåtslagare, banktjänstemän, målare, rörmokare, murare, elektriker, ingenjörer plus en eller annan advokat kanske. Med sådana vänner kunde man alltid prata arbete, få en dunk i ryggen och fördjupa vänskapen genom

det. Hur i all världen skulle man göra med ett vuxet barn
som man inte kände och som vare sig var murare eller elekt-
riker och det där barnbarnet som bara var... ett barn? Helt
plötsligt bara stod de där. Det var svårt.

Mycket opassande på alla sätt och vis, men ändå, så blev
Pernilla med barn igen. Detta var i ett försök att lappa ihop
förhållandet med pappan till barn nummer ett. Denna
pappa var inte helt fullt ut godkänd av hennes egen pappa.
Varför det var så framgick aldrig. Om det var opassande att
bli med barn i det här läget, så var det säkert ännu mer
opassande, ja rent av idiotiskt, att göra slut på relationen
med barnafadern. Särskilt innan barnet ens fått ordentligt
fäste där inne i hennes livs innersta universum. Barnafadern
ville inte alls vara där hon var, utan hellre på helt andra ko-
ordinater, i en annan kommun. Sådant känns. Det fanns inte
en diskussion, inte ett tyckande, inte ett förslag eller en öns-
kan som var lösningsinriktad. Vare sig från honom eller
henne. De höll på att förgöra varandra så ett liv utan
varandra var högst nödvändigt.

Så där stod Pernilla nu med ett barn i handen och ett i ma-
gen samt i en vacklande relation till både sin egen pappa
(tillika hyresvärd) och till barnens pappa. Det kändes så där.
Var det någon gång i livet som hon känt sig lite "trashig", så
var det nu. Misslyckad, felplanerad, oansvarig och idiotisk.
Och fanns det någonting som kunde ha gjort det hela sämre
så var det väl det faktum att dessa båda herrar gick från av-
ståndstagande till varandra, till någonting som snarare lik-
nade broderskap.
De började prata med varandra om det de hade gemensamt,
nämligen henne. Hon var en hopplös sort på alla sätt och
vis, det var de fullt överens om. Hade de frågat henne, hade
hon säkert hållit med just då. Eftersom de båda i det läget
redan börjat utveckla någon sorts gemenskap ur den upp-
komna situationen och ganska snart kommit en bra bit på

väg med den, kände hon det meningslöst att springa i köl-
vattnet av deras tyckanden i ett försök att rätta till något. De
kunde gott hålla på, hon sket i det. Hela detta förhållnings-
sätt från Pernillas sida gjorde hennes pappa ännu mer upp-
rörd. Han ville veta vad hon hade att säga. Han själv hade
däremot sagt något minsann. Han hade sett henne i ögonen
och frågat hur hon hade tänkt lösa sin situation, att han
minsann inte tänkt subventionera hennes boende i all evig-
het och att pappan till barnen inte skulle behöva betala un-
derhåll.

Eftersom Pernillas pappa i det läget inte kändes som en sär-
skilt oberoende representant som hon gärna la sina innersta
tankar i knäet hos, så förblev hon tyst. Först dagar, sedan
några veckor, månader och till slut totalt. Detta var ju fruk-
tansvärt provocerande så klart, så en dag damp det ner ett
brev i brevlådan.
I det stod bland annat att pappan förväntade att höra av
henne och om så inte skedde, tolkade han det som en öns-
kan om frigörelse från hennes sida. Om hon valde gå den
tysta diplomatins väg, ombads hon också se till att inte röra
sig hans cirklar eller synas i hans närhet mer än nödvändigt.

Pernilla hade blivit i ett med sina tankar. Hon kom plötsligt
på att hon satt med en kopp kaffe framför sig. På ett fat
bredvid, hade hon också en smörtyngd bulle som hon ännu
inte satt tänderna i. Hon avbröt sina funderingar helt kort
och tog några rejäla tuggor och drack av kaffet. Det var väl-
behövlig energi just nu.

Fler brev kom. Samtliga andades pessimism och besvikelser.
Syftet med det pågående husbygget hade nu plötsligt skrivits
om i hans tanke till en samproduktion för henne ihop med
barnens pappa. Han lät höra att hon nog gjorde klokt i att
inte räkna med att huset skulle bli hennes. Det skulle säkert
bli för dyrt med tanke på den uppkomna situationen och

skrala ekonomin. Visste hon verkligen vad det skulle kosta att bo i hus, va? Men vad kunde han veta om vad hon kände. Hon hade ju inte precis varit öppen för samtal så han kunde rimligtvis inte veta hennes syn på ensamförsörjning och framtiden. I detta fanns ingen logik.

Då husbygget först fördes på tal och snart därefter påbörjades, var i en tid då samtalen mellan Pernilla och hennes pappa ändå var ganska vänskapliga. I det skedet var hon redan ensamförsörjande. Då fanns det inga dubier vare sig från henne eller hennes pappa kring det ekonomiska. Inget nytt hade egentligen hänt därefter som hade inverkat menligt på hennes ekonomi. Jo, förvisso hade det blivit lite rörigt med spelpjäser som hoppat åt alla håll men som sedan tyrt allting till ruta ett igen. Inget nytt. Hon var fortfarande ensamförsörjande och husbygget var ännu mer påbörjat. Hur kunde hennes ekonomi sedan dess ha ansetts försämrats ytterligare? Handlade det från pappans horisont bara om maktutövande och skumögt krav på uppförande och lydnad? Ja, troligtvis.

Magen växte och när två månader återstod av graviditeten gjordes trots allt ytterligare ett försök att leva som en familj. Hon var väl ändå klok nog att försöka? Som lätt var att begripa innebar det mest bara att flytta möbler först åt ena hållet och strax senare åt det andra. När dammet lagt sig hade barnafadern varit på plats, i alla fall i rent kroppslig mening, i ett halvår och magen hade blivit en bebis som då var tre månader. Barnens pappa landade igen på koordinaterna öster om stan vars boende gav hans tillvaro mål och mening och gjorde hans liv lyckligt. På ett sätt förståeligt eftersom Pernilla och han inte kunde bli lyckliga tillsammans. Det stod klart.

Någonting annat som stod klart men som var mindre förståeligt, var att hennes pappa både hade varit samtalsstöd och dessutom behjälplig med att besiktiga det hus som köptes på den angivna koordinaten. Det hela hade skett bakom Pernillas rygg. Alltså så gör man bara inte.

Hennes pappa hade också försökt upphäva sekretessen som råder på socialförvaltningen, där det separerade paret hade påbörjat en rad samtal för att göra en smärtsam separationsprocess mindre smärtsam. Hennes pappa var nämligen djupt övertygad om att det låg en hund begraven i allt det här och den hunden ville han gärna få tag i. Han skulle minsann gräva djupt tills han fann en eller annan benpipa. Han ville veta allt. Socialförvaltningen höll inte med. Prisa Gud. De tyckte inte att Pernillas pappa hade med saken att göra och Pernilla själv hade inte kunnat uttrycka saken mer korrekt. Kanske han äntligen kunde ge sig nu och förstå att han bara skulle få den ena versionen av den uppkomna soppan?

Husbyggena beräknades ta sex årstider och det hade nu kommit halvvägs, det hela hade blivit alltmer verkligt. Kunde Pernillas pappa i sin irritation plötsligt bestämma att bara systerns hus skulle färdigställas och att Pernilla kunde leta sig ett annat boende? Ja, ett tag lät det faktiskt så. Eftersom husen till henne och systern byggdes parallellt och skulle bli klara samtidigt, blev det en svår uppgift till och med för en tvivlande pappa att utesluta det ena av sina två barn. Jo, det gick bra i många sammanhang förstås och pågick genom åren men ett helt hus... nej. Det var ju som sagt ändå hans lite udda sätt att sköta relationen till dem, hans sätt att visa att de betydde något för honom. Där var han ändå mån om att förhålla sig rättvis gentemot dem båda. Plus att systrarna i alla lägen höll ihop, vilket i praktiken innebar; ”faller en, faller alla, faller allt”.

Pernilla fortsatte att tiga angående hennes relation till barnens pappa och hennes syn på varför den spruckit. Hon tyckte sannerligen att fadern hade någonting med den saken att göra. Snart började en ny period av brevskördar. Hon vågade knappt gå upp till brevlådan av rädsla för vad som kunde ligga där i. Breven blev alltmer fyllda av anklagande, snudd på desperata ord. Trots att han varit den som fäktats för vikten att hålla sig till sakfrågan, hade han själv alltmer tappat den hållningen därvidlag. Breven handlade mest om hennes osynlighet och ovilja till kontakt och hur mycket hon störde honom just bara därför. Hennes val av livsbeteende, den kurs hon stakat ut samt hur han uppfattade det hela som ren provokation. Han lät höra hur dyrbar hans tid var och att han inte hade vare sig tid, lust eller ork att fajtas på hemmaplan. För hans välbefinnande var det viktigt att han själv fann sitt sätt att vila och finna rekreation.

Pernilla fattade ingenting. Hon hade en fyra och ett halvt åring och en fem månaders bebis att sköta om, på vilket sätt var det svårt att förstå? Hon hade också lärt sig att svar på brev, ledde till svar på brev, som ledde till... i all oändlighet. Och innehållen blev bara hårdare och fräckare. Hon bad gång på gång om att inte få fler brev. Hon skrev inga själv heller.

Mitt i ett av sina brev skrev han:

Därför uppfattar jag det som en ren provokation och som en klar signal i frigörelseprocessen. Jag vill därför klart uttala, att under rådande omständigheter är Du inte längre önskvärd här, om Du inte mycket snart kan redovisa Ditt handlande. I annat fall gör Du bäst i att snarast avflytta innan jag helt tappar tålamodet och mitt vanligen goda humör. Du har alltför länge spelat efter Dina egna regler på mitt revir och på så sätt, som jag inte är beredd att acceptera. Därför platsar Du inte längre.

Sådär. Då hade han hamnat i att hota hennes sociala trygghet. Hon bjöd in honom för att diskutera innehållet i brevet och förklarade återigen varför hon inte ville svara i brevform. Han tillät henne ju inte att tycka något. Visst var hon beredd att flytta, det skrev hon också, men det vore enklare om hon förstod varför. De hade en träff där påstående efter påstående i hans senaste brev skulle förklaras av honom. På

vart och ett av dem svarade han bara att det var hans upplevelse. Ingenting annat fick han ur sig. Den fegisen.
Nya brev övergick till nya möten och då var alla samlade, det vill säga pappan, Pernilla, systern och hennes man. Det var jobbiga möten. De var kärlekslösa, utan upplevelser av befintliga blodsband och fortsatt minst lika affärsmässiga som deras relationer alltid varit. De var arga, besvikna, rädda. Vem som hade vilka känslor, var svårt att säga men kanske hade de alla alltihop samtidigt. Det beslutades att allt eller det mesta, som sedan tidernas begynnelse funnits dem emellan; alla papper med siffror och bokstäver skulle återgå till pappan. Det enda de fortsatt ville behålla och som gick i linje med det enda gemensamma de nu hade kvar, var de styckade tomterna på föräldratomten som redan hade börjat bebyggas.

En handlingsplan upprättades. Där framgick det att inte mindre än åtta fastigheter behövde byta ägare, från systrarna och åter i pappans förvärv. Men också att två tomter fortsatt skulle bebyggas till en boyta av 110 kvadratmeter och till en förmånlig belåning. Lånet skulle inte överstiga det statliga lånet och i den mån så skedde, skulle pappan själv skjuta till produktionskostnaderna.
Deras pappa lät höra att han nu börjat förstå sina döttrars planer och syften med framtiden, sysselsättningen och deras ekonomiska värderingar. Hur de såg på framtida skatteeffekter i skattesystemet och att hans dumhet varit att dela med sig av sitt skapande. Att de inte förstått att uppskatta det han byggt upp och planerat för. Nu skulle han inte längre blanda sig i deras livsföring och de inte längre vara en del i hans verksamhet. Det var Pernillas klara attitydförändring som hade blivit hans väckarklocka påstod han. De enades om hans upplägg och hoppades på sinnesfrid sedan.

Men riktigt så blev det inte.

Pernilla drack en slurk till av sitt kaffe, åt upp sin bulle och strök samtidigt bort en tår som letat sig nedför hennes kind. De här tankarna tycktes hon aldrig riktigt bli kvitt. Det var tankar som höjde hennes puls och som väckte besvär helt i onödan.

Vid den här tidpunkten hade de brevväxlat och stört varandra aktivt i ganska exakt sju år. Vi gör alla våra val i livet men det finns de som lägger hela sin familj på hyllan utan att riktigt förstå att det funnits alternativa vägar till frid. Det är en stor sorg för alla inblandade, inte minst för dem som lagts på hyllan och får skulden för att de ligger där. Kanske dags att ta sig hem, tänkte Pernilla. Hon plockade undan från bordet och ställde sin bricka på brickvagnen och lämnade caféet.

Lånehandlingarna började ta form och det återstod fyra månader tills huset skulle var klart. Pernilla och hennes syster skulle vara beredd att ta ett lån på cirka en miljon kronor var. Därtill skulle en revers skrivas till pappan på fastigheternas övervärde. Han hade nämligen inte hållit sig inom den överenskomna marginalen på en miljon och fastighetsvärderingen slutade på nästan en miljon mer än överenskommet var. Det som återstod innan flytten var lånepapper, de sista överenskommelserna samt en trappa mellan våningsplanen. Möjligheten till flytt närmade sig medan pappans brev ohjälpligt fortsatte att fylla upp Pernillas brevlåda. De var inte sällan tätskriven text på två sidor men ibland på så många som fem.

Det ställdes fortfarande krav, många var högst rimliga medan andra bara var raka motsatsen och en massa svammel. Han lät bland annat höra sin besvikelse över de få timmar som systrarna själva avvarat vid uppförande av de båda husen och att det hela inte bringat någon reell glädje för honom. Deras uppfattningar var helt andra. De tyckte att han aldrig brydde sig om vare sig dem eller deras funderingar när de var på plats på byggena. Han var bara dryg och mästrande och tittade knappt åt dem. Åter en gång fick han tillfälle att beklaga sig över att hans frågor i tidigare skrivelser inte besvarats. Han fick ännu ett tillfälle att referera till Pernillas inställning (skriven för sju år sedan och i sammanhanget feltolkade) till hänsyn och omtanke och där han nu helt plötsligt låtsades som om relationsfrågan var viktig för honom. Dags att vakna nu.

När det kommit så långt som till reversskrivandet, hade den plötsligt stuckit iväg en bit över miljonen och den totala lånebilden kom därmed att överstiga husets marknadsvärde. Pernilla antydde att tomterna redan var deras sedan många år tillbaka och därför kanske inte skulle betalas för. Då fick hon berättat för sig att de vid tidiga år "blivit med tomt" i ett gåvobrev och att någon självklarhet till gåvan aldrig funnits. Då var det för väl att alla "gåvor" i form av fastigheter och värdepapper lämnats åter nu då, om självklarhet saknats. Att det totala lånebeloppet överstigit marknadsvärdet var desto mer graverande, varpå summan efter ett par skrivelser ändrades till en bit över sjuhundra tusen. De skrev på.

Pernilla hade studieplaner inför hösten och behov av daghemsplats i den aktuella kommunen. Dagisplats gick bara att få om man var skriven i kommunen men hon hade ingen adress att skriva sig på. Vad väntade man på? Allt var klart. Sjuttontusen ord och ett femtontal brev senare, det fanns inget mer att säga. Trots det satt Pernilla kvar i det hus som hon hyrde av sin pappa sedan tre år tillbaka, där han inte ville ha henne men samtidigt vägrade att ge henne tillåtelse att flytta in i det nya huset. Det var nu bara två månader som återstod innan en femårig utbildning skulle starta. Hon försökte söka sin pappa för att få svar på frågan om inflyttning men svaren var flummigare än nöden krävde. Till slut kändes det som rena förhalningsstrategin, och möjligen ett sista försök att begära någon form av lydnad.

Fler brev kom där han uttryckte sin irritation över att hans
döttrar inte förstått de möjligheter och tillgångar som han
knutit till dem som skattemässiga fördelar. Att de inte för-
stått inriktningen av hans handlande eller förmånens inne-
börd och system. Även om det inte var lika ofta, och inte
under sammanhållen lång tid, så hände det att även systern
fick sina fiskar varma då och då av pappan. I just de här
sena breven gjorde han tydliga skillnader mellan Pernillas
tragiska inställning och systerns värmande omtankar.
Fler krav antyddes och levererades i ytterligare brev i en
förhoppning om att frågetecknen i deras ohälsosamma relat-
ion kunde rätas ut. Alltmer desperata formuleringar fyllde
papper efter papper. Nu hade hennes pappa författat fyra
punkter längst ner på ett tresidigt brev, som samtliga skulle
åtgärdas innan det var fritt fram att beträda det nya huset. I
en av punkterna stod att Pernilla och barnens pappa skulle
vara överens om barnens framtida tidsfördelningsplaner.
Han ansåg att den indirekt även rörde den framtid som han
själv ännu hade kvar och som han efter sin förmåga ville
dela med bland annat sina barnbarn.
Som svar på frågan om fördelningen av barnens vistelsetid
hos respektive förälder, fick han veta att den sköttes av de
närmast berörda, det vill säga föräldrarna. Han hade allt för
lite med just den biten att skaffa. Mitt i allt. Så tuff var hon.

När det slutligen bara var en månad kvar till Pernillas skol-
start, bad hon om nyckeln till huset för att kunna ställa in
flyttkartonger som successivt blivit färdigpackade. Själv
tänkte hon ta med sig barnen och bo hos sin mamma och
hennes man. Hon fick hjälp med flytt och städning och efter
ett par vändor med flyttbilen, var huset tömt och allt var
klart. Hon lämnade det hus hon bott i under tre år, ställde in
alla flyttkartonger i det nya huset och njöt av friden. Men till
mamman flyttade hon aldrig, i stället bäddade hon tre
sängar i det nya huset och flyttade in. Nu fick det vara nog,
hon fullkomligt struntade i vad hon hade tillåtelse till eller

inte. Hon var helt slut men fantastiskt nöjd. En egen dörr, egen brevlåda, egen tomt och egna räkningar. Life was good och kunde äntligen fortsätta nu!

Hur kan man, som Pernillas pappa, avskärma sig så från sin familj som han gjorde? Det är ett ovanligt fenomen att lämna sin flock, att ta avstånd, att ställa sig utanför. Det ligger i flockindividens natur att vara tillsammans i gemenskap och den som inte följer sin flock utsätts för faror från flera håll. Dels inom flocken men också av faror utifrån. En förutsättning för att kunna leva i en flock är att samverka och inordna sig i gruppen. Det var väl där det brast då. Alltför mycket ensamhet leder till olika typer av problembeteende och i värsta fall aggressivitet. Så klart, man känner sig ju så utanför som man själv har ställt sig. Inte ovanligt heller att man blir bitter. Pernilla hade läst att hundar som håller sig utanför sin grupp kan bli apatiska, de kan börja gräva i soffan hemma, bita sönder posten eller skälla på allt som rör sig. Information som hon fann lustiga i sammanhanget. Det finns ju ett uttryck som säger; när Fan blir gammal så blir han religiös. Föll det ner någon talgdank till slut? Nja, tiden gick och kontakten var ungefär densamma men möjligtvis mer balanserad. Hur ogärna pappan än ville det, blev han tvungen att börja respektera Pernilla som vuxen.

Det tidigare så omtvistade umgängesschemat för barnen mellan barnens pappa och henne själv fastslogs, men gjordes om flertalet gånger beroende på barnens ålder och deras fars arbetssituation. Pernillas pappa var i stort sett osynlig trots sin önskan om att få insyn i vistelsetiden och tid för umgänge med barnbarnen. Vad hade han egentligen menat med hela det utspelet? Han kom genom åren att bli lika osynlig för barnbarnen, som han hade varit när Pernilla och hennes syster växte upp. Vem trodde annat och vad trodde han själv? Att han plötsligt skulle bli Ronald McDonald på ålderns höst?

Åren gick med ytterst sporadisk kontakt dem emellan. Pernillas lärarutbildning blev klar och hon hade hunnit jobba redan i några år. Pernillas pappa flyttade utomlands och höll sig mer eller mindre lugn under långa perioder men så en dag, när de bott tio år i huset, kom det ett nytt brev. Reversen skulle lösas in. Hennes pappa hade fått ekonomiska bekymmer. Han, som i brev efter brev skrivit om sina ekonomiska upplägg, sina långsiktiga investeringar och sitt kunnande i frågan, jämte Pernillas obegåvade inställning till densamma, hade nu gjort felinvesteringar i den monetära travbanan. Nu behövde han håva in det som tidigare blivit partiellt utspritt. Herregud, vem hade sådana summor i bakfickan eller möjlighet att trolla fram dem inom ett halvår? 710 000 kronor? Med tanke på den korta tidsfristen hade hon visserligen fått rabatt med ett par hundratusen vilket var tur eftersom åtskilliga pengar gått åt i huset året innan.

Det som hade utspelat sig i huset den senaste tiden var överraskningar i rask takt. En solig vårdag brann elskåpet och det med sådan utveckling att jourelektrikern knappt hade sett något värre. Ungefär samtidigt visade det sig att hela insidan av vindstaket invaderats av mögel. Ett farligt och mycket ohälsosamt svartmögel. Frånluftsvärmepumpen som skjutsade runt luft i hela huset, tog sin luft just från vinden, så det som andats in under lång tid hade inte varit särskilt hälsosamt. Till råga på allt var också alla fläkttrummor och ventiler i behov av mögelsanering vilket blev sotarens jobb. Plus att självaste värmepumpens tapprör hade blivit igensatt med översvämning som följd. Fläkten på samma plats hade vispat runt det översvämmade vattnet och dränkt allt vitalt som fanns att dränka i värmepumpen varpå kompressorn gått sönder och fläktarna rostat. Ständiga stopp i avloppet hörde till vardagen. Rören från toaletten var byggda i uppförsbacke så en liten knix hade formats och blev en riktig uppsamlare av papper och allsköns smörja. Rören behövde rensas då och då vilket inte heller var gratis. Under långa perioder hade hon klippkort hos "Benkes Rör".

Fogen mellan kakelplattorna i badrumsgolvet hade släppt mer och mer för varje år som gått. Det var som att gå i lustiga huset vid varje toabesök eftersom kakelplattorna vickade och golvet rörde på sig. Så det hade behövt läggas om. Det var gubbar av alla de slag som sprang i detta hus och var och en beklagade arbetet som gjorts tidigare och ställde massor med frågor om än det ena än det andra. Bland annat om hon inte kunde tänka sig en träff. Var hon möjligtvis singel?

Och så blev hunden sjuk. Rejält sjuk, efter att ha sprungit rakt in i en snabbgående cykel och i virrvarret av alla ekrar brutit av frambenet på två ställen. Operation, en ställning med skruvar, flertalet dygn inlagd, täta återbesök, mediciner. Så... hur duktig Pernilla än var med familjens pengar, gick astronomiskt mycket pengar för en ensamförsörjande mamma med lärarlön. Till råga på allt skulle ännu mer pengar ut nu. För reversen. Över femhundra tusen. Hur skulle det gå?

Men hon fixade det. Tog ett lån, löste in ett mångårigt pensionssparande och tömde alla reserver, även dem som varje husägare behövde ha för oförutsedda utgifter.

De hade bestämt träff hemma hos henne och hon hade dukat på altanen. Fixat fika och brett mackor med flera olika pålägg, goda små smörrebröd. Pernilla hade bestämt sig för att vara glad och trevlig. Det här var trots allt en mycket bra dag och det var en mäktig känsla att möta pappan när hon höll postväxlarna i sin hand. Det hade blivit hennes tur att hjälpa honom upp ur en tråkig ekonomisk sits, det var payback time. För henne kändes det bra, frågan var hur det kändes för honom? Själv var hon helt säker på att det var många nätter sedan han sist sovit oroligt på grund av sina egna beslut. Dagen för totalt frigörelse. Nu skulle det inte finnas några tvingande band eller skyldigheter dem emellan längre utan hon var helt fri. Och hon var evigt tacksam för huset. Trots allt, på grund av allt och med tanke på allt så var hon ändå djupt tacksam för möjligheterna att få bo som hon gjorde. Det var inte alla som hade en pappa som byggde hus åt dem.

”Stackars rika flicka” var det någon som sa efter att ha följt hela detta långvariga drama på en kvastskafts avstånd. Ja, hon kände sig lite stackars, det gjorde hon allt. Och rik var hon definitivt men inte på det sättet som gick att mäta i guld och ädelstenar. Den som fällde kommentaren menade nog inte att säga det såsom det lät. Nästan lite sarkastiskt. Eller hade Pernilla missat en poäng på vägen? Finns det någon som har patent på... finns det manualer och regelverk för vilka det är synd om? Någon slags klassificering eller så?

Nej. Här kunde hon inte sitta och tänka längre. Hon behövde hem till sitt. Till huset som hon haft nu i över tjugo år och som få, kanske allra minst hennes pappa, trodde att hon skulle klara av att finansiera på egen hand. I huset där först hon och hennes tre barn bott och där en hund och sen en katt checkat in. Därifrån de två äldsta sedan flyttat och där Tobbe i stället kommit till. Där de alla bott och mått. Eller bott och bott var kanske att ta i. I huset där de öppnat och stängt ytterdörren minst tjugofem gånger per dygn. Där husflugan har svårt att hålla sig fast på sin utkiksplats i taket och hur som helst, är det käraste hon har. Näst efter sin familj.

Medan hon gjort sin minnesresa i huvudet, hade bilen tagit henne från centrumet och hem igen. Hon möttes av en strålande glad Tobbe.

”Vill du hänga med till Falkenberg”, undrade han.

”Falkenberg? Oj det var långt, vad gör man där?”

”BMW M Experience heter det. Man kör på en motorbana. I Falkenberg. Med en M trea. Det är en hel utbildningsdag,

man får köra järnet en hel dag. Och så är det trafiksäker-
hetsutbildning."
"Men gud, vad kostar det", frågade Pernilla.
"Mycket pengar. Men man får mycket för det. En hel trafik-
säkerhetsutbildning. Man får träna rätt spårval, in- och ut-
gångshastighet i kurvor, instyrningspunkter, slalomkörning,
broms- och undanmanövrer... och SÄPO har utbildats där!"
"Men gud, sa Pernilla igen. Men vad kostar det, ska man bo
kvar?"
"Japp, det är två dagar med teoripass och körning så man
bor kvar. På Falkenbergs strandbad. I enkelrum. Det är väl-
komstdrink och middag första dagen eftersom man kommer
sent. Nästa dag är det lunch. Man blir trött av undanmanöv-
rar och kurvtagning ser du", sa han och skrattade lite.
"Vad kostar det?" frågade Pernilla nu för tredje gången sam-
tidigt som hon undrade något i stil med what´s in it for me?
Enkelrum och hela dagar med bilkörning, det var knappast
något som var avsett för henne. Skulle hon kanske samtidigt
plåtas i någon intilliggande studio. På motorhuven på olika
BMW-bilar. I underkläder. Tolv läckra poseringar, en för
varje månad i den almanacka som skulle hänga på Tobbes
kontor sen? BMW M Experience årsalmanacka.
"Men sa jag inte det?" Tiotusen femhundra. Men då får man
verkligen uppleva nya BMW M3 i sitt rätta element! En rik-
tig körupplevelse.

Nu var det Pernillas tur att gå in på toaletten och stänga
dörren efter sig för att markera behovet av egen tid. Hon
satte sig på toalettsitsen, begravde ansiktet i händerna och
ville bara dö. Tiotusen femhundra kronor? Först skrattade
hon tyst i sina handflator. Länge. Hon skrattade åt Falken-
berg, åt kurvtagningarna, välkomstdrinken och hela BMW
Experience... men så plötsligt började tårarna bara rinna.
Det hade varit så fullt nog av experiences i hennes huvud
idag.

Hur gick det med Pernillas pappa då? Tjugofem år hade väl gått nu sedan uppstarten av deras ohälsosamma relation. Ja, han slutade så småningom att skicka sina brev till Pernilla och utsåg i stället en annan mottagare. Pernillas dotter. Hon hade blivit stor och var vid det här laget drygt tjugo år. Det var hon som utsågs till ny mottagare av alla dessa dårpippibrev. Det ena galnare än det andra.

Nu var breven om möjligt ännu mer enfaldiga och fräcka och fulla med ångestskapande innehåll. Vid sidan av att tala om hur ointelligent och oprecis barnbarnets person var som knappt lärt sig mer än att läsa och skriva, skulle hon passa sig för låglöneyrken och låsta anställningsförhållanden. Ja, det var inte skrivet i en och samma mening, kanske inte ens i ett och samma brev, men temat gick igen om man säger så. I löpmeter med text, formulerat och sammanfattat i obegripliga meningar, gick han nu på även nästa generation. Han förmanade och varnade henne för att göra fel vägval och fel investeringar i framtiden. Pappan beskrev för Pernillas dotter hur fel vägval oavkortat skulle leda till att hon skulle bli en restprodukt i samhället och utestängd från såväl bostads- som arbetsmarknaden. Det fanns exempel på hur världen kunde komma att se ut om man inte såg sig för och tittade åt rätt håll.

Så skrev han till sitt barnbarn utan minsta reflektion över hur sådant kan tänkas landa i en växande människa som kämpar för fullt med att få vardagen att fungera.

En dag fick Pernilla nog. Hon tog till stora rösten och röt högt och länge.

”Ge faaan i min dotter”. Nu var det hennes tur att tätskriva tvåsidigt. Han var morfar till fem fantastiska barnbarn, var och en av dem riktiga och bra personer i olika åldrar. Samtliga av dem önskade säkert hellre en morfar som kunde sätta sig ned med dem en stund och umgås. Lyssna på vad de hade att bjuda honom på och vad som ingick i deras önskningar av livet. Vad hade de för känslor av drömmar och

oro, vad tyckte de om att göra och vad skrämde dem mest
av allt? Vad ville de som vuxna helst bli och hur såg de på
framtiden med barn och familj. Hade de bra med kompisar,
trivdes de i skolan?
Fostran eller den eventuella bristen därav, var föräldrarnas
sak att sköta om. Inte hans. "Brottas aldrig med en gris,
båda blir skitiga men grisen gillar det", så avslutade Pernilla
brevet till honom. Hon uppmanade honom därmed på all-
var att en gång för alla sluta brottas och i stället börja njuta
av livet. Kanske börja umgås med sin familj, såväl stora som
små, hellre än att ständigt varna dem och förutspå hur deras
framtid skulle komma att drabba dem. Innan det blivit alldeles
les för sent. Hittills var det trots allt han som klarat sig
sämst av alla. Han var ensam, bitter, överdoserad av förut-
fattade meningar och ohälsosamt misstänksam.

På ICA i Laduvik arbetar en man som är en bit över sjuttio-
fem år. Det var så lustigt, för en dag bara stod han där och
ville ha arbete. Han hade precis återvänt till Sverige efter ett
antal år utomlands. Och han fick jobbet. Som närmast an-
svarig för mejerierna samt några övriga delar av butiken. Nu
har han arbetat på ICA i ett par år fast han egentligen skulle
ha pensionerats för länge, länge sedan. Han kan verkligen
inte sluta jobba men ingen vet varför. Utom Pernilla.
Det är hennes pappa som heter Bengt, men det är förstås
ingenting hon springer omkring och skryter med.

Hon hörde en svag knackning på toalettdörren.
"Pernilla? Sen kan man få åka till Nordschleife i Tyskland.
Efter Falkenberg. Man får köra femtio mil på två utbild-
ningsdagar. Men villkoret för att få delta är att man först
genomfört BMW M3 eller BMW 1-serie M-utbildning i Sve-
rige. Alltså typ den i Falkenberg."
Han var tyst ett tag och sen hörde hon hur han liksom
kommit närmare dörren, han hade sänkt sig mot nyckelhålet
och plötsligt lät hans röst väldigt nära.

”Där har de trettiotre vänsterkurvor och fyrtio högerkurvor
på en drygt tjugoen kilometer lång bana. Nivåskillnaderna är
340 meter. Snälla älsklingen, vad säger du?”

Pernilla gick ut ur badrummet. Hon sa att Falkenberg och
Nordsch… vad det nu hette… lät som en bra idé men att
hon skulle tänka på saken, alltså för sitt eget deltagande. Det
lät kanske inte som en helt idyllisk resa för henne att hänga
med på men hon skulle betänka det hela ett tag.
”Åh tack”, sa Tobbe innan hans slutplädering kom. ”Alla
bilar är utrustade med två videokameror och USB-
anslutning. Man får ett BMW USB-minne som spelar in två
timmar av ens körning och har man datorn med sig, kan
man tömma USB-minnet och spela in ytterligare två timmar.
Sen kan man se sin hastighet, varvtal, G-krafter... plus sig
själv i bild!”

”Det vill du väl Pernilla. Se mig när jag kör?”

Kapitel 7
Om nuet, framtiden och det som ryms precis där emellan
samt fem frågor, skänkta slantar och blåhjon

Det var på fullt allvar som Rut kände sig tvungen att googla. Hon hade precis matat hönsen och fyllt på vatten hos kon och kalvarna. Därefter hade hon tagit en sväng förbi getterna och hälsat på dem alla i lugn och ro. Twist hade redan utfodrat dem denna kalla morgon.
Nu var hon tillbaka vid sin dator och letade efter information som var begriplig och lugnande på samma gång. Först sökte hon på *Insomnia* men det stämde inte på långa vägar in på symtomen hon hade, så därför kändes *Narkolepsi* mer rimligt. Det första hon hittade om Narkolepsi var att det anses vara ett underdiagnostiserat tillstånd. Inget konstigt med det, kunde hon ändå tycka. Var och varannan människa kände sig väl trött till och från. Hon var en av dem. Hon läste vidare.

... från grekiskan νάρκη (narke) med betydelsen sömn eller avdomning och λῆψης (lepsis) med betydelsen anfall, är en ovanlig hjärnsjukdom. Den kännetecknas av obetvingliga dagliga sömnattacker med REM-sömn och även attacker av nedsatt muskeltonus (ofrivillig avslappning i skelettmuskulaturen). Den drabbade missuppfattas ofta som lat och apatisk av omgivningen, vilket leder till minskad psykosocial funktion, och därmed risk för komorbid depression.

Ja, någonting måste det väl vara, när man är så trött att man somnar så fort man inte går, pratar eller är igång på annat sätt. Tänk att man som en och samma person, i ett och samma skinn, kan vara helt borta under en stor del av dygnet, alltså medan man sover, och så plötsligt helt *på* beträffande tidspassning, överenskommelser, beslut, initiativ och engagemang. Hur var det möjligt? Och var det ens nyttigt?

Tänk vilka möjligheter till kostnadsfria, exklusiva och omvälvande resor i tid och rum detta tillstånd ger varje dygn. Alltså ibland vet man ju inte vad som är upp och ner, fram och bak, vem man är, var man är och vilken dag det är när man vaknar. Man har varit som nersövd. Rut tänkte att alla kanske hade en liten narkossköterska i sig, som så här års gjorde sig ännu mera tydlig. Hela denna sinnesstämning av konstant lullande späddes på av regn, regn, regn.

Å vad var det för fel på vädret? Ingen snö, inga minusgrader, inte ens lite frost. Några fega plusgrader och så långt man kunnat sia in i januari och framgent skulle det se lika grönt ut.
Men varför deppa och varför gräva ner sig i sådana funderingar? Det hade kanske varit en ansträngande höst och purunga var de ju inte längre, varken hon eller Twist. Snart skulle hon säkert känna sig piggare, de gick trots allt mot ljusare tider. Det som blivit gjort var gjort, oåterkalleligt och förbi. Det enda som fanns just här var nuet och framtiden. Så här års behövde man knappast göra någonting annat än att leva i nuet. Ingen planering av julbestyr, ledighet, odlingsprojekt eller gårdsarbete utöver det arbete som måste göras. Här och nu, som sagt. Ihop med sin trötthet. På artonhundratalet fanns det en amerikansk journalist, tillika nordstatare under inbördeskriget, som uttryckte någonting i stil med att den del av verkligheten som åtskiljer besvikelsen från hoppet, det är det som är nuet. Äh, nu blev hon ännu tröttare.
Menade han att vi lever i en ständig längtan och med ett hopp som successivt grumlas av besvikelser. Inte konstigt i så fall att det blir svårt att vara ”här och nu” när det bara innebär missräkningar. Varje sekund försvinner så snabbt. Nu och nu och nu och nu. Hela tiden. Nuet och framtiden blir i ett nafs oåterkallelig och historia. Utom just under vintermånaderna, de bara pågår.

Det man längtar efter... är det inte med det som med körs-
bärsblomningen i Kungsträdgården? Där blommar träden
ett par dag, kanske en vecka? Fort är det över i alla fall och
med lite tur hängde man med. Ingenting går över på en dag
eller två när det är höst eller vinter. Varken mörker, frost,
kyla, slask eller svinvind. Allt detta bara är, länge och envist.
Med det konstaterat, kanske det ändå blivit dags att börja
uppskatta hösten och vintern lite grann. Den kommer och
går som allting annat.
Kanske, att hon kände sig lite piggare nu i alla fall?

Det fanns några saker som var otroligt mysiga under vinter-
halvåret och som faktiskt behövde mörkret, ja rent av kräv-
de mörker. Det var tv-kvällarna då Rut och Twist satt i
samma soffa. Han på sin plats och hon på sin. De tände ljus
och hällde upp lite nötter. Hennes ben hamnade alltid i hans
knä och han strök på dem i all oändlighet. När han var helt
inne i något program, som han så ofta var när det handlade
om teknik, kunde han massera hennes ben och fötter förbe-
hållslöst. I de lägena tänkte han inte på antalet samman-
hängande minuter han gett fotmassage, det bara gick på.
Emellanåt utbrast han något om innehållet i programmet
som Rut bara snabbt höll med om, sen fortsatte han snällt.
Den helautomatiserade ben- och fotmassagen. Teknik var
bra, kvantfysik bäst och politik. Typ om Khadaffi eller så,
det funkade det med, alltså som bränsle för underbensmas-
sagen.
Fotboll var däremot värre. För det första tittade de väldigt
sällan på sport över huvud taget men om det var fotboll då
hade Rut svårt för att koppla av. Då hamnade inga ben i
Twists knä. När det var fotboll fick Rut, hon trodde det kal-
lades för... uppmärksamhetsstörning. Hon kämpade hårt
med att följa bollen och spelet. Hon tappade snabbt fokuse-
ringen, började tänka på annat, pilla på grejer, prata om ovä-
sentligheter och kunde inte sitta still. Och så blev hon trött
med. Tyckte de var mest arga på varandra och slog sig. Eller

låtsades slå sig för att "mamma", alltså domaren, skulle döma till deras fördel. Nej, fotboll gick verkligen bort. Det enda positiva var att flera spelare såg lite läckra ut.
Ytterligare mys i mörkret var när de tände kaminen. De hade en del skog utanför husknuten, så med enträget arbete under hösten, fick de ihop en del ved som räckte vinterhalvåret runt. De hade ett vedförråd ute och ett inne som torkade i precis den takt som förbrukningen krävde. Och numera var det ordning i förråden också. Inga små getter hade varit där på länge och kalasat på veden eller bringat kaos.

Det var Twist som hörde dem först. Men det var Rut som såg den först. Den femton millimeter långa bagge som kröp omkring på köksgolvet.
"Schas ut, din krake… här får du inte vara!" Och ett par dagar senare var den inne igen.
"Men va' fan, ut sa jag ju!" Även denna gång kröp den upp lydigt på den tidning som fick agera startbana för utfärden. När den sedan var inne för tredje gången, började Rut misstänka att den inte bara fattade trögt, "den" kanske i själva verket var "dem" … så att säga en tyst invasion. Efter att ha hittat en fjärde bagge död samt en femte med fullt ställ på alla sex benen, kändes det plötsligt som ett kvitto på att hon tänkt rätt. Det handlade om flera stycken. De började till och med stava till *skadedjur* på google search. Helskotta.

Det visade sig vara så kallade blåhjon som under barken i kaminveden transformerat sig från larv till vacker bagge av värmen inomhus.
"UT MED VEDEN", skrek Rut och letade förtvivlat efter information om bekämpningsmedel. Skönt nog behövdes ingen sanering, det räckte med att ta ut veden bara. Så lite grums i bägaren. Det var inte bara mysigt med braskamin. Som sagt, Twist hörde dem först. Då, när de i rumsvärmen

förvandlats klart och börjat röra sig där under barken. Rut rös vid tanken.

När hon nu ändå satt där med datorn uppslagen och kände sig allt annat än pigg, kunde hon lika gärna sitta kvar. Idén som hon fick om att börja blogga förra hösten, var visst bara att lägga ned. Så fort hon skulle samla sina spretiga tankar, blev de spretigare än någonsin. Hon hoppade hit och dit och påbörjade meningar som vid senare genomläsning mer liknade ett utomjordiskt sjörövarspråk. Hon visste inte ens vad hon hade tänkt, och att försöka rekonstruera en redan obegriplig uppstart på någonting med ännu mer grubblerier tagna bortom all vett och sans... det var lönlöst. Tänk Pia-Carin då, hon höll visst på med en hel bok enligt Mac som skvallrat lite bredvid mun. Det var när Rut hade undrat varför Pia-Carin varit så osynlig på sistone som han inte kunde hålla tyst. Hon höll visst på att skriva om nejden, om Laduvik, ICA-handlaren och alla andra här runtom. ”Kul för henne då”, muttrade Rut lite surt, som inte klarade av att fylla ett papper ens. Fast hon gillade Pia-Carin och unnade henne verkligen framgången. Om den kom.

Rut hade börjat träna på att fokusera på en sak i taget men det hade gått så där. Hon hade en manual som hon följde. Till att börja med skulle man sätta sig tillrätta, sänka axlarna och släppa alla ovidkommande tankar. Lätt att säga, svårt att göra. Det Rut saknade var verkligen förmågan till just detta. Tankar svepte runt och störde precis hela tiden, omöjliga att hejda. Hon hade tränat på att så fort en tanke dök upp, låta förvandla den till ett förbipasserande moln och så att säga förpassa hela metaforen ut ur bild. Problemet med den metoden var att det snabbt blev så pass molnigt, typ mulet, så några enskilda moln gick inte att urskilja. Hon kämpade med allt nytt hon ständigt lärde sig och till slut var det värsta röran av alla metoder och tips. För att komma vidare måste man kunna ge sig själv hundraprocentigt fokus. I två minuter. Två minuter? Det var ju en jättelång stund. Bara för att ge till sig själv. Och med fokus också. När man sedan tänkt på sig själv ska man tänka på fem frågor, en i taget. Man ska läsa varje fråga noga och begrunda dess innehåll. Stanna kvar och låt tankarna vila i frågan. Länge. Börja läsa frågorna, en i taget. (Åh, var det så många, fem frågor... hur ska det gå, hur tänkte de här, hur lång tid har man egentligen på sig?)

1. Vad **längtar** du efter?
2. Hur **fri** känner du dig?
3. Vad är du **tacksam** över just nu?
4. När **mår** du som bäst?
5. Vilket **beslut** idag skulle göra ditt liv bättre imorgon?

Bra frågor! Enkla och avskalade, sådant man gillar och kan relatera till. Men dessvärre omöjliga att svara på. Så ofantligt stora! För att eventuellt förenkla det hela ytterligare, var fem ord fetstilade. Dessa ord var "längtar, fri, tacksam, mår och beslut". Vi längtar till helgerna, känner oss fria vid löning, är tacksamma för att mjölken till kaffet inte är slut, mår hyfsat skapligt och tar avgörande beslut rörande middagsmaten varje dag. Så! Klart! Lätt som en plätt!
Det är inte alla som lever i sådan lyx och välmåga.

"Ruuuut...! Har du sett mina bilnycklar", ropade Twist och avbröt henne i tankarna.
"Nej verkligen inte. Fråga Ulvar", fick han till svar. Ulvar var den argaste men mest personliga bocken av dem alla och det var även han som gjorde de finaste killingarna. Om det inte var så att de verkligen visste att bocken himself var en äkta Lappget, så var det nog han som skulle kunna knycka saker av dem. Ja, han skulle bergis räcka ut tungan samtidigt. Han kanske skulle kunna åstadkomma allt det där som Frank the sheep i Tele2-reklamen på tv gör. Hon log lite åt tanken. Ulvar for President.
"Hittade!" hörde hon sedan från Twist.

Vi lever i en rik värld. I vår egen lilla rika värld alltså medan andra delar av världen svälter. *Unric.org* är FN:s informationssida som uppdateras kontinuerligt. Just nu rapporteras läget i Gaza och Syrien men också om exempelvis massdrunkningar av människor på flykt. I en av deras rapporter står att läsa att det skett stora framgångar i kampen mot fattigdom sedan 1970, exempelvis i Östasien och Kina. Spädbarnsdödlighet har minskat med 40 procent, ett nyfött barn kan förväntas leva 10 år längre och skolgången har ökat med 50 procent. Men det har skett bakslag de senaste åren och stora problem återstår. Tjugo av världens trettioåtta fattigaste länder befinner sig i, eller har nyligen avslutat, en väpnad konflikt.

Rut hade kommit till avdelningen när-du-ändå-har-landat-framför-datorn-och-inte-har-ambitionen-att-gå-därifrån... så googla vidare och sitt kvar vettja.

Plötsligt slog det henne att hon var så oändligt tacksam över att det finns människor som kämpar för andra. Hon gjorde det inte. Istället satte hon och Twist in varsin slant på olika konton, imponerades av andras engagemang och läste vidare om sådant som var realitet för många. Nyligen hade hon också läst att barn som dör i krig, förvaras i frysboxar som varit tänkta för glass. Det var väl inte så det var tänkt egentligen? Den kopplingen mellan barn och glass finns inte. Barn ska över huvudtaget inte behöva leva i krigssituationer för att vuxna inte kan komma överens. Barn ska inte behöva dö i krig och om de nu inte kan köpa den godaste glassen och inte kan studsa runt i livet såsom våra ungar kan... ska de i vart fall inte behöva avsluta livet som ett stelt litet knyte i glassfrysen. Tanken är verkligen fruktansvärd. Verkligheten är på sina håll absurd.

Rut skrollade och läste vidare på Unric. En tredjedel av alla barn under fem år lider av undernäring. Hälften av jordens befolkning lever på mindre än två dollar per dag och omkring en femtedel av jordens befolkning lever på ännu mindre. Cirka en dollar per dag. En annan femtedel har i stället tillgång till 86 procent av världens BNP. Och världens tre rikaste personers sammanlagda förmögenhet överskrider det totala BNP för världens 49 fattigaste länder. Snacka om snedfördelning! Det är lika trist att läsa som obegripligt att förstå. De lever fetare än vad närmare femtio länder gör tillsammans.

Undrar om de där tre rika trollen vet hur saker och ting är beskaffade, eller om var och en av dem endast är uppfylld av sin egen storhet och betydelse? Rimligtvis vet de inte det för då skulle det inte se ut som det gör. Men om de "blivit informerade", vad skulle de tänkas göra då? Dela med sig? Gå i bräschen för att sprida de mänskliga rättigheterna? Peta bort korrupta politiker? Göra knutar på vapnen? Lägga resurser på att utbilda de få efterblivna länder som fortfarande inte lever enligt den demokratiska principen? Starta kramskolor? Satsa pengar på människor som tvingas fly diktaturer och erbjuda ett nytt liv på en trygg plats? Fylla bomber med glitter och serpentiner i stället för sprängmedel? Eller skulle de bara leva vidare i sin välmåga med undantag för ett enda uppvaknande, nämligen det att skylla på varandra. "Men vadå? Det är ju inte bara jag som är rik, gnäll inte bara på mig, alla andra är ju det med, alla andra får ju..."

Men okej, vad kan vi andra göra då, vi som inte är rikast men väldigt rika och högt utbildade ändå. Som vet hur det ser ut i världen. Ganska mycket egentligen. Det där gamla vanliga... samla in kläder, leksaker och andra förnödenheter. Sådant vi själva inte skulle klara oss utan en sekund.
Vid sidan av olika organisationer, är det en del toppengagerade privatpersoner i bland annat Sverige som startar insamlingar. Man kan lämna det man tycker på angivna platser. Det var de toppengagerade alltså, men vi då, som inte är toppengagerade men vill något vi med? Vi kan sätta in den där slanten, stor eller liten. Så lite som en tia eller hur myck-

et som helst. Allt är välkommet, många bäckar små. Och vad möts man av för prat då av gemene man? Exempelvis och vanligtvis:

"Jaaaa, vi satt och pratade vid fikabordet på jobbet idag... hur vet man egentligen att pengarna kommer fram? Det har man ju hört, hur de fastnar på vägen, hamnar så att säga i fel rockficka... Bäst att inte gynna såna där lurendrejare, det är säkert en sån där typ av organiserad liga, det har jag läst om. Förresten, hur kan de ha råd med mobiltelefoner? Bäst att ligga lågt här, jag ger aldrig någonting, de kan börja jobba som alla andra."

Så här tänkte Rut att man skulle säga till den som gnisslar för varje tia som hamnar i insamlingens antydda och påhittade svindleri:

Tänk dig att du går på shoppingstråt och får tag i ett par jeans och en klänning plus lite annat smått och gott. Du kommer att göra av med en tia eller hur mycket som helst. Ja, mest troligt hur mycket som helst. Brukar du då bry dig om vart pengarna går? Bry dig om att kolla huruvida klädtillverkningen gått rätt till och har följt de mänskliga rättigheternas principer? Rut gjorde det inte. Funderar man över hur mycket av shoppingslanten som faktiskt gått till rätt ändamål. Hur mycket av pengarna som gått till läkarvård för dem som jobbat i giftiga ångor för att de shoppade jeansen ska se coola ut. Rut gjorde det inte. Eller funderar man över hur mycket den ensamstående kvinnan i Indien med sina åtta barn fått i lön på textilfabriken där hon jobbar? Rut gjorde det inte. Hon bara shoppade. Där och då struntade hon fullkomligt i vart pengarna hamnade. Hon anade att de hamnat i helt fel rockficka, det vill säga den största delen hos dem som redan är rikast. Typ hos dem som äger varumärket. "Tiger", "Levis" eller "Nudie Jeans". Det är alltså därför som Rut är så oändligt tacksam över alla dem som verkligen lever efter att ta reda på hur det ligger till, som fightas för de utsatta och som driver fram större jämlikhet

och synliggör orättvisor. Hennes egen insats är ingen annat
än högst momentan.

Varför är det då så viktigt med den där hundralappen till
Röda Korset, var den hamnar och vem som får glädje av
den när vi annars inte bryr oss nämnvärt? Jo… antagligen
för att *vi som ger bort pengar inte får något i utbyte för slanten* och
då blir det så noga helt plötsligt.
Vi glömmer för ett ögonblick att vi redan fått något i utbyte
genom förmånen att bo i ett land utan naturkatastrofer,
omedelbar fattigdom och med rättvisemärkningar till och
med på brödpåsarna. Herregud! Vi har redan allt och lite till
som en människa behöver men tycker ändå att vi inte får
någonting för de pengar vi "ger" bort. Vi måste typ tjäna
något på våra uppoffringar. Wake UP! Skänk en slant, det
går fortfarande att göra det. Katastrofer sker överallt, sär-
skilt hos de fattiga. Vi är medskyldiga till att det ligger barn i
stället för glass i frysdiskar hur lite vi än vill medge det.

Känn tacksamhet för att dina barn är på rätt plats och tänk
på dem som inte är det. Det var tankar som uppehöll Rut
denna dag.

Kapitel 8
Om blomskötsel, Fågeln Fenix och bryggsegling
samt kill- och tjejträffar

Slutet av februari, det var nio grader och sol. Lägg några vårblommor till det och skönt fågelkvitter så kan vilken vårtrött, hålögd och vintergrå individ som helst få lite lyster i pälsen. Plötsligt bara dräller det av bilder på Facebook där små sköra knoppar och blad kämpar sig upp mot dagsljuset. I tidningarna visas dagligen nya vårtecken från landets alla hörn. Även tv-nyheterna har bytt ut sin avslutningsbild på rimfrostiga skidåkare till förmån för snödroppar vid en husvägg. Tolv grader över det normala gäller nu enligt statistiken. Kunde det bli bättre? Dessutom dagsljus till en bit efter klockan 19 på kvällen, nu var det verkligen finfint. Åh, snart är trädgården en enda stor färgprakt som man kan landa i när helst andan faller på. Eller inte.

Varje år så länge Pernilla kunde minnas hade hon på vårkanten regelmässigt åkt till någon typ av blomsterhandel för att handla plantor. Hon räknade krukor, beräknade antal plantor som fick plats i varje, grubblade över färgsammansättningar samt typ av växter avseende höjd och blomning. Hon handlade, planterade, ställde i ordning, begrundade sitt verk, ändrade om lite och slutligen drog en lättnadens suck. Sen hade hon gradvis blivit förbannad.

INGEN brydde sig. INGEN sa:
"Nämen, vad har hänt här då?", så att hon kunde sträcka på sig och se lite fånig ut, kanske utstöta ett litet "äsch då". INGEN sa:
"Wow, vad fint!", så att hon kunde säga "tycker du, äh bara lite blommor ju". INGEN sa:

"Tänk att du lägger så mycket tid på att vi ska få det sååå fint", så att hon kunde få säga "det är bara kul, jaha tycker du om dem?" INGEN skulle då kunna svara:
"Jag älskar dem, precis som jag älskar dig." Och så kunde de stå där i ett hav av blommor och kyssas jättejättelänge.
I stället säger INGEN:
"Åh dessa krukor, det blir bara en massa myror under dem. Kan vi inte ha dem någon annanstans", så att hon får svara:
"Ja, var då tycker du?" så att INGEN i sin tur säger:
"Jag vet väl inte!", så att hon får svara: "hur ska vi göra då?", så att INGENS svar lyder:
"Vad ska jag svara på det?" så att...
Nej, i år skulle det kanske inte finnas någon färgprakt att landa i. Hon skulle ta så kallad blomsemester.

Pernillas modell för blomsterskötsel var för övrigt väldigt enkel. De krukväxter som fanns, de fanns. De hade kommit till boet i olika omgångar genom olika tider i livet. En del var faktiskt så gamla som trettio år. En gång i tiden, hon log när hon tänkte på det, åkte hon till IKEA med en shopping-lista innehållandes många saker. Det var bland annat: *ytterkruka 25, 30, 45 diameter + fat, blomjord gödsel, lekakulor mm. + någon ny blomma.*

Påfallande ofta stod det också på inköpslistan att hon skulle köpa tavelramar i olika storlekar plus ljus och servetter. Just de senare inköpsposterna blev som något slags tvångsmäss-igt ekolali vid varje besök. Varenda människa som handlar frekvent på IKEA förstår hur det kommer sig, men det är en annan historia.
Hur som helst, målet med inköpen var att plantera om blommor. Byta jord, fräscha till, pyssla om, göra fint. Så gjorde hon då. Nu för tiden får blommorna vatten. Varje söndag. Alla lika mycket oavsett sort och behov. Och de lever! Hennes trettioåring till exempel blommar varje som-

mar. Troget. Då får hon visa de brandgula stora klockorna
för INGEN och säga:
"Titta vad fin den är den där galningen, att den orkar" och
få svaret: "Ja, har du sett, vilka gröna fingrar du har" ...fast
hon som sagt inte gjort ett vitten åt blommorna.
En festlig aktivitet är just att se tillbaka och minnas sådant
man inte längre begriper varför man gjorde, men som till-
hörde det där *väldigt* viktiga då. Det där som var ens ID, ens
jag-kan-inte-leva-utan-det och minnas den så vanligt före-
kommande funderingen:
"Va? hur kan man inte göra så... hur tänker hon eller han
som inte gör så egentligen?"

Vart man än tittar och vart man än vrider och vänder sitt
förvirrade huvud, får man tips om hur man ska vara, tänka,
känna, förstå. På Facebook inte minst. Var dig själv! Var
tacksam! Pernilla föser inte bort dem, hon läser alla och för-
söker se dem som påminnelser. Många budskap är på eng-
elska och på något underligt vis blir de mindre präktiga då,
lite extra trovärdiga. Lite vackrare. Som den här:
Don´t take life so seriously. It´s not like you´re going to get out alive
är ett exempel. Vackert tänkt, snygga ord och dekorativ or-
tografi. Översättningen skulle bli: "Ta inte livet så seriöst,
det är inte sannolikt att du kommer att överleva". Låter väl-
digt plumpt på svenska, liksom så definitivt och ångestskap-
ande. Nej, som sagt. Många uttryck är mycket snyggare på
engelska.
When a door of happiness closes another door opens. But often we look
so long at the closed one... we don´t see what was open for us. Skrivet
av Paulo Coelho.

Det är inte så att Pernilla tycker att det är något fel på alla
dessa kloka ord och uppmaningar. Det är bara det att orden
och fraserna blir både svulstiga och tomma samtidigt. De
består av självklara formuleringar och framstår därför som
simpla att eftersträva och enkla att leva utifrån men är i

själva verket riktigt kluriga. De ger för stora utmaningar, och efter några försök inser man att de är förtvivlat svåra att leva efter. Det bästa tipset som finns för att må bra, uppleva lycka och känna att man lever, är att jobba med att försöka hitta vardagslyxen. Just det var Pernilla och Tobbe ganska bra på att finna, trots att de stundtals hade det rätt så jäktigt. De ville gärna göra det mesta tillsammans, kanske för att ta igen att de träffades sent i livet. För dem är vardagslyx just att göra saker ihop.

Ibland är de ändå ute var och en på sitt. Tobbe träffar sina kompisar och Pernilla sina. När de ses hemma igen och berättar hur kvällen varit, märks verkligen kontrasterna.
För det första ses killarna oftast ute på krogen. De tar en sväng efter jobbet och blir kvar på stan sedan. Mat är inte överordnat vilket däremot drycken är. De väljer ställen som exempelvis Bishops Arms där det finns uppåt tjugofem olika sorters öl på fat, närmare hundra olika ölsorter på flaska samt upp till tvåhundrafemtio olika sorters single malt whisky. Och vad pratar de om då? Ja, företrädesvis smaksensationer, alltså på nyss nämnda drycker. Inte på mat. I övrigt rör de sig i områden som stavas "t e k n i k" och inom detta spektrum handlar det exempelvis om kapaciteter, motorer, dimensioner, upplösningar, precisioner och procentsatser. Alltid det senaste. Många siffror.
Tjejerna däremot ses hemma hos. De turas om och bjuder hem sina vänner till sitt genomstädade, välkomponerade och snyggt inredda hem. Det har lagats trerätters minsann. Fördrink och tilltugg vid ankomsten. Alla har varit hemma först för att duscha, byta om samt paketera presenten till kvällens värdinna. Så går det till. Även tjejer pratar om smaksensationer, fast då uteslutande om sådant man ätit samt givetvis hur gott just kvällens mat smakat och hur värdinnan stegvis tillagat den. Man ber gärna om recepten på samtligt som avnjutits. Vidare handlar samtalen om inredning, kläder och skor samt inköp av alla sorter. Man pratar

träning, vikt och dieter, historiska skeenden, relationer, olika sjukdomsdiagnoser och de senaste hälsorönen. Det mesta som sägs behöver absolut inte beskrivas med siffror, utan med ord. Många ord.

Vid sidan av kloka råd och tips på Facebook om hur man bäst lever sitt liv, hur man ska vara och tänka, föreslås allt som oftast olika tester som man bör lägga sin tid på. Innehållen varierar.
Genom att svara på maximalt tio olika frågor där varje fråga har tre svarsalternativ och där insatsen blir att välja det minst dåliga av dessa tre, får man svar på alla gåtor i tillvaron. Man får en guidning i vem man faktiskt är. Exempelvis kan man testa vilken hund och vilken färg man är, vilket sagodjur och vilken sorts kvinna man är. Efter det sista testet beslutade Pernilla att det fick bli just det. Det sista.

Först fick hon veta att hon var en Siberian Husky, vilket gladde henne enormt eftersom hon alltid känt sig rätt så taxaktig. Korta ben, lite envis och bjäbbig. Fast egentligen... hellre envis och modig än envis och dragstark. Det där fick hon nog fundera över ett tag. Därefter fick hon klart för sig att hon var färgen rosa, hur man nu kan vara en färg... fast å andra sidan, hur kan man vara en hund då? Men det känns ändå okej, lite romantiskt sådär. Hon läste:
Hos dig måste det ständigt hända något. Du står aldrig still och älskar det extrema. Du kan förändras till ett arbetsdjur, festa natten lång men också sova bort dagen för att ta igen dig.
Tja, lite ADHD så där men det stämde rätt väl in på henne, bortsett från festandet. Det dog helt efter tredje barnet. För gammal, för trött, för mycket annat.

Vid tredje testet var hon plötsligt sagofiguren Fågeln Fenix men nu hade hon slutat fundera över om det kanske fanns gränser för vad man verkligen kunde vara. Hon läste igen:
Du har redan upplevt och lidit mycket. Ibland ser man dig strålande

och oslagbar, ibland helt förstörd och slagen till marken. Men gåvan att komma upp på benen och börja om på nytt, gör dig till en utomordentlig levnadskonstnär som klarar alla hinder.

Kommentar på det? Nej, men en hel del tankar. Hon visste att hon var en fighter. Hon visste att hon kunde borsta av sig och trampa vidare. Inget nytt under solen.
Så kom testet vilken sorts kvinna hon var. Svaret blev:
Du är en krävande kvinna. Endast det bästa är gott nog för dig. Du har en osviklig känsla för skönhet i livet. Med din oefterhärmliga stil är du en verklig tillgång för din familj och dina vänner.
"Där har vi mig", sa hon högt och skrattade till. "Otålig - Envis - Krävande."
Gud så fånigt. Slut på tester.

Längre hann hon inte i sina funderingar men glad kände hon sig när det plötsligt plingade till i telefonen.
"Jaaaa, vi har fått båtplats" stod det i messet. "Äntligen!"
Hela meddelandet andades glädje och Pernilla kunde verkligen känna att Tobbe var otroligt nöjd. De hade stått i kö och ömsom hoppats, ömsom misströstat. Nu hade de fått en fast vinterplats på land och kanske också en bryggplats till våren. Så skönt. Tänk att bli så glad över åtminstone en plats på land åt sin båt. I ärlighetens namn hade de misströstat en del hittills. Varför skaffade de egentligen den där motorbåten? Den hade mer kostat än smakat så här långt och under sommaren hade de inte haft den i vattnet en enda gång. En kväll satte de sig ner och gjorde varsin plus- och minuslista för att summera vilken känsla de egentligen hade för den där båten. Skulle de sälja den eller skulle de behålla den? Summan av deras listor var just att utan bryggplats var det värdelöst att ha båt, med bryggplats skulle det bli den drömmen de från början tänkt. Och nu hade den drömmen fått en fortsättning. Bryggplats, äntligen... kanske.

Med båtplats och tillhörande medlemskap på båtklubben, följde två nattvakter per år och lika många städdagar. De

hade redan varit på sin första städdag, visat upp sig för de
andra och satt tänderna i sina första kokkorvar med boston-
gurka och rostad lök som serverades vid dessa städpass.
Korv hörde till höststädningen. Nu på våren var det i stället
hamburgare, vin och öl som gällde. Men innan de kommit
så långt, hade de försett sig med en svart sopsäck och en
skräpplockare. Redan efter ett par båtrader insåg de att de
skulle behöva lyfta på såväl tång som stenar för att hitta nå-
got skräp. Det var ju renare än på Orlandos Disney World
på den här klubben. Förklaringen till det hela var att de
båda, inte var de enda som gick runt på detta sätt med sop-
säck och skräpplockare. Snarare var det tjugo till som lika
planlöst strövade runt med säckar så tomma att de böjde sig
för vinden.
 "Hej, försvinn, gå inte i vårt stråk, i vårt revir, vik hädan,
försvinn. Här är det vi som plockar. Dra!" fräste de till de
andra. "Släng din säck en bit fram här så kan jag plocka upp
den som skräp", ropade hon till dem som inte förstått läget.
Eller: "lägg dig själv på marken, så plockar jag upp dig som
det skräp du är" till den som gick närmast.
Fast så sa hon inte i verkligheten, det var bara i hennes hu-
vud det lät så. Som vanligt hade hon en ständig ström av
dialoger och händelseförlopp i huvudkontoret som bara
malde runt. Oftast var det riktigt kul saker som utspelade sig
i hennes privata lilla teater där uppe. Allt ifrån fraser och
hela meningar till fulla manus med bilder och allt. En helt
fantastisk arena faktiskt och som sagt, helt privat. I själva
verket och verkliga livet gick de just nu och nickade och log
som fåntrattar åt alla de mötte. Och säckarna förblev i det
stora hela rätt så tomma.

Mitt i allt detta stötte de ihop med herr Frödin. Det var
länge sedan. Han var också på plats men inte för att städa
utan för att inspektera platserna på land. Han brukade ju
hjälpa till med förflyttning av de lite mindre båtarna från
brygga till landbacke. Pernilla och Tobbe hälsade på Mac

och han hade idéer om att de kunde plocka lite kvistar av olika sorter som lämnats kvar sedan de röjt fram platser för båtarna. Nu kändes det plötsligt som om de hade en uppgift. De bytte ut sopsäck mot kärra och lät sig dirigeras av herr Frödins pekande och tipsande. De fyllde på med lass efter lass av kvistar och rötter och de jobbade mer än alla andra, det var de säkra på. Som vanligt var ett medelläge alldeles för normalt, man skulle ta i. Ingenting annat räknades.

Efter lite krattning hit och lite sopning dit samt diverse skräpsamlande, hade de gjort sig förtjänta av en grandios hamburgare samt lite vin eller öl som det bjöds på. Det kändes gott att ha en båtplats och nu var de bokstavligen innanför grindarna på själva båtklubben. I gemenskapen, eller nåja nästan, men i vart fall medräknade hos självaste hamnkaptenen. Denna vår hade de, liksom förra året, tre båtar på tre olika platser. Var och en av båtarna mer eller mindre fungerande, men fint var det.

Dagarna gick, veckorna likaså och så plötsligt började sjösättningen närma sig. Tobbe la ned ett antal timmar på båtklubben för att tvätta båt och måla drev och så en vacker dag var hon i plurret. Båten som de kallade "SCANDalen". Tobbe hade också jobbat hårt med att såga till och lacka ny durk eftersom den gamla hade ruttnat lite här och där. För att inte inleda säsongen med att återigen ha en båt, men utan att använda den, beslutades att gamla durken skulle läggas tillbaka i båten. De skulle spara på den nya som kunde tillverkas i sakta mak i hemmaverkstaden, alltså i tvättstugan hemma. Katten på råttan, råttan på repet så spred sig prylar, verkstadsinnehåll och lackdoft längre och längre ut från tvättstugan och in i kök och vardagsrum. Pernilla förvandlades sakta men linjärt från sin vanligtvis tålmodiga person till en aggressiv tarantella. Prylar, prylar, prylar... Men så plingade det till i hennes överkokta huvud och så kom hon på testerna! Hon var visst rätt krävande. Och otålig. Ska man ha båt, får man stå ut.

Nåväl, vid en första provtur av båten, startade den så fint, så fint. Den mullrade på och de lämnade bryggan och njöt i stora lass. Samtidigt höll de faktiskt andan och varför då tro? Ja, gissningsvis för att det var något så nyckfullt som en motor som styrde deras öde. Därmed kunde vad som helst faktiskt hända. Och snart visade det sig att det inte gick att gasa.

"Vaaad?! Åh nej inga mer fel... snälla", bad Tobbe med frustration i rösten. De tittade på varandra och den blicken påminde dem om vilket pyssel de haft med båten förrförra hösten då de lite snabbt skulle vinterrusta den. Ingenting gick som det skulle förrän herr Frödin diagnostiserat problemet till startmotorn, bytt ut den och tagit rejält betalt. Först därefter hostade den igång men hamnade sen inte i vattnet på hela säsongen.

De hade tur. Den här gången var det bara fukt, kondens och vatten som orsakat trubblet, visade det sig. Med lite nya filter och ett par bränsleslangningar senare var allt okej igen. Tur att Tobbe är en sådan händig person som för det mesta kan fixa till uppkomna fel själv.

På många av deras båtturer förvandlades båten gärna till en liten nätt verkstad med verktyg, påsar, rödsprit, borrmaskiner, putstrasor, skruvmejslar, sikaflextuber och dylikt. Å andra sidan ofta en ganska angenäm mekarverkstad. Med frisk luft och i vida vidder. Var det en fin och varm dag, låg Pernilla hellre på soldynan i aktern med en bok och njöt. Då var hon inte så krävande minsann. Inte heller särskilt otålig. Och inte heller en Siberian Husky.

Bryggsegling. Det har man väl bara hört talas om.

"Kan vi inte ligga i båten i natt?" undrade Pernilla.

"Men det kommer att bli kallt. Jättekallt, burr", svarade Tobbe.

Den krävande och envisa svarade: "Kallt kanske det är men det fanns ju täcken. Båten ligger ju i nu och kluckandet låter lika fint vare sig man sover vid brygga eller ute på ett skär. Å ligger man vid brygga finns också el till kupévärmaren och lyse i lampan. Vi kan titta på teve på paddan och har fri tillgång till toalett och vatten. Kom igen, vi kan väl? I stället för att vara hemma. Please..."

Och så blev det. De satte på stora kapellet, bäddade sängen, jackade i strömmen och åt därefter en utsökt wokmiddag som de köpt på vägen. Det hela sköljdes ned med rosévin och en kopp kaffe. Regnet frustade på där utanför medan de tände ljus, tog ett glas vin till och hällde upp lite nötter. Tobbe tittade på fotboll på paddan medan Pernilla skrev sina texter på datorn och fyllde på sin kalender men nya minnesmärken och kom ihåg. Då och då passerade nattvakterna förbi och tyckte nog att de hade det mysigare än mysigast. Vid sista besöket hördes en bekant röst.

"Hej, hallå är det ni?" En ficklampa lyste dem i ansiktet.
"Ehhh, ja det är det och vem är du själv där ute i regn och mörker?" undrade Tobbe.
"Det är ju jag, Mac", svarade rösten.
"Men det var väl trevligt, kan du inte komma ombord? Vi bjuder på ett glas vin och lite fotboll om du har tid."
Och så gjorde han det. Herr Frödin kom ombord. Han hade ju redan sett båten både en och två gånger men bara på land. Så långt som att vara ombord på den vid brygga, det trodde väl ingen av dem skulle hända.

"Jaså", sa han. "Ni har fått en bryggplats äntligen. Hur gick det till?"
"Vi stod i kö", svarade Pernilla och Tobbe i mun på varandra.
"Det brukar väl inte räcka", trodde han.
"De där hamnkaptenerna är som en sort för sig", sa han och nickade lite menande mot hamnkontoret.

162

De förstod precis vad han menade och hur rätt han hade.
Hamnkaptener och busschaufförer, det var speciellt folk
det. Om de var på fel humör, kunde de utan att blinka utöva
någon slags makt som egentligen inte fanns och som ingen
annan begrep... men fick känna på. Det här var servicemän-
niskor som gjort sina yrkesval utifrån viljan att hjälpa och
leda människor åt rätt håll. Att serva, känna till och ge in-
formation. De valde jobbet för att de gillade människor och
personliga kontakter, eller hur var det?
I stället för att lita på att så var fallet, att service och hjälp
fanns att få, blev man som hjälpsökande tvungen att "känna
av" vilket humör de var på. Var de på bra humör fanns det
service och ett trevligt bemötande över men var de på dåligt
humör, kunde de lika gärna stänga alla möjliga dörrar fram-
för näsan på en.
Det Pernilla och Tobbe var helt säkra på, var att de inte gått
före någon i kön. Däremot var de inte lika säkra på hur
många andra som gjort det. För väntat på plats, det hade de
gjort. Länge.

"Det var värst vilken teknikskörd det var här inne." Mac
skrattade till lite och tillade, "här behöver ni inte frysa med
all värme de utstrålar." Han nickade mot såväl dator som
iPad och de båda mobiltelefonerna som låg framme.
"Och fläkten har ni på också", sa han.
"Teknik av alla sorter utom de som går att smörja upp med
olja och trassel, det är bara djävulens påfund. Du blir bara
loggad och granskad, ihågkommen och registrerad så fort
du trycker på en knapp", fortsatte han.
"Du har så rätt", svarade Pernilla men nu tar vi väl och sä-
ger skål och tackar för ett bra jobb med din olja och ditt
trassel. Hade det inte varit för dig, hade vi inte haft något att
lägga vid brygga och än mindre att sitta i nu."
"Och i morgon kastar vi loss tidigt och ger oss ut på en
sväng", fyllde Tobbe i.

De nickade åt varandra och skålade. Mac tyckte de hade
gjort det mysigt ombord och att det var ett friskt initiativ
med att campa vid bryggan. Tobbe svarade honom att marriage is a relationship in which one person is always right
and the other is the husband, utan att vara helt säker på i
vilken grad Mac besatt några engelskakunskaper. Han fick
ett leende till svar.

"Det är inte bara båtar man behöver kolla nu för tiden", sa
herr Frödin.
"Angående slänten där uppe, den mellan husen och vattnet,
har det varit en lång strid mellan kommunen och de boende.
Allting började redan för femton år sedan. Då hade flera
träd kapats och samtliga av dem växte ner mot sjön. Misstanken fanns att någon eller några husägare hade önskat
sjöutsikt och därför tagit lagen i egna händer. En polisanmälan gjordes från fastighetsägareföreningens håll. De äger
nämligen marken ihop med kommunen, men ärendet lades
ner. Det saknades bevisning. Sedan dess har den olovliga
trädfällningen fortsatt, trots flera försök att få stopp på avverkningen. Det har varit riktigt infekterat och de barn som
bor i husen har blivit utsatta och mobbade i skolan, kallats
träddödare och så."

"Vad säger du", sa Tobbe.
"Vad du hänger med. Det här hade jag ingen aning om men
vi bor ju inte precis här i närheten. Femton års strid, berätta
mer, vad hände sen?"
"Jo, bland annat engagerades en grupp barn från just denna
närliggande skola för att återställa en del av skogen. Barnen
fick plantera nya träd, namnge och faddra varsin planta.
Men efter ett par veckor var de flesta plantor uppryckta.
Tillvägagångssätten har varit många genom åren. Det har
borrats hål i björkstammar eller sågats i stammarna, men
bara halvvägs så att träden sakta skulle dö. Till och med giftampuller har använts. Folk fifflar till det hur som helst för

att få sol på sina tomter och sjöutsikt. Den enda tomt som alltid varit täckt med träd och där träden stått där de stått från början det är i slänten nedanför Bengts hus". Det blev tyst en kort stund medan Mac drog andan.

"Ja, alltså Bengt på ICA. Han på mejeriavdelningen. Men han har ju bott utomlands i flera år så han är nog inte så noga med sol och utsikt kan jag tro."

Tobbe tittade hastigt på Pernilla men hon sa ingenting, vare sig om Bengt eller om hans eventuella noggrannhet beträffande träd, sol och utsikter. Hon var rädd att de skulle få bädda ner Mac över natten om det samtalsämnet tog fart. Det skulle upplevas så obegripligt dumt att ingen normal människa skulle fatta någonting och alla skulle sova dåligt. Nej, hon höll tyst om både det och deras släktskap. Det var inte så svårt.

"Hur som helst", fortsatte Mac, "så har kommunen gjort ungefär sex polisanmälningar per år om olovlig trädfällning och skadeståndskrav har ställts. De första träden som kapades var ganska unga och sedan har trädkaparna bara fortsatt sitt envetna arbete medan åren gått. Vid varje tillfälle har det varit många träd som fällts, flera tiotals, och det märkliga är att det har utförts med handsåg."

"Det är ju smart, sa Tobbe.

 "Det är en ganska så tyst aktivitet men det tar ju tid och det måste ha varit många inblandade."

"Sju träd är väl vad en person orkar såga ner", uppskattade Mac.

"Du är ju van vid kroppsarbete så du har nog rätt", sa Tobbe.

Mac berättade vidare att träden som fällts var mellan trettio och hundra år gamla och att det ständigt planteras nya. Nu senast etthundrafyrtio nya träd efter att nästan lika många träd skövlats under våren. Det är hassel, ek, rönn och lönn som planteras, till en kostnad av närmare en miljon kronor.

"Så nu är vi ombedda att slå en flukt upp mot slänten också, när vi går båtvakt då?" undrade Tobbe som började förstå sammanhanget vakta båt - vakta träd.

"Japp", sa Mac.

"Så är det, men det är ju frivilligt förstås. Att leka tillsynsman. Vi får ju inte betalt annat än med glädjen att se det orörda naturrummet om vi nu lyckas stoppa dessa trädmarodörer. Hade den där slänten varit naturreservat, hade det varit en helt annan koll."

"Eller hade det?" undrade Pernilla.

"Det tror jag knappast", sa hon och tänkte på hur saker och ting fungerade där ute på landet. I det naturreservatet.

"På tal om det, alltså människor i samspel med naturen", sa Mac.

"Hörde ni vad som hänt sälarna?"

"Nej", sa både Tobbe och Pernilla i mun på varandra. De gav varandra en ny blick och båda var nog lika förvånade över herr Frödins pratande. Så här många ord hade de nog aldrig hört från honom. I alla fall inte i rad.

"De hade hittat två gråsälskutar i Norrköping, typ i Motala ström eller var det nu var. Bara så där. Sälungarna fick namnen Anders och Benjamin och de fördes till Kolmården. Så fort de ätit och vilat ett tag fördes de tillbaka till stan igen." berättade Mac.

"Jaha", sa Pernilla. "Tillbaka till stan, varför då?" Och Mac fortsatte.

"Jo, de hittades av två poliser. Gissa förresten vad de två heter?" sa han och fnissade lite. "Lagstiftningen säger att vilda djur, vilket dessa sälkutar ju var från början, inte får tas till djurparker. De ska sättas tillbaka där de hittats alternativt avlivas."

"Va'? vad hände sen?" Pernilla började se lidande ut.

"Jaaaa, medan djurparken ville att kutarna skulle bli friska och starka för att kunna släppas ut i skärgården senare, behövde Naturvårdsverket fundera ett tag till över vad som blev bäst. Stadssälar? Döda sälar? Vilda sälar? Djurparks-

sälar? De kunde liksom inte riktigt bestämma sig för vilken
som var det redigaste vägen till rätt och riktigt.”
”Helt galet”, var det enda Tobbe fick ur sig.
”Så det var därför som sälarna togs tillbaka till stan igen, har
jag fattat rätt?” undrade Pernilla.
”Just så”, sa herr Frödin som precis tog den sista klunken av
sitt vin. Han ställde ner glaset och reste sig upp, alltså så
långt han nu kom innan han slog huvudet i kapelltaket. Där-
efter tackade de varandra för en trevlig och intressant prat-
stund och herr Frödin kommenterade än en gång vilken fin
gammal båt de hade. Tobbe och Pernilla skickade med ho-
nom en hälsning hem till Pia-Carin och gjorde honom sedan
sällskap bort på bryggan. För dem hade det blivit dags för
tandborstning och hopp i ruff.

Under natten tilltog regnet allt mer. Det slog hårt på ruffta-
ket så nattsömnen blev rätt usel faktiskt. Dessutom var det
varmt och kallt om vartannat. Pernilla låg och funderade
över sälarna. Anders och Benjamin. Tänk att de hade givit
dem namn, kört dem till en djurpark och matat dem där,
men tyckt att det var en klok idé att släppa av dem i stan
igen. Det läggs onekligen lite olika energi på träd och sälku-
tar kunde hon tycka. Och ibland undrade hon verkligen hur
det stod till med intelligensen. På riktigt alltså.

Hon tyckte att de hade haft en mysig kväll, ett intressant
samtal och en busig natt. Klockan började bli morgon och
det var snart dags för toalettbesök och frukost. Tobbe sov
fortfarande.

En ny dag väntade.

Kapitel 9
Om att producera äppelmust eller armhåleost
samt att göra det svåra lätt eller sänka 400 000 i en tjärn

Rut och Twist har en väggalmanacka där hemma. Varje månad är uppdelad i två spalter. Den första till den femtonde i vänstra spalten, den sextonde till den trettioförsta i den högra. Månaderna rusar fram enligt principen att den första kommer först, sen den andra och så den tredje i månaden. Dagarna drar förbi. Sen vips har man halkat över i den högra spalten och strax är månaden slut. Man snurrar runt kalenderbladet över spiralhäftningen och en ny månad tittar fram. Det är återigen den första, andra, tredje och sen den högra spalten. Detta gäller alla månader utom september till och med februari. Där lufsar dagarna i stället fram, en dag i taget i sakta mak. Man upplever varje dag och tiden står still.

Nu har april redan passerat, snart är det midsommar och sen är det höst igen. Så ser det ut. Nu är det 2014, igår var det 2001 och för länge sedan var det möjligtvis 1974. Året 1958 var Hedenhös eller i vart fall stenålder, ja så rullar det på. Men när man har en uppriktig känsla av att 1994 faktiskt hör till nutid, får man sig en riktig tankeställare efter enkel fingerräkning. Hoppla! Det ligger ju redan mer än tjugo år tillbaka i tiden. Och i takt med denna insikt, fortsätter Rut och Twist att snurra sina kalenderblad.
Rut hade precis snurrat bort aprilbladet och gjort maj månad synlig. Hon kände att dagen var kommen för att planera ett äppelmusteri. Som vanligt tog hon hjälp av sin fantastiskt skickliga och snabba hjälpreda Mr Google.
Djuren var omskötta, det hade Twist och Mini sett till och nu satt de i rummet intill, båda helt försjunkna... nej förresten... helt upprörda på grund av, eller tack vare, spelet Farming Simulator. Rut hade föreslagit dem att avsluta sina

jordbruksansatser i pågående spel, som för övrigt körts i minst ett år, för att helt enkelt satsa om. Typ satsa rätt. ”Save the farm” var ett annat spel som kanske skulle passa dem mycket bättre. Det kan ha varit just det förslaget som nu förorsakat denna iver kring spelstrategier som de båda utväxlade. Rut hörde att de hade vilda diskussioner så hon skulle nog inte bli störd inom en överskådlig tid.

Eftersom Rut mer eller mindre levde ihop med Mr Google, som för övrigt var ett mycket trevligt och underhållande sällskap, hade hon vid ett tillfälle utforskat tjänsten grundligt. Alltså så gör man väl? Kollar av vad man har omkring sig. Googles söktjänst var ju så populär att namnet till och med blivit ett godkänt verb på många språk. Det var långt fler än Rut som ”googlade” var och varannan dag. Ursprunget till namnet kom sig av en felstavning som en bekant till Googles medgrundare gjort sig skyldig till. VD:n Larry Page’s idé var egentligen att deras företag skulle få namnet ”Googol”, vilket är en matematisk term för en etta som skrivs ut med hundra efterföljande nollor. En beteckning som nästan uteslutande används i rymdforskning och andra vetenskapliga sammanhang. En av Page’s vänner skrev ned namnet inför att kontrollera om domännamnet var ledigt. Och det var det. Dessvärre visade det sig att vännen inte var någon stjärna på stavning. Detta uppenbarade sig när han glatt meddelade Larry Page att de hade fått namnet Google.com. Men trots att det blev fel, gillade Larry namnet och bestämde sig för att registrera det.

Så, då hade det blivit dags för Rut att ta sin in och störa Mr Google en smula. Hon skrev ”äppelmusteri” på tangentbordet. Utan minsta ifrågasättande eller krångel levererade Mr Google genast ett svar på skärmen:
Vill du starta ett musteri? Vi kan erbjuda dig all utrustning som behövs för att göra must.

Hon läste att man behövde både krossar och pressar. Krossar för att mosa äpplena och pressar för att utvinna juice ur dem. Med hjälp av rätt maskiner kunde man lätt få stora volymer juice. Man behövde lära sig krossa, pressa (hur svårt det nu kunde vara) samt allt om pastörisering och förvaring. Det fanns maskiner för hemmabruk och maskiner för storskaligt musteri.

Det här var ju toppen. Vilken gård de kunde få! I nuläget hade de höns som värpte ägg. De ordnade en enkel julmarknad varje år och de sålde julgranar till folket i byn. Gårdens getter fick allt som blivit över efter försäljningen, både stammar och grenar gick åt. Det var lite därför de skaffade de första getterna faktiskt, för att få städhjälp. Samma getter gav dem snart också mjölk så att de kunde göra getost. Getmjölken innehåller mindre fett än andra sorters mjölk och har en annan typ av mjölksocker som laktosallergiker lättare kan tåla. Det här var en av anledningarna till att den blivit så populär men givetvis också för smakens skull. Den är helt fantastisk och varierar beroende på var djuren har betat, och vilken årstid det är. Ostproduktionen snudd på skötte sig själv och såldes mest bara på förfrågan än så länge, förutom den veckovisa leveransen som de hade till ICA. Själva hade de några kunder per vecka som spontanköpte ost.
De hade helt vanlig komjölk med, men det var mest för hemmabruk. Snart, om allt gick som önskat, skulle de även ha ett äppelmusteri. I framtida planer fanns eventuella tankar på en biodling och honungsframställning men idéerna var lite grumliga ännu. Men drömmen var att kunna ha en gårdsbutik i framtiden. Och som en förlängning av det, ett litet bondgårdsvandrarhem kanske?

Det här med honung verkade folk tycka var trevligt. Lite exotisk. Bin är bättre än många känner till. Det är inte alls bara något som surrar runt i svärmar och sticks eller jagar

folk ner i vatten som man har sett så många gånger på tv.
Det finns de sociala bina som bygger kolonier. Det är bara
de som producerar honung men så finns det också stinkbin,
byxbin, pälsbin, slembin med flera sorter.
Tänk en drottning, cirka femtiotusen sterila arbetande ho-
nor och så tvåtusen hanar. Små husdjur som producerar det
guld som kan ge skydd mot åttio olika sorters bakterier och
därmed bota en rad sjukdomar. Honung kan slå ut strep-
tokocker och bota halsfluss, barnsängsfeber och blodför-
giftning. Den kan läka sår och bota sjukhussjuka, motverka
magsår och förebygga matförgiftning. Tryggt och skönt när
antibiotikan blivit multiresistent. Så det där med bin är
onekligen något som verkar intressant.
Men som sagt först och främst ett litet äppelmusteri.
Själva hade de inga äpplen men folk kunde komma dit med
sina äpplen. Eller så kunde Rut, Twist och Mini åta sig att
åka hem till folk och plocka för en ringa peng. Ingen hann
med sådana sysslor numera, så det skulle nog inte bli några
problem. De skulle till exempel börja med att fråga Mac och
Pia-Carin, sedan skulle de sätta upp en lapp på ICA:s an-
slagstavla och sätta upp en skylt vid infarten till gården.
”Här! Ställ era äppelpåsar här. Skriv antalet påsar plus namn
och telefonnummer på en lapp. Vi gör must och hör av oss
när det är klart.”

”Helveteeeee!” hörde hon från rummet intill. ”Vi har glömt
att skörda majsfältet. Hur många hektar som helst har gått
upp i rök nu och var är förresten min senaste spannmåls-
vagn... Mini, har du sett den?”
Rut log där hon satt när hon tänkte att det visst var lika lätt
att tappa bort nycklar som hela jordbruksmaskiner. Vad sva-
ret var gick knappt att höra men någon slags uppgörelse
hade de haft tidigare sa Mini, där han visst hade köpt
spannmålsvagnen av Twist sedan någon växelplog hade
brunnit.

...eller nej förresten. Inga påsar vid infarten. Då skulle bara
rådjuren flockas och förorsaka stress bland getterna som då
kunde få mjölkstockning. Den risken ville hon inte ta. Rut
skulle nog plocka ner traktens alla äpplen själv, så fick det
bli. Eller hon och Twist kanske kunde hjälpas åt? Hon åter-
vände till sin dator och Mr Google.
*Ta itu med en svår sak som den vore lätt och en lätt sak som den vore
svår.*
Så stod det på skärmen. Var detta en hälsning tro? Hur kom
det sig annars att hon mitt i sitt beslut att börja planera för
ett musteri, hade fått detta framför sina ögon? Och sant var
det. Hur många gånger som helst hade hon skjutit på saker,
gruvat sig för att sätta igång eller hittat på anledningar för
att låta bli. Äppelmusteriet var bara en sådan sak.
Med list kan man lura sig själv. Även utan list förresten.
Man säger; nej det är för svårt, för trist, för dyrt, för läskigt,
för komplicerat. Men när detta *något* sedan blivit avklarat
och förbi, rycker man ofta på axlarna och säger; "ja det där
var väl ingenting, det var ingen konst, det gick ju bättre än
jag hade vågat tro." Gång efter annan resonerar man på
samma sätt vilket borde betyda att man konstant lurar sig
själv medvetet. Varför inte då vara så förslagen att man lurar
sig själv med lite list? Göra det lätta svårt och det svåra lätt?
På kuppen vinner man över både sig själv och uppgiften.
Nu blev hon riktigt intresserad av fortsättningen. Det var
säkert en hälsning. Sen... snart, skulle hon läsa mer om hur
man startar upp ett äppelmusteri. Den här gången skulle
hon inte försjunka i fel bryderier, i vart fall inte fler än dem
hon redan hade.

När man inser att inget är värt något utan svårigheter, då
slutar man söka de enkla lösningarna. Det går att riva upp
sina gamla tankespår och formulera en ny karta, menade
denna tankecoach. Han hade blivit uppmärksammad som
årets talare för ett par år sedan så han hade säkert mycket
viktigt att komma med, tänkte Rut. Hon läste vidare. En

förändring i rätt riktning är ofta inte mer än ett beslut bort. Genom att omvandla motgångarna till bränsle och hitta ett mål att arbeta för kan man bli den man skulle vilja kunna bli. I texten stod; om något upplevs som svårt eller enkelt, sitter ofta i huvudet. Föreställ dig att det blir som du tänkt dig - vad har du då tänkt dig? Hur kan man lära sig att tänka om, tänka nytt? Lära sig att kika lite försiktigt och se om det finns något där utanför boxen. För sin egen skull. Inte alltid välja saker som är lämpliga, rimliga, kloka, smarta, konventionella eller ännu värre... traditionella. Och absolut inte göra sina val utifrån andras förväntningar, för att passa in eller för att vara till lags. Det där sista gäller särskilt tjejer, trodde Rut.

"Rädda tomaterna", hörde hon plötsligt Mini skrika. "Å nej, du skulle inte köra med kletgödselspridaren här. Det var ju dags för avplockning. Nu får du skärpa dig Twist. Verkligen skärpa dig."

Det svåraste som finns, är att låta var tid ha sin charm. Eller o-charm om så vore. Rut var en sådan som tidigare alltid längtat efter fredagar, våren och händelser. Tristess, höst och måndagar, för att inte tala om söndagar, behövdes verkligen inte ansåg hon. Men det var då, i livet förr som hon brukade kalla det för. När hon for runt som en nervös iller för att vinna en minut, för att göra det som var smartast, mest kostnadseffektivt eller bäst på annat sätt. Hon var på topp tjugofyra - sju och allt var minutiöst planerat. Och kontrollerat. Därför behövdes helger och somrar för andhämtningens skull, men gärna uppfyllda av händelser för att inte skapa hjärtstillestånd till följd av kontrasten. Hennes mamma, Maja som hon heter, är klok som en bok. Hon har så många gånger sagt att genom att bara längta efter helger och ledighet, längtar man slut på livet. Rut längtar inte längre på samma sätt. Hon har sin gård och ett alldeles fantastiskt liv. Frågan just nu var snarare hur det gick för hennes gubbar på andra sidan väggen. Eller hur det gick med tomaterna snarare. Det hade återigen blivit tyst.

När man ska göra äppelmust, går vilken äppelsort som helst bra men det bästa resultatet nås om man i mitten av oktober gör en juice på flera olika sorter. Äpplena ska vara nästan helt mogna men det går även bra att använda fallfrukt. Små fläckar är okej, men äpplena får givetvis inte vara ruttna. Fruktens storlek spelar heller ingen roll, givet att stora äpplen har mer saft.
Rut tittade till på klockan och såg att hon hade gott om tid på sig att läsa innan det var middagsdags. Hade hon tur, skulle hon hinna googla runt och samla in information till bloggen. Hon hade snudd på fått en genialisk idé. Den om att leta information om hur världen och tillvaron såg ut tidigare i hennes liv, alltså när hon var barn och ungdom. Det var ett upplägg som hon borde klara av, klart rimligt att begära av sig själv. Det var tillräckligt strukturerat och linjärt för att kunna samlas in, bearbetas och tryckas på papper. Och att googla på 70-tal, 80-tal och så vidare, det kunde väl vem som helst? Visserligen kanske hon genom denna lösning inte borde kalla resultatet för en blogg då, utan snarare en "Googologg" kanske. Men först skulle hon uppbåda ett uns självbehärskning och lägga sin energi på vidare sökning om hur man startar ett äppelmusteri.

Hon fortsatte att läsa. Man måste inleda det hela med att krossa äpplena för att få ut fruktmassan före pressningen. En hel frukt ger för stort motstånd till och med för de stora hydrauliskt drivna pressarna. Att enbart använda kniv är inte tillräckligt och i en matberedare blir äppelmassan för finmald. Däremot att frysa och tina äpplena före krossandet gör jobbet enklare. Det finns både handdrivna och eldrivna äppelkrossar.
Rut gick och hämtade ett papper där hon skrev:
1) Centrifugalkross. Inklusive ställning.

Så fort frukten är krossad, kan den pressas. Fruktmassan hälls i pressens cylinder och pressas av en kolv. Kolven trycks ned på fruktmassan och tvingar ut saften genom luckorna i cylinderns stavar. Stavarna är placerade tätt intill, för att minska läckage av fruktrester, kärnor, hus och skal. Ett filter kan användas för att ytterligare minska mängden av fasta ämnen i juicen. Juicen rinner på bottenplattan av pressen och ut genom läppen eller dräneringshålet i en kanna, skål eller hink. Pressarna kan också användas vid honungsframställning.

Nu börjar det bli riktigt spännande, tänkte Rut och fortsatte på sin lapp:
2) Hydropress max 3 bar. Inklusive ställning.
Juicen kommer att vara naturligt grumlig och innehålla små partiklar. Därför kan det finnas behov av att filtrera juicen. Säckfilter behövs för att filtrera juicen och göra den ljusare. Rut skrev lite till på sin lapp:
3) Säckfilter. Gäller ej hydropress serie F.
Juicen börjar jäsa efter två till tre dagar i kylskåp, därför behöver man pastörisera den. Lagringstiden ökar då till mellan sex månader och två år. Alla organismer dör men juicen bevarar sin goda färska smak. Det är att föredra en pastöriseringsmaskin med möjlighet att övervaka temperaturen.
4) Elektrisk pastöriseringsanordning med värmespiral och rörvärmeväxlare. Inklusive digitaldisplay skrev Rut till på lappen och kände sig fruktansvärt nöjd.
Återstår bara en detalj då, Bag-In-Box förpackningarna. Tydligen var det två system som gällde vid pastöriseringen. Endera ett 2-flaskorssystem där man kunde tappa på flaskor i olika storlekar. Det kunde ju vara fint att designa flaskorna med gårdens egna etiketter, eller (hon läste vidare) ett system som fyllde Bag-In-Box. Hon bestämde sig för att köra Bag-In-Box. Med en professionell pastöriseringshantering kunde musten tydligen hålla upp till två år. Det skulle folk uppskatta trodde Rut.

5) Halvautomatiskt tappningssystem för Bag-In-Box med matartank
skrev hon upp, och direkt under det:
6) 3-liters påsar till Bag-In-Box. Hon satte dit ett litet fråge-
tecken angående storleken på pallen. Treliterspåsarna var
förpackade om 400 men man kunde också få 14 förpack-
ningar per pall. Få se nu... Det skulle bli 5600 påsar. Äh, jag
kollar det med Twist sen, tänkte hon.
Det sista hon gjorde var att skriva ett mejl till dem vars
hemsida hon fått så mycket information ifrån. Hon presen-
terade sig själv och sina tankar och skickade med de sex
punkterna som hon antecknat. Så bad hon om en individuell
offert och skrev under med signaturen:
"Rut på Laduviksgård".

Rut kände sig grymt produktiv och skärpt i detta läge. Fak-
tiskt så stolt. Varje gång hon fullföljde ett arbete utan att
spåra iväg långt bort i sina egna tankesmedjor, kände hon att
det var läge för en klapp på axeln. Hon hade bestämt sig för
att ta tag i det här nu och hon hade redan kommit till delmål
ett. Nästa steg var att avvakta, kanske läsa mer om bin, fun-
dera på hur getostproduktionen kunde stegras på sikt eller
skulle de helt enkelt börja producera ytterligare en ost.
Armhåleost? Hon hade svept förbi det i sitt sökande efter
äppelmustframställning men klokt nog skrollat vidare ef-
tersom hon visste hur lätt hon spårade ur. Nu hittade hon
tillbaka till sidan om armhåleost och läste.
Två kvinnliga forskare jobbade med ett projekt där de sam-
lade in bakterier från människor för att sedan blanda dem
med mjölk för att göra ost. En av forskarna berättade att
hon åt sin egen armhåleost och hennes dotter gjorde det-
samma. Det smakade visst som vanlig ost. Nu hade de gjort
ost på kändisbakterier, som exempelvis på David Beckhams
bacillusker. Hans skor från fotbollssäsongen 2004 levorera-
des till laboratorier och det var tillräckligt med svett i dem
för att kunna använda i produktionen. Bakteriemolekylerna

176

som fanns i skorna var samma som dem som finns i den
illaluktande tyska osten Limburger.
"Det är hållbart och lönsamt om man i framtiden kan laga
mat av sina egna bakterier. Redan i dag äter folk insekter
och någon gång i framtiden kommer vi kanske behöva
dricka vår egen urin för att överleva", menar forskarna
också.

Rut skakade på huvudet och tänkte på vad den framgångs-
rika hotellägaren Petter Stordalen en gång sagt: "Lite galen-
skap kan leda långt. Väldigt långt". Det här var väl galen-
skap nog tyckte hon. Att livnära sig på svett och urin, där
gick väl ändå gränsen?
Hon gick för att kolla in hur det gick för gubbarna. De hade
blivit alldeles tysta under den sista timmen. Som alla vet är
det i sådan tystnad det händer saker. Hon knackade lite för-
siktigt på dörren för att inte skrämma dem och kikade sam-
tidigt in.
Twist satt själv vid datorn med huvudet stött i händerna.
Mini var inte ens där. Rut harklade sig och skulle precis
fråga hur det gick i spelet när hon såg att Twist satt och sov.
Framför honom på skärmen höll en fyrahundratusen kro-
nors harv, av märket Kverneland Maxer 12, på att äta sig
igenom hela rågåkern. Rut som stod på första parkett med
bästa åskådarplats, fick precis bevittna ett haveri av världs-
klass. Twist själv var långt ifrån medveten om vad det var
som pågick. I slutet av åkern fanns en stor brant som strax
övergick i ett stup. Stupet i sin tur störtade tvärt ner i en
djup tjärn. Det fanns ingenting att göra. Harven som redan
matat sig fram skulle strax försvinna ner i tjärnen.

Error. Det var det Farming Simulator spelet det, tänkte hon.
Det enda som skulle kunna få Twist glad igen, var nog en
Curved UHD TV. Med full HD.

Kapitel 10
Om rumpskåror, tavlor som rör sig och resårslöa strumpor
samt båtar som köps i kartonger

Tiden som följde gick fort och mycket skulle hinnas med.
Det hela pendlade mellan ytterligheter, så som det gör under
försommaren. Det svängde mellan arbetsstress och vila,
kallt och varmt, åska och solsken. Maj svepte ostadigt fram
och varje gång temperaturen gått upp till tio grader jublade
de. Den tjugofemte maj gick gräsklipparen för första fången
och go'doften spred sig. De premiärfikade ute på mors dag
och Pernilla skrev i sin bok:

Grattis till alla småbarnsmammor som överlevt ett helt år utan regel-
bunden sömn. Å till alla skolbarnsmammor som fixat logistiken, till
tonårsmammorna som kan turlistan på varenda nattbuss i nejden och
till ungvuxenmammorna som har fått långa armar av alla flyttlass.
Slutligen ett grandiost grattis till de medelåldersbarnsmammorna som
liksom börjat om från början med alla åldrar... Barn och barnbarn
och hela biddevitten av vaknätter, logistik (fast i annans familj) natt-
bussar, flyttlass och oro i tredje person. Plus omsorger om husdjur de
aldrig bett om. Mammor är bäst.

Hon skrev det lika mycket till sig själv, som till sin egen
mamma men också till alla duktiga kvinnor som fanns för
samhällets barn. Som formade nästa generation och fram-
tida kompetens. Pernilla var djupt imponerad av småbarns-
mammor. Deras styrka och omistliga strid för att få varda-
gen i ordning. Lika imponerad var hon över de mammor
som hade barn på driven, på fest eller på nattbuss någon-
stans i mörkret. Deras kamp med att klippa navelsträngen i
lagom stora bitar, med några centimeter i taget, och samti-
digt inse att möjligheterna att sätta tillbaka någon liten bit
minskade i takt med tiden.

Den här morgonen hade Pernilla försovit sig. Och det var
ingen dålig försovning heller, hela femtio minuter. Därtill
märkte hon att det var pyspunka på cykeln, så hon behövde
leta efter cykelpumpen. Strax därefter upptäckte hon hur
fantastiskt dålig hon var på att pumpa upp ett däck. Det var
pinsamt. Under sin tid då hon var ensamstående med sina
tre barn, då hon fick vara både mamma och pappa i lika
stora doser, då fixade hon allt. Sedan hon träffade Tobbe,
lämpade hon över mer och mer på honom, väl medveten
om att hon släppte greppet om mycket. Denna morgon som
sagt upptäckte hon att det fanns vissa problem med att
flytta luft från pumpen till däcken. Så förargligt. Med ont
om tid gick det ännu sämre men till slut var hon klar och
kom iväg.

I en korsning på sin väg till arbetet mötte Pernilla en pappa
och hans tvååriga pojke, kanske på väg till ett dagis. Pappan
var påklädd och fin men pojken däremot hade byxorna ända
nere vid knäna. På rätt plats satt ändå en mönstrad Libero-
blöja.
Pappan tyckte en god idé var att ta sluttningen upp i skogen
vilket även den lille pilten tyckte, så han hakade på. Men
svårt blev det. Barnet hade liksom ingen stuns i benen, rö-
relsehindrad och lätt "bakbunden" av byxsnaran, faktiskt
farligt nära att falla framlänges flera gånger bland barr och
kottar.
"Hallååååå!" ropade Pernilla. Pappan svarade glatt "hej, hej"
och trodde sig fått en samtalspartner där i skogsbrynet.
"Jo, han har tappat brallorna", sa hon. Lite orolig över att
lägga sig i. Han kanske skulle ta det som en förolämpning,
att hon poängterade att han inte sett till sitt barn och typ
inte varit tillräckligt uppmärksam. Det kunde kanske också
varit så att han skulle ha brallorna där nere. Pappan tittade
först ner på sig själv som om det var han som hade oord-
ning på kläderna men sen riktade han om blicken på sitt
barn och såg det Pernilla sett.

"Oj hoppsan, vad har hänt här?" sa pappan och böjde sig fram för att återskapa ordningen på barnets byxor. Det som då hände när baksidan av hans rock delade sig i slitsen, var att han själv visade upp hela sin rumpskåra. Ni vet så där ogenerat, flera centimeter. Pernilla reagerade å hans vägnar och liksom låtsades att hon inte sett något men sedan slog det henne att han inte brydde sig ett vitten. Helt uppenbart var denna pappa en åldersstigen avkomma ur generationen som gjort hängmodet stort, alltså en av alla dem som faktiskt alltid gått med knäna brett isär för att hålla byxorna uppe. Eftersom allt verkar förstärkas från generation till generation, så var det väl i sin ordning och naturligt att det lilla barnet hade ännu mera häng.

Vid närmare eftertanke var väl sanningen den att man, i alla fall i tonåren, gör allt för att inte likna sina föräldrar på något som helst vis. I så fall skulle den här lille parveln mest troligt ha byxorna uppdragna till öronen när han blivit medveten om pappans klädkod. Han behövde först bli så pass stor att han själv störde sig på sin pappas rumpskåra. Pernilla skulle hålla utkik om sisådär en tio elva år, tänkte hon. Men här och nu gällde det för stor som liten att lyckas ta sig uppför sluttningen utan att sätta krokben för sig själv. Just beträffande det kände Pernilla att hon gjort en insats och kunde därefter lugnt trampa vidare på sin cykel.

Trots försovningen, äventyret med cykelpumpen, rumpskåror och annat under morgonen hann hon i tid till jobbet. Det här med tid var verkligen skumt. Något töjbart, magiskt, och egentligen bara påhittat.
Hästarna var igång på ängen utanför skolan. De klippte gräset, eller rättare sagt, de drog en klippmaskin efter sig. Två fina arbetshästar som gjorde ett alldeles utomordentligt jobb framför klippmaskinen. Högstadiets digitaliserade, motoriserade, automatiserade och vi-lyfter-inte-på-ögonbrynen-i-första-taget-elever, brydde sig föga. Skolan har sex klassrum med utsikt över denna händelse och samtliga elever i dem

tänkte nog bara; "Vadå? Det är ju bara två hästar?" Pernilla däremot, såg en tavla där motivet hela tiden rörde på sig. Hon såg kusken som stod bakpå, hur han styrde runt sina hästar med perfekt precision timme efter timme. Då och då stannade han upp en stund, så hästarna fick vila och äta lite av gräset. En helt fantastisk gräsklippare om man betänker alternativet.

Pernilla har en tanke om att alla människor, egentligen balanserade som små lindansare på en tidslinje som obemärkt tar dem från dåtid till nutid. Även i skolan pågår en viss utveckling trots att den ofta anses vara en plats utan förnyande inslag, en plats där allting står still. Undervisningen bedrivs numera på e-boards i stället för på griffeltavlor, det senare vet eleverna knappt vad det är. Att iPads går före blyertspennor, är däremot en utveckling som de själva deltagit i. Böcker har blivit både för tunga att bära och för jobbiga att lägga tid på, trots att de säkert blivit både tunnare och läsvänligare. Skolklockor har inte skrällt på evigheter eftersom alla numera har samma tidssynkronisering med sina smarta telefoner. Umgängestiden i skolan är jämnt fördelad mellan lektionstid och raster. Att arbeta en och en i tysta klassrum är inte det som utvecklar lärandet, inte heller att rabbla och ramsa in sina kunskaper. Det här är exempel på sådant som hör till elevers verklighet. Att de inte noterar att det just är hästar som klipper gräs i stället för en Husqvarna Rider 213C, ger ändå en vink om att *allt* inte gnagts ned med tiden. Ja, förutom gräset då kanske, för det gnagdes ju faktiskt sönder ganska långsamt just denna dag. Hon tänkte att det var fint när det gamla kunde finnas som ett naturligt inslag och få en renässans bland all high tech. Fint för eleverna.

"Meh asså bah orka, måste ja?"
Sex små ord som innehåller hur mycket som helst. Svaret blir alltid "ja" och motrepliken på det blir ofta "meh, palla". Sen är arbetet igång. Det är därför man älskar ungarna. Det

är därför det är så trevligt på högstadiet. Hon gillar det verkligen. Risp rasp, pennor som skriver. Någon snörvlar, bläddrar med papper, skjuter till sin stol. En mage knorrar, en liten suck hörs och en halvkvävd hostning. I övrigt så tyst, så tyst... Så låter det när nationella proven pågår.

Så här på vårterminen är det ett betydande antal nationella prov som avverkas. Hela arbetsbördan kring detta är som en egen industri i verksamheten. Den slukar arbetskraft och tid, gräver hål i scheman och tålamod samt kräver allt från en redan sliten och kraftlös lärarkår. Till och med eleverna går på knäna vid tiden för proven.

Efter det gigantiska arbete som gjorts med att organisera lokaler, flytta lektioner, ordna med provvakter och vikarier, skriva instruktioner och anpassa provdelar så var nu alla proven utförda. De sista som gjordes var matematikproven i slutet av maj, vilket var det sista av tio skriftliga. Rättning och bedömning återstod. Parallellt med de skriftliga delarna hade ett antal muntliga pågått. De i sig kräver sina resurser. Varje klass som utför proven delas in i grupper och varje grupp behöver fyrtio till femtio minuter på sig för att göra den muntliga delen. Det betyder att en hel lektion går åt för en grupp, och sedan är det fem grupper till som ska göra samma sak. Knappt en vetenskapsman behövs för att räkna ut att det går åt några lektioner. Varje grupp behöver givetvis sin lärare som instruktör, ledare och bedömare under momentet. Den övriga klassens undervisning, under det flertalet lektioner som går åt för arbetet med de muntliga proven, tar Skolverket hand om. Nej, skoja... så är det naturligtvis inte. Hur den logistiken ska lösas är ingen annans ansvar än skolans, så klart. Likaså att vaska fram tiden som behövs för att gå igenom femtontalet delprov, samt rätta och bedöma dem. Och vad får man ut av allt arbete i denna storindustriella verksamhet? Ja, det lärarna redan visste i betygsväg genom de bedömningar som alltjämt gjorts under året. I några enstaka fall kunde det dyka upp en överraskning, annars kan lärarna det där med bedömning redan.

Det var inte mycket kvar av terminen nu. Sommarlov och ledighet stod i startboxarna och sparkade på väggarna. Någonting annat hade sparkats på också gick det rykten om. Ett par ungdomar i okänd ålder kom på att man kunde sparka sönder en toalett. Så då gjorde de det. De sparkade och sparkade och sparkade. Vattnet sprutade och porslinet klirrade. Därefter rann det vatten lång väg som med tiden förvandlades till fukt, som i sin tur började krypa i väggarna så hela skolbyggnaden fick renoveras. Tvåhundra elever fick byta skola under tiden och kostnaden uppgick till femton miljoner. Men det var på en helt annan plats och utfört av helt andra elever än de som raspar med pennor och skjuter sina stolar här. På Pernillas skola är det fina ungar. Anledningarna till att eleverna är så bra kan vara många. Exempelvis att de bor i ett tryggt område, att de har bra föräldrar, att de i det stora hela har stabilt mående och schyssta kompisar, att de har framtidstro och är målinriktade. Ja, Pernilla trodde till och med att hästarna där ute på ängen, på ett något diffust plan, bidrog till att eleverna trivdes i skolan. Och så är det personalen så klart. Eleverna känner sig bekräftade och sedda, känner att många vuxna bryr sig, det finns alltid någon som lyssnar. Som lyssnar och förstår, inte bara lyssnar och springer vidare. De elever som har det lite besvärligt får stöd och hjälp både med sina studier och i det sociala. Så pass att de känner sig tillräckligt omtyckta och därför inte behöver sparka sönder toaletter. Inte så mycket i alla fall.

Tor hade lagom till högstadiet, bytt skola och börjat på samma skola som Pernilla jobbade. Den tidigare skolans rektor försökte med hjälp av ett par, tre olika föräldramöten få eleverna att vara kvar i hans rektorsområde. Detta gjordes seriöst och trevligt men Pernilla visste att deras resurser ur ledningssynpunkt var superlåga. Synd på en sån fin skola med vackra, ljusa lokaler och nära till grönområden, skog och vatten. Personalen var lika bra där som någon annanstans, men just ledningen var den svaga länken. Pernilla brydde sig inte om skvaller och rykten. Hon hade redan haft sina äldsta barn på den skolan så hon kunde bilda sig en egen uppfattning, i alla fall om just de åtta åren. Hon visste verkligen vad hon tackade "nej" till. På ett av rektorns möten där han presenterade skolan och personalen, miljön runt skolan och de interiöra fördelarna, då han beskrev pedagogiken och de olika temaområdena... sa han plötsligt till föräldrarna:

"Ja, jag vet ju inte. Ni kanske tycker att det här bara är bajs...?"

Och faktum var att precis då tyckte Pernilla det, så hon satte Tor i sin egen skola i stället. Med andra ord den skola hon själv jobbade i.

En dag på jobbet hade Pernilla ett par minuter över utan elever och då knackade det på dörren. Det var Tors mentor som tittade förbi. Ungefär tio av hennes kollegor var också Tors lärare. När någon av just dessa tio, "tittade förbi" fanns det all anledning att sitta rakryggat i stolen. Som tur var förekom det inte särskilt ofta, men när det hände kändes det ändå en smula besvärande. Mest för dem, tänkte hon. Deras ärenden handlade vid dessa tillfällen om något som Tor varit inblandad i, endera som passiv åskådare eller i en aktiv roll. I värsta fall också på ett negativt sätt. Pernilla hade från första stund gått ut med att hon alltid ville ha information om det var något speciellt som hänt runt Tor. Hon ville ha en öppen dialog, utan krusiduller. Hennes värsta mardröm vore att *alla* visste vad som hänt utom hon och att arbetskamraterna skulle tystna när hon kom in i personalrummet.

Nu satt hon där i sitt arbetsrum med Tors mentor framför sig.

"Jag fick ett samtal från en annan förälder", började mentorn. "Den föräldern berättade att hon fått information om att Tor hade snattat i en butik i centrum."

"Vad säger du?" kom det ur Pernilla medan pulsen började öka. Hon tyckte det hela var lika obehagligt som generande och hon hoppades verkligen att allt var en enda stor missuppfattning. Undra vem föräldern var som hade lämnat informationen? tänkte hon också. Den som vet något närgånget och besvärande om mitt barn medan jag inte vet vem av alla föräldrar det är. Jaja, tänkte hon sen. Det kanske inte är det viktigaste nu.

Mentorn fortsatte sin berättelse och hade tillräckligt med information för att Pernilla skulle förstå att detta alls inte var något missförstånd, utan helt enkelt sant. Det var en av de andra snattarna som inte kunnat hålla tyst utan berättat om snatteriet för en kompis. Kompisen i sin tur berättade om det för sin mamma som direkt tog kontakt med mentorn. Vilket Pernilla var glad för.

"Jag ska prata med Tor om hela händelsen så klart, tack för att du berättade", sa Pernilla.

Sedan tänkte hon att hon skulle ta Tor till affären så han fick betala för det han tog.

På eftermiddagen samma dag ställde hon Tor mot väggen och eftersom han förstod att hon hade tillräckligt med bevis för det hon anklagade honom för, så var det bara att erkänna. De åkte till affären samma eftermiddag och bad en expedit om hjälp. Tor fick berätta vad han hade tagit och planen var att räkna ut summan och sedan betala för det. Precis när det var bestämt kom expediten på att man inte kunde gå till kassan och betala för "ingenting". Därför fick Tor plocka ihop en godispåse vars innehåll motsvarade det snattade och betala för den. Tor plockade ihop exakt det han tagit, plus lite till, styrd av Pernillas regi. Därefter betalade han för påsen i kassan. Cirka tio meter från kassan stod expediten som de hade pratat med. Hon tog godispåsen av Tor för att därefter hälla tillbaka innehållet i godishyllorna. Hon spände ögonen i honom och sa:

"Du vet väl att jag egentligen ska polisanmäla den här händelsen och att det är en kriminell handling. Gör aldrig om det." Och det lovade naturligtvis Tor.

Pernilla hade nyligen läst att barn gavs sömnmedel. Tydligen väldigt mycket, för användandet av preparaten ökade med 227 procent under förra året. Därtill ska läggas alla ungdomar som äter lugnande medel. Femtiotusen barn kan tydligen inte sova alls utan sömnmedel. Man tror att det kan ha att göra med att något störande tillkommit i barnens miljö. Vad kan detta störande vara? Mammor, pappor eller tillkomna styvföräldrar, mor- och farföräldrar? Nya skrikande småsyskon eller irriterande styvsyskon? Eller skolarbeten, läxor, fotbollsträning, kanske släktmiddagar? För lite pengar, för få prylar? Dålig mat eller taskiga kompisar?
För inte kan det väl vara elektromagnetisk strålning, obegränsad tid vid datorn eller ständig uppkoppling mot sociala medier? Det kokar väl i barnens hjärnor av allt de utsätts för, all strålning och brist på avkylande kringaktiviteter. Tid som annars skulle användas för att umgås och ha lite kvalitetstid i sina familjer. Studier har alldeles nyligen gjorts, där man studerat sambandet mellan stillasittande skärmtid och depression hos barn och ungdomar. Man fann att risken för depression var högre ju längre tid ungdomarna tillbringar stillasittande vid en skärm. Med andra ord att ett "dosberoende" utvecklades. Detta hände redan efter två timmars skärmtid och den lägsta risken för depression sågs vid en timmes skärmtid per dag. Flera rapporter finns redan som vittnar om att långa pass av stillasittande är skadligt. Nu finns också studier som tydligt pekar mot risken för psykiska ohälsa. Vi har en ökad psykisk ohälsa hos barn och ungdomar i Sverige så vuxna manas till eftertanke när de har sina barn vid stillasittande skärm i timme efter timme, utan aktiviteter där emellan.

Egentligen vet de flesta vuxna att barn inte själva har den mognaden som krävs för att begränsa sig. Det gäller inom många områden och även i den spelande världen. Det behövs någon form av stöd och ungarna behöver veta att det finns vuxna som vågar och orkar vara vuxna. Som kan hjälpa dem med de där urtrista ramarna som de inte kan uppmana sig själva att sätta upp. Bara för att barnen ska kunna få en allsidig utveckling och upptäcka aktiviter de annars inte funnit. Det är svårt att resa sig när man väl suttit vid datorn ett tag. Det är svårt att sluta surfa, det vet vi. Hoppla, där kände hon sig lite som herr Frödin, men faktiskt... med sociala medier och speltider bör man väl ändå tänka som i fallet bantning och så mycket annat. Helt enkelt lagom är bäst, det är något tryggt med det. Därtill slipper man medicinska preparat. Och kanske söndersparkade toaletter?

Pernilla och Tobbe hade kommit igång med seglingen igen. Hobie 16, deras äldsta katamaran, hade lagats under vintern. Det hade spruckit vid ett balkfäste, men var klart seglingsbar nu igen och gjorde sitt bästa på racet som kallades Majblomman. Sex båtar deltog. Pernilla och Tobbe seglade in sig på en tredje plats och denna gång var det Pernilla som styrde. De hade lika många poäng som tvåan som hade en spik, vilket gjorde att de gled ner som trea på resultatlistan. Så himla nöjda ändå eftersom det bara var andra gången med Pernilla som rorsman.
Två veckor senare var det dags för en annan regatta vilken för övrigt gick av stapeln på en fantastiskt sommarsolig dag. Dessvärre var det inledningsvis vindstilla men säg den seglare som är nöjd? På denna regatta kom de återigen på en delad andraplats poängmässigt men eftersom ett race räknades bort, slutade de som trea. Igen. I sista racet gick crossbaren av och eftersom den håller ihop rodren, avslutades det hela lite hejkonbejkon. Plötsligt var det ännu en detalj att reparera, men den oturen hade de tydligen med sina bå-

tar för närvarande. Säsongen var lång och många tävlingar
återstod.

För en tid sedan hade bekantskapskretsen undrat lite försik-
tigt varför de skaffat en båt till och vad skillnaden mellan
deras katamaraner var. Hobie Cat 16 och Viper F16. Många
undrade också oroligt hur Tobbe och Pernilla skulle få tiden
att räcka till, vad var egentligen vad, och var skulle båtarna
ligga? Vipern som de hade hämtat med släp ända borta i
Holland, såldes under hösten och tanken med den försälj-
ningen var att hämta hem ännu en. Eller två faktiskt, så att
det skulle finnas totalt fyra stycken i Stockholmsområdet.
Pernilla var lite osäker på hur Tobbe hade tänkt men snart
hade de nog fått ihop en liten fleet av alla båtar de hämtat.
Då kunde de tävla mot varandra. Denna gång skulle de till
Rotterdam. En dag i april satte de trailern bakom bilen och
styrde ut på E4:an. Mot ett magasin i Rotterdams hamn-
kvarter. Även denna gång skulle alltså två båtar köras 150
mil, hem till Sverige. Det krävde såväl logistik som tålamod
och rätt kontakter för att planera hämtningen. Därtill kör-
glädje, ekonomi, is i magen samt ett väl utvecklat reservtänk
för allt som utefter vägen kunde tänkas gå åt pipan. Att äta
när man var hungrig och sova när man var trött, var ingen-
ting som ingick i paketet. Sådana basbehov fick man täcka
när tillfälle gavs.
De packade verktyg, spännband, plankor och annat som
behövdes för själva transporten. Sen fixade de matsäck,
färdgodis och ljudbok. Packade kläder för alla väder, fyllde
luft, spolarvätska och bränsle i bilen. Klockan 14.30 var de
på väg och drygt sju timmar senare var de framme vid Mal-
möterminalen. De skulle åka färja över till Travemünde.
Efter en övernattning ombord stod de återigen på färjans
soldäck och tittade ner över Travemündes hamninlopp.
Long time no see. De hade ju varit där och kört VM förra
sommaren och trängts med miljontals människor. Nu var
det öde och väldigt olikt sig. Pernilla och Tobbe saknade

pulsen, båtarna, souvenirbodarna och race office. Segelfartyget Passat vars flaggspel representerade alla deltagande länder och där alla middagar och fester varit, låg öde. Mon Amor, pariserhjulet var borta.

De parkerade på den gigantiska grusplanen som förra sommaren var totalt fullbelagd och övervakad av en beslutsam tysk parkeringsvakt men som nu låg i stort sett öde. De ställde ifrån sig bilen och släpet men eftersom de inte hade några mynt, gick de raka vägen till det café som i somras varit deras frukostställe. Café Marleen. Samma personal av likaledes gulliga damer, var på plats även denna dag. Marleens ärliga entusiasm och engagemang i jobbet, avslöjades i läppstiftet. Någon gång under morgonen hade appliceringen säkert träffat just på läpparna, men så här efter morgonrusningen hade allt hamnat lite all over. En parant kvinna med fart som gärna lånade ut de mynt som behövdes för parkeringen. Pernilla och Tobbe satte sig sedan på deras uteservering och fikade varsin stor tårtbit och kaffe innan de tog en promenad. De gick först förbi tältplatsen och sedan vidare till utomhusscenen där alla nationer i somras välkomnats med nationalsång och applåder. De gick därefter utmed hela strandpromenaden som sist var så fullproppad att de behövde kryssa för att inte kricka med någon. Nu låg den öde. Där var det kallt och blåsigt så de gick snabbt tillbaka till bilen och styrde vidare mot Rotterdam.

Pernilla och Tobbe visste att det var regn- och tornadovarning, eller i vart fall risk för hård vind. Visserligen hade de kläder för alla väder men de visste inte hur det skulle se ut där i Rotterdams hamn. Det var inte helt lätt att lasta i regn och frisk vind. I alla fall inte två båtar och en uppsjö av tillbehör. Sen att köra två båtar lastade på varandra, var heller ingen walk in the park i hård vind.

De hade tur. Lagerlokalen var stor, så det var bara att köra in med bil och trailer. De fick på sig varsin reflexväst och sedan hade de två, och stundtals tre starka män till sin hjälp.

Lite speciellt kan tyckas, men båtarna levererades i helt vanliga kartonger, precis som om Tobbe och Pernilla just hade gjort ett alldagligt inköp på IKEA. Men så kunde de inte transportera hem grejerna. Kartongerna skulle vara lika uppblötta som brödbitar på en metkrok efter några mil i det vädret som var. Därför fick de hjälp att riva upp kartongerna, assistans med att lyfta delarna på plats och alltihop ställt till rätta på trailern. Det bistods med verktyg och allt som behövdes. De servades med plankor, knivar, hylsnycklar, spännband, tejp, och kaffe om så önskades. Vinden slet hårt utanför och det skakade i både förrådsdörrar och väggar. De hade verkligen tur. Igen. Pernilla tyckte att det ofta brukade vara så, att allt gick som smort. Eller så var det hennes inställning till händelser, hon visste inte så noga.
Efter inte alltför många timmar var fyra skrov och lika många balkar, tre master, sticksvärd, roder, segel, vajrar, tampar, gennakerbommar, styrpinnar med mera packade och på plats. Händerna hann de få tvättade och sedan var speditörerna slash team T & P på vägarna igen. Nio timmar senare var de tillbaka i Travemünde därifrån färjan tog dem tillbaka till Sverige. Hela trippen tog fyra dagar.
Efter en sådan här tripp var de båda så sjukt nöjda. Så klart förstod de andras synpunkter på dem som menade att man kunde göra hela trippen till en skön utflykt och låta det ta åtta dagar. Men nej, hela tillfredsställelsen låg i att se till att allt funkade inom en tight ram, att allt var vältajmat och slimmat. Vadå utflykt? Det hade man i andra sammanhang enligt de här speditörerna.

En träbock, ett bildäck, en planka, en halv rulle silvertejp, massor av tålamod, ett måttband, en polygrip, en skiftnyckel, en kniv, ett par tre svordomar, en ringnyckel, lite sandpapper och några meter gummikord senare.... var lilla pärlan äntligen klar. En fasansfullt kall eftermiddag åkte de till klubben för att justera masten och därefter masta på den nya Vipern. De kände sig redigt nöjda och snart-på-sjön-

känslan infann sig. Den känslan varade dessvärre bara en
vecka.

Det visade sig att hela masten på den nyköpta, nyriggade
och nyss hämtade båten, liksom mastat av sig själv där ute
på stenpiren där hon stod. Och masten hade fått sig en
knäck. En ny mast lånades och efter ytterligare en mastrigg-
ning och ännu fler roderinställningar fick de uppleva käns-
lan äntligen-på-sjön-for-real. Flera timmars riggning mot en
timmes segling, påminner som sagt väldigt mycket om att ha
häst. Mocka, kratsa, borsta, rykta, smörja, sadla, tränsa, ställa
in och justera... sitta upp.

Ofta gick seglingen ut på att träna. De tränade på att göra
slagen snabba och effektiva, att slå när de var oförberedda,
att runda märken, kunna ligga still vid startlinjen och att
kunna bygga fart snabbt. Det handlade om att balansera
skrov, spänna segel, släppa på segel, röra sig smidigt samt gå
in och gå ut i trapets. God tajming och bra samarbete be-
tydde mycket. Kommunikation! Det var någonting de be-
hövde träna på. Efter många år tillsammans, var det tydligen
det svåraste.

Ett par gånger gjorde de små sail aways. Det betyder att
man lämnar hemmavattnet och tar sig iväg mot ett bestämt
mål lite längre bort. Man gör en resa helt enkelt och tar med
matsäck och kanske badkläder. Med Vipern kom de iväg en
sen eftermiddag, med mat i bagaget och siktet inställt på
Björkvik på Ingarö.

Beträffande seglingen var det mycket ojämna förhållanden
denna dag, även beträffande stämningen ombord. Det var
byigt som attan och slutligen höga vågor, mycket kallt med
ständiga salta duschar som letade sig in överallt. Helt slut
och med frozen fingers landade de på Kärringön. De kom
aldrig till Ingarö eftersom de behövde värma sig en stund
innan återfärd. Just den sekvensen var skön, men precis
bara den. Katamaransegling är verkligen inte alltid bekväm.
Pernilla var kall ända in i märgen även efter en stund i solen,

ändå var det bara att dra på den fuktiga och kalla våtdräkten för att köra hemåt.

Kryss ut betydde undanvind hem men då blev det något fel på storseglet. Likt en resårslö strumpbyxa sakta letar sig nerför ett ben, kasade seglet längre och längre utefter masten. Då blev det ännu sämre stämning ombord. Bye bye alla samarbeten och all tajming. Nu var det ren överlevnad. Åtminstone humörsmässigt.

I ärlighetens namn hade det varenda gång de seglat nu, hänt något. Tidigare kunde de skratta åt det, men nu blev det bara surt. Inför den här seglingen hade de pysslat om båten en hel dag men det verkade inte räcka som fjäsk för den lilla rackaren. Halv nio på kvällen var de tillbaka i hamn. Trötta, arga, och skrämmande nära en skilsmässa. Men de hade sett en säl strax innan de kom i land. Det var dagens upplevelse. Den låg och guppade länge med sitt lilla huvud ovanför vattenytan och kikade på dem. Pernilla kunde med säkerhet säga att det mest troligt varken var Anders eller Benjamin de sett.

Juni gled så sakteliga över i juli. Från dittills stadiga och fastlåsta tolv grader i dagstemperatur, sköt värmen fart och de fick i stället lika stadiga tjugofem till tjugoåtta grader. Värmen hade verkligen parkerat sig och inte sällan var det så varmt som över trettio grader. I den värmen gick folk runt och flämtade och pustade, stånkade och stönade. Dåndimpsvarmt och helt perfekt enligt Pernilla. Fruktansvärt om man ska tro den övriga befolkningen.

En dag satt Pernilla och bokstaverade "åskväder Storstockholm" på sin telefon. Någon hade fått nog. Värmen själv hade fått sig ett redigt slaganfall. Regnet skvätte och vinden blåste så kottar flög åt alla håll. Åskknallarna fick rutorna att skaka och strömmen slogs ut. Mitt i Tobbes sconesbak och Pernillas skrivaktiviteter. För att åtminstone rädda bullarna behövdes information om hur länge det skulle vara strömlöst.

Åskväder Storstockholm ledde dem ingenstans. I stället hamnade hon på något som hette åskväderssnack på nätet. Där fick man tips om vilka kameror som bäst fångade blixtar, vart man kunde posta sina blixtbilder samt läsa om de åsktrackers som finns runtom i landet. Man kunde också lära sig bygga en egen. Mycket fanns att säga i forumet åskvädersnack men ingenstans fick man reda på hur det skulle gå för Tobbes scones. Så plötsligt som från ingenstans kom strömmen åter, sconesbaket blev klart och luften lättare.

Senare läste de att det blivit rejäla översvämningar i tunnelbanor och butiker. Flera bränder, tak som rasat in, träd som dragit omkull och massor av båtar hade slitit sig ur sina förtöjningar. Det senare hade till och med en stor finlandsfärja lyckats med. Man kallade det för monsunregn. Under tiden kylde folk skumpa i hagelhögarna, vattentömde källare eller oroade sig för sina scones.

Pernilla tittade runt i sin nya kalender. Själva inhandlandet var kul. Näst ny väska och ny plånbok, var ny kalender riktigt kul. Man fick liksom chansen att börja om från början. Lägga strukturen, göra i ordning, planera upp, tänka till och skriva fint. Det där med att skriva fint hade redan spruckit. På flera sidor var det redan både överstrykningar och kladd med Tipp-Ex, folk ändrade sig ju stup i kvarten. Hon var starkt medveten om att den dagen skulle komma, precis som med de forna blomkruks- och gödselinköpen på IKEA, då hon inte alls kommer att förstå pysslet med dessa kalendrar. Men nu var det som det var, alltså väldigt viktiga grejer. Många gånger hade hon fått tips om att använda kalenderfunktionen i telefonen. Då hade hon bara skakat på huvudet och fort börjat prata om någonting annat. Att byta ut sin kalender var en omöjlig tanke, lika omöjlig som att tycka att ketchup är ett rimligt tillbehör till blodpudding. Lika orimligt som att tycka att blodpudding är något att äta oavsett tillbehör. Hur som helst, i den nya kalendern fanns två genomskinliga så kallade "bokmärken", sådana som man kunde sätta fast i spiralbindningen på särskilt viktiga ställen i kalendern. Bokmärkena var fiffiga för de fungerade också som linjaler faktiskt. Fast det hade Pernilla aldrig prövat, hon bara visste det.

I juni när kalendern var ny, satte hon det ena bokmärket i vecka trettiotre, alltså den vecka som startar med den elfte augusti. På den dagen står det *lärare startar* och det var hon som var "lärare" här och som skulle starta då. Det andra bokmärket satte hon i vecka tjugosex, det var den allra första semesterveckan.

Nu var planen att flytta bokmärke ett allt närmare bokmärke två, ett snäpp varje vecka, men så länge det var ett litet avstånd mellan de två, skulle det kännas bra. Ledigt och rikt. Det bästa av allt var att hon många gånger skulle råka flippa upp vecka trettiotre först, få en snabb dos av sedvanlig jobbpanik, för att sedan fingra rätt på bokmärke ett och känna lugnet lägra sig igen.

Känslan skulle likna den som infinner sig när man får tag i ett reklamblad eller en gammal lokaltidning där det finns tips inför jul. Där annonserna radar sig på varandra kring hur vi kan köpa oss en hundraprocentig julstämning. Där man kan läsa om julklappsförslag och om sådant som ska, eller förresten, *måste* finnas på julbordet. Känna hur julhets och panikångest långsamt söker sig in under skinnet, och strax efteråt uppleva känslan när lugnet lagt sig... och insikten nått en; man behöver inte göra någonting alls. Det är januari och julen är över. Annonsbladet var gammalt.

Eller så skulle känslan likna den som infinner sig när klockan ringer 06:30 en helgmorgon och man tror att det är dags att gå upp, innan man inser att det faktiskt är lördag. Bara att stänga av klockan och slumra om. Sträcka ut. Hon skulle nog ställa klockan några gånger också under sin sju veckors långa ledighet. Bara för att. Och kanske, men bara kanske, köpa en pryl och slå in den som julklapp. Med rim och allt.

194

Så satt hon och grubblade samtidigt som hon vickade bokmärke ett fram och tillbaka, fram och tillbaka. Nu fanns det gott om tid för att bara sträcka ut.

Kapitel 11
Om förmiddagsrutiner och mjölksyrebakterier
samt när passionen var ute och cyklade

Twists sysselsättningsstatus var systemadministration och konsultation. Rut själv kallade honom datatekniker vilket han fnös högljutt åt. Då bytte hon istället ben och kallade honom getbonde med särskilt ostansvar. Just denna dag skulle ostansvaret delas med tredje part. Denne tredje part var Mini. Han hade redan koll på vissa detaljer i processen, men idag skulle han i bästa fall förstå helheten.

Twist hade känt sig lite moloken dagarna efter att hans skördetröska hamnat på botten av den mörka tjärnen. Kostnaderna för att återställa det hela var skyhöga, i alla fall betydligt högre än vad de för tillfället hade råd med, så han kände att det fick bli ett jordbruk i konkurs tills han orkade ta tag i situationen igen. Det var många blomstrande civilisationer och högkulturer som uppkommit och fallit genom tiderna, till och med en hel hop dinosaurier, och det har ju kommit gott ut av det. Hade det inte? För hans del, kanske en Curved UHD TV med full HD. En sådan hade Rut plötsligt uppmuntrat honom att åka till centrum och kika lite närmare på.
Twist tyckte att han levde ett spännande liv innehållandes stora kontraster. En omtänksam men beslutsam fru som var lika tillbakadragen som påhittig. Henne skulle han inte vilja leva utan. Han sysselsatte sig med systemunderhåll och staketreparationer. Pratade med ambassadsekreterare och pastöriserade mjölk. Malde granar och jagade getter. Snart stod han väl i någons trädgård också och plockade äpplen också om han skulle tro Rut, tänkte han.

På morgonen var det alltid först och främst utfordring och vattning av djuren som gällde. Detta gjorde Rut och Twist oftast tillsammans. Ja, om inte Rut fastnat på vägen vill säga i någon tanke eller artikel. Det bästa var så klart att göra denna första runda i sällskap av varandra i händelse av att något hänt ett av djuren som de behövde hjälpas åt med. Denna rutin beslutade de sig för att ha efter att hästen Ella en dag hittats liggandes livlös med mulen i backen. En upplevelse som Rut fortfarande ryser av att tänka på. Att få upp en till synes livlös, tung häst på benen var ett kraftarbete som inte särskilt lätt gick att klara själv. Det var därför de ofta gick i varandras sällskap på morgonen och kollade av sina djur.

Medan djuren stilla tuggade på det som hällts upp i hoar och kärl, gick Rut och Twist runt alla hagar och inhägnader för att kontrollera att inget var trasigt och att allt var i sin ordning. Varje morgon. Vid det här laget kände de till varenda stolpe, snudd på varenda skruv och planklängd som höll allt på plats. De var båda medvetna om att det hela kanske var lite väl ambitiöst, men ändå, de fick en bra morgonpromenad på köpet. En skön start på dagen. Det var en bra rutin. Rut tog sin runda runt hönsburarna och hästhagen plus en sväng bort till kor och kalvar medan Twist kollade gethägnet. Det var ofta mer saker som hade hänt där, fler tekniska lösningar att kolla av och stolpar som krävde lagning. Det var ett stort hägn. Dessutom åt getter verkligen på allt som kom i deras väg så det tog sin tid innan det hela var genomgånget och kontrollerat.
Rut tänkte tillbaka på sina kaniner som hon hade för många, många år sedan. De åt också på allt. Å andra sidan bodde de inte i bur, utan skuttade helt fritt i lägenheten där Rut bodde när hon var i tjugoårsåldern. Det fanns en bur men den var mest ett ställe avsedd för mat och vatten. En toalett hade kaninerna också, en låda med sand i. Deras utrymme var i den första lägenheten över fyrtio kvadratmeter och i nästa

lägenhet strax över hundra. Det var ett fritt liv skulle man kunna säga men som sagt, de förstörde hur mycket som helst. Kaninerna åt på sladdar, dörrfoder, bokryggar och möbler. Än idag händer det att Rut plockar fram en av de böcker som varit föremål för deras tuggade. Det ser lite kul ut för den som tuggat har gjort det på ett enda utvalt ställe men däremot oerhört omsorgsfullt. Hål stora som tiokronor genom varenda sida från pärm till pärm. Bara hon vet anledningen till dessa böckers layout.

När Rut och Twist kommit så långt på den tidiga förmiddagen, ägnade de sedan tid åt att gå och prata med alla sina djur. Först och främst hästen, därefter kor och kalvar och sist getterna. De såg till att alla hade blivit hälsade och klappade på. Ungefär här efter var Mini på plats inför dagens arbete, ibland tidigare och då följde han givetvis med på socialiseringsrundan. På måndagarna brukade de alla tre ha ett litet veckomöte för att grovplanera veckans arbetsfördelning.
I måndags beslutades att de skulle gå igenom hela processen kring osttillverkningen under veckan. I tyst samförstånd enades de om att det var en bra vecka att ta. Farming Simulator hade ändå gått i så kallat errorläge. Rut log lite åt tanken på det hon åskådat den där eftermiddagen. Mini hade för tillfället lämnat Twist och spelet när den stora och mycket dyrbara harven skenade rakt över rågåkern. Den hade kapat vartenda strå jäms med marken och hamnade senare i en närbelägen tjärn. Det hela var gjort i ett ögonblick och hade omöjligt gått att rädda. Särskilt inte för den som sov. Åtskilligt med tid fanns just därför till annat men som sagt, det var inget någon pratade högt om. Hur som helst, var tiden kommen för att sätta Mini i skolbänken.

Rut var på toppenhumör. Hon tyckte att det skulle bli hur givande som helst att lära upp Mini i getosttillverkningen. Detta för att successivt utöka tillverkningen, något som de pratat om när de tillsammans diskuterat framtiden för gården. Med en förhoppning att alls få Twist på humör igen, berättade Rut om offertförfrågan som hon hade skickat iväg. Prisförfrågan och önskan om hjälp med rätt maskiner inför uppstart av deras äppelmusteri. Hon berättade också om tankarna kring bin och honungstillverkning samt som ett första steg i gårdslivet: att utöka ostproduktionen eftersom den var så populär i byn. Tänk vad kul om vi hade annat att sälja också i en egen gårdsbutik framöver någon gång.

Så denna dag, var dagen då Mini skulle sitta i skolbänken. Och skolbänken, den stod i ladan. Det var många år sedan han senast befunnit sig i en undervisningssituation och många dåliga minnen fanns från den tiden. Här gällde det att varva teori med praktik, det förstod både Rut och Twist. Ja, det hade Pia-Carin upplyst dem om lika mycket. Mini hade verkligen inga ljusa minnen av sin skoltid.

”Det första som behöver göras är att mjölka getterna”, inledde Rut. ”Men det visste du ju redan”, sa hon glatt och med glimten i ögat för att han skulle förstå att det här var en mycket avspänd undervisningssituation.

”Om mjölkningen redan blivit gjord, tar man fram lämnad mjölk ur den stora kylen i ladan här”, sa hon och pekade bort mot kylen. I samma stund skakade den till och började surra högljutt.

”Ooops, den låter visst som en gammal skördetröska den där”, sa hon medan hon skrattande till. Hon tittade på Twist och han såg inte särskilt road ut. Det gjorde inte Mini heller.

”Det är mogning av ystmjölken som står överst på dagens agenda”, fortsatte hon i stället.

Tolv liter getmjölk var det som gick åt för att framställa ett kilo hårdost. På gården arbetade de på olika sätt med mjölken för att få fram olika smaker på ostarna. Ibland pastöriserade de mjölken och tillsatte en bakteriekultur till den, medan de i andra fall använde opastöriserad mjölk med naturliga mjölksyrebakterier. Olika stammar av bakterier utsöndrade olika smakämnen.

"Hänger du med så långt?", frågade hon och det påstod Mini att han gjorde så därför fortsatte hon.

Hon berättade att den naturliga mjölksyrebakterien gärna ger en speciell smakkaraktär som alla inte gillade. Om man i stället tillsätter samma bakteriekultur och använder pastöriserad mjölk, får man jämnare kvalité på smaken. Det hade de lärt sig genom månader av försök vid det här laget.

Medan hon pratade, matchade Twist pratet med rätt burk och rätt flaska för att det skulle bli lättare att hänga med. Han höll upp och ställde ner en burk i taget. Pekade och viftade med allehanda föremål medan Rut pratade.

"Ystmjölken behöver värmas till mellan tjugofem och trettio grader." Twist höll nu upp en termometer, "...för det är då mjölksyrebakterien trivs bäst och mognar, vilket i tid tar upp till en timme. Syrabildningen fortsätter sen under hela processen ända till mjölksockret, som är bakteriens näring, tagit slut." Mini nickade och Twist la ner termometern. Twist sträckte ut nacken och halsen samtidigt som han vred huvudet åt vänster, åt höger och sedan åt vänster igen. Herregud, tänkte Rut, han är redan trött i kroppen av demonstrationen. Eller är det kanske "spelnacken" som spänner upp sig och påminner Twist om att man inte ska sova sittandes framför sin dator?

Rut berättade vidare att de i vissa fall också tillsatte en mögelkultur i mjölken och fick på så sätt ytterligare en smak. Just den informationen gav hon samtidigt som hon rynkade på näsan. Den osten var definitivt inte hennes favorit men en bästsäljare på ICA.

"Så långt inga konstigheter utan något som nästan skötte sig själv, om man bortser från mjölkningen då" tillade hon.

Mini nickade.

Nu gick Twist och hämtade en sån där gammal skolplansch som de hade kvar i ladan efter ett av alla skolbesök de haft för hundra år sedan. Det var Twists tur att prata.
"Kalvar som är riktigt unga, två till tre veckor och hittills bara druckit mjölk får ett litet förråd av löpe i sina löpmagar. Här ser du löpmagen", sa han och pekade på rätt ställe på planschen.
"Löpen behövs för att få ystmjölken att koagulera. Det går åt cirka tre deciliter löpe till tusen liter ystmjölk. Det är nu extra viktigt att mjölken har rätt temperatur..." Den här gången var det Ruts tur att vifta med termometern, "…och att man rör noga inledningsvis. Sen måste mjölken stå helt stilla."
"Därefter skär man koaglet, alltså det som stelnat, i tärningslika bitar. Man jobbar med den här typen av kniv och bryter upp koaglet." Rut höll upp kniven.
"Blanka jämna ytor lämnar blandningen medan vasslen får ligga kvar. Koaglet bryter man sedan med detta skärverktyg, en harva", sa han samtidigt som han höll upp verktyget för visning. I en ögonblickssnabb reflektion såg han harven igen för sin inre syn, såsom det måste ha sett ut när den långsamt försvann under vattenytan. Han svalde och fortsatte.
"Harpa var det, inte harva, jag sa fel". Rut blängde till på honom eftersom han tagit över hennes syssla med att demonstrera föremålen helt plötsligt.
"Harpan jobbar fram koagelkorn. Små korn ger låg vattenhalt i osten medan större korn ger en vattnigare ost." Nu behövde Twist vila en stund och lämnade över till Rut igen, det gick ju bra det här. Mini såg faktiskt intresserad ut och lättlärd, det visste de ju att han var.

"Jaha", sa Rut. "Nu har vi kommit till en mer, vad ska man säga typ tricky part. Dags för förrörning, det vill säga att försiktigt föra upp ostkornen utan att de klumpas ihop med vasslen som bildas. Kornen ska sväva var för sig. Man rör i tio till femton minuter innan vasslen tappas av men det måste vara så mycket vassle kvar att ostkornen hålls fria från varandra."

Mini sträckte lite på sig där han satt. Han hade lyssnat så koncentrerat att han inte märkt hur hans kropp liksom sjunkit ihop sakta men säkert, för att slutligen fixerats i en mycket obehaglig ställning. Han var inte särskilt van att sitta still särskilt länge, så han reste sig upp och gick ett par varv. Medan han gjorde det summerade han vad som sagts så här långt.

Därmed hade det blivit dags för repetition så Rut och Twist la alla tillbehör framför Mini som fick repetera allt han kom ihåg. Det gick givetvis galant. Twist var den som sedan fortsatte medan Rut städade undan alla grejer.

Twist beskrev processen och berättade att efter förrörning startar man värmning och efterrörning. Värmningen får gå olika långt beroende på vilken bakteriekultur som används och beroende av vilken fett- och vattenhalt osten ska ha. Ju lägre vattenhalt man vill ha desto högre måste man värma. "Men allt det där har vi uppskrivet så det är ingenting du behöver hålla i minnet", sa Twist. Samtidigt var han väl medveten om att det var precis det Mini skulle göra, alltså hålla alla siffror i huvudet. Det var liksom hans specialitet. "Dessutom jobbar vi tillsammans ända tills det sitter i kroppen på dig. Och tiden för värmningen brukar variera mellan 30-60 minuter", la han till.

"Vet du förresten vad som är skillnaden på rundpipig, grynpipig eller tät ost", frågade Twist och så diskuterade de det, samt att de krävde olika formningsmetoder. När ostmassan och vasslen förs över inför formningen, är det viktigt att inte skada ostkornen. Och när ostmassan väl överförts startar pressningen för att ge osten en sammanhängande yta. I det läget pressas också vasslen ut.

"Dags för saltning", tjoade Rut från ingenstans så både Twist och Mini hoppade till. Hon skakade saltkaret som en

maracas samtidigt som hon berättade att saltet ökar mjölksyrebakteriernas aktivitet och vatteninnehåll i osten. Det
påverkar också konsistensen.
”Man sänker ner osten i saltlakebassänger”, sa hon och pekade bort mot väggen bakom dem.
”Salthalten är tjugo procent och där får osten götta sig i alltifrån några timmar och upp emot tre dygn. En del vill ha
salt ost, andra inte. Saltmängden fördelas sedan under lagringen och den berättar Twist om just precis nu.”

Twist tittade upp och funderade om det inte var dags för
rast snart. Han började känna sig lite sugen på att ha en fikarast. Tänk, en kopp kaffe och en bit prinsesstårta. Eller en
bit äppelkaka med vaniljsås, mycket vaniljsås, verkligen massor så att äppelkakan nästan försvinner… liksom drunknar.
Å nej, nu hamnade tankarna i tjärnen igen. Han rätade på
kroppen, harklade sig och sa:
”Förvaringen på färskostlagret har till uppgift att torka ut
ostens yta. Ost som skall lagras länge skall ha en kraftigare
skorpa än ost som konsumeras relativt färsk. I färskostlagret
vänds osten varje dag för att ytan skall torka och för att osten skall få en symmetrisk form.” Rut hajade till. Med vilken
rulle han pratar, tänkte hon. Har han helt glömt bort vem
han har att göra med, hur viktigt det var att få till en cool
undervisningssituation. Så konstigt, kanske han är fikasugen
eller något?
”Efter lagringen i färskostlagret flyttas osten till varmlagret”,
fyllde Rut i och återtog det rätta tempot i undervisningen.
”Tack”, sa Twist och fortsatte.
”Temperaturen där är högre och ligger mellan 16-20 grader.
Normalt ligger osten där mellan 10-14 dagar och vänds varje
dag. Den högre temperaturen jämfört med den första lagringen gynnar de bakterier som svarar för gasutvecklingen i
osten så att hålrummen i osten börjar utvecklas. Lagringstiden varierar från några veckor till nästan ett år”.

"Å jag älskar att gå och klappa och vända de där små ostar-
na, sa Rut plötsligt.
"Jag tänker att jag jobbar i en barnsal på BB bland en massa
bebisar som behöver en varm hand på ryggen när de är
ledsna." Mini tittade till på Rut, samtidigt som han gjorde en
konstig grimas. Hon fortsatte:
"Visste ni förresten att mina tankar om drömyrke när jag
var riktigt ung, var just att bli barnmorska."

Tillsammans gick de sedan och kikade in i deras lilla ost-
barnkammare som de kallade den för. Vanligtvis gjorde de
ordentligt med ost när de väl höll på, de byggde upp ett la-
ger som räckte till försäljning under flera månader. Medan
de gick repeterade Mini hela processen för sig själv och kom
till slutsatsen att många saker påverkar smaken. Fetthalt,
vattenhalt, surhetsgrad, saltning, lagringstid och lagrings-
temperaturer. På så sätt blev det många olika ostsorter. Han
var tacksam för att skoldagen hade fungerat och att han lärt
sig mycket.
"Kanske dags för lunch och kaffe nu, vad säger ni", und-
rade Rut. Det har vi väl verkligen gjort oss förtjänta av. "Vi
kan äta skink- och ostpaj med lite sallad och så har jag tagit
fram äppelkaka. Gissa var osten kommer ifrån förresten,
hehe... sen ska jag bara vispa ihop en vaniljsås", tillade hon.

En gång i tiden bodde Rut i stan. I västra Stockholm med
cykelavstånd till arbetet. Det var första och enda gången
hon hade så nära till jobbet. Att cykla gav henne en särskild
frihetskänsla. Hon slapp passa exakta busstider, trängas i en
trång tågvagn, slapp timmar i frustrerande köer och det
bästa av all; hon slapp bli ett offer för lapplisornas nitiska
livsuppehållande intejobb. Hon cyklade på en gul stolthet
vid namn Garlatti. Med däck utan innerslang, sportstyre och
en stenhård sadel som inte på en hel säsong kom överens
med hennes rumpa, men men... hon var dödsläcker om-
bord. Garlattin var en av två cyklar som direktimporterats

från Italien i början av 80-talet. Henne veterligt, fanns det bara dessa två. En gul och en röd.

Garlatti. Ett namn som från 1909 varit knutet till cykeln. Det var Emilio Garlatti som i början av förra århundradet trodde på cykeln som det nya transportmedlet. Han började sin verksamhet i den historiska stadskärnan i San Vito al Tagliamento. Där reparerades och såldes cyklar och efter första världskriget växte affärerna stadigt. Det var då cykeln tog fart som ett universellt transportmedel, det ansågs billigt och säkert. Numera är det syskonen i fjärde generationen som driver affärerna vidare.

Och vart cyklade Rut då? Jo, hon cyklade faktiskt rakt ut i livet.

I ett stilla sinne och när ingenting alls finns som stör, kan man ibland fundera över sådant man annars inte hinner. Man kan exempelvis undra över när "här" förvandlades till "där". Eller när gammalt blev nytt eller när dåtid bytte plats med nutid. Var det i samband med nytt umgänge eller när man bytte jobb, vid en resa, ett adressbyte, en särskild händelse eller när? Var det när man fyllde arton, när man tog körkort eller kom in på sin utbildning? Eller när man flyttade hemifrån, när man fick sin första "riktiga" pojkvän eller när man träffade sin stora kärlek? Ofta är det inte förrän när man tittar bakåt på en specifik händelse, som man förstår att det var då, just då man stod och tittade framåt. Tog steget in i något nytt, något som kom att stöpa ens liv i en annan form och färga det i en helt ny ton.

När Rut svepte fram på sin cykel från det hemmet hon då hade och till sin arbetsplats en cyklande kvart därifrån, det var då hon faktiskt blev Rut. Hon minns inte riktigt hur hon var innan. Jo, hon minns situationer och händelser som hon deltog i, men hon minns inte sin egen person och sina reaktioner. Hon minns inte vad hon skrattade åt, grät över, blev arg av och vad som bekymrade henne. För sedan dess har hon gråtit så mycket, varit arg och orolig så många gånger och skrattat och upplevt så mycket att det har lagt sig över allt det där andra som ett täckande filter. Den hon var innan var hennes medspelare och Alter ego, men inte den hon kommer ihåg som sig själv. Detta sagt med en titt i backspegeln.

Hon minns att hon levde i samboskap sedan sex år tillbaka tillsammans med en hygglig och bra kille. De hade träffats på gymnasiet, då de bodde var och en i sina respektive föräldrahem, i olika delar av kommunen. Så ofta som möjligt bodde de hos varandra. De hade en bra relation med många kompisar och gjorde allt som ungvuxna gör ihop. De gick på bio och på restaurang. Gjorde krogbesök och utflykter, hängde hos kompisar och reste ihop. En dag, det var den nittonde april, förlovade de sig. Sen upplevde de svart och vitt, bråkade och skojade, såg varandras fram- och baksidor och delgavs alla in- och utsidor. De kom från vitt skilda bakgrunder och hade lite olika värderingar men det störde inte så mycket. Så småningom utvecklades deras liv till att mest slentrianmässigt bo ihop och relation fick dessvärre alltfler likheter med vilket syskonpar som helst.
Inte så konstigt kanske, eftersom de varit så unga när de först träffades och hängt ihop dag som natt för att sen flytta ihop där i lägenheten väster om stan. Under deras år tillsammans hade saker hänt som både fick dem att komma närmare varandra men också händelser som gjorde att de kom allt längre ifrån varandra. Till slut vägde det inte särskilt jämnt i de båda vågskålarna vilket bidrog till att de mer bara var vänner än ett par med gemensamma framtidsutsikter.

Gemenskap och passion hittade Rut i stället på jobbet. I en av sina arbetskamrater. Det olämpliga i sammanhanget var, att passionen var gift. Högtidligt och edsvuret i en kyrka öster om stan. Passionen hade också två barn som vid den här tidpunkten var fem respektive tio år. Ingen hade någon större aning om att den närmaste framtiden snart skulle förändras och flyttkartonger packas. För fort gick det i passionens karusell som drevs på hårt och otåligt med hjälp av kärlekens energi.

De var arbetskamrater som sagt. På ett företag som arbetade med projekt av olika sorter och snart märkte de hur bra det gick att jobba ihop. De märkte hur gärna de styrde det till att få jobba ihop. Att de oftare och oftare satt bredvid varandra. Att de gärna lunchade ihop och att om fler delade på ett bord, lämnades alltid stolen tom bredvid passionen så att Rut kunde sitta där. Helt plötsligt gick det jättebra att jobba över och helt plötsligt var det så fjantigt kul att åka till jobbet och så rysligt hemskt med helg. Ungefär så var det i flera månader. För att inte tala om veckor av semester på sommaren. De var snudd på outhärdliga.
Ibland blev det jobb på annan ort och hotellövernattningar både på riktigt och på låtsas. Någonstans satt en kille i en lägenhet väster om stan och undrade vad som hände. Och någonstans satt en kvinna med två barn öster om stan och undrade detsamma. Medan passionen och Rut cyklade iväg i en helt annan riktning, bort från både väster och öster och utan mål. Livet var faktiskt underbart. Passionerat och nytt.

Så småningom behövde ändå små mål utstakas för så här kunde väl inte ett riktigt liv levas? I smyg och på låtsas och som drivved på väg någonstans. Blommande och kreativa på jobbet. Frånvarande och livlösa hemma. Med en framtid som bara sträckte sig till nästa dag, och nästa dag och ytterligare en. Hemma så där och borta... bra mycket bättre.
Det kändes viktigt att ta nästa steg i ett försök att konfrontera det opassande hur obekvämt det än var. Att äntligen få lägga fifflandet bakom sig eftersom det bara tog energi av dem själva och skapade oro hos andra. Endera bryta upp de parallella livlösa liven eller stoppa det välnärt blommande i

första bästa kompost för långsam förmultning. Man kunde inte både ha och äta kakan, det visste väl alla.

Sagt och tänkt, så förbereddes de tidigare relationerna i öster och väster på att deras liv snart skulle fyllas med nytt och oväntat innehåll. Besvikelserna var många och ledsna, tårar sprutade till höger och vänster, ilska och hat pyrde och rök lika intensivt som i en häxkittel. Många frågor som började på "varför" ställdes.

Adresser byttes ut och kartonger packades. Den blommande passionen behövde inte längre hållas bakom lykta dörrar och stängda fönster. En ny och spännande tid väntade.

Men så en sval oktoberdag fick passionen sällskap av ett dilemma. Eller ett dilemma kanske man inte skulle kalla det för, om det inte hade varit för att Rut och passionen inte riktigt kommit till den punkten i livet. Det var aningen för tidigt för dem att hamna i funderingar kring familjeplanering när väst och öst så att säga knappt ens hängt med i svängarna. Separationer och flyttar pågick för fullt under vår och sommar. Nu var det höst och Rut var gravid. Hur skulle det egentligen tas emot av alla? Både de som var inblandade och de som inte var det. Och hur skulle passionen själv ställa sig till det?

Det fördes diskussioner, många och långa, och under tiden var det mest bara att hålla in magen. Det fanns dagar när dilemmat till och med överglänste passionen. Då kändes det svårt. Under en period blandade sig en ny aktör in. Det nya sällskapet hette ultimatum.

Rut behövde förstå att om hon inte hade den minsta lust att flytta åt öster där passionen hade sina barn och där det fanns skola och barnomsorg, behövde Rut överväga en annan tillvaro. Så, där var det sagt. Tydligt och klart. Givetvis fanns ytterligare ett alternativ, nämligen det att göra slut med passionen och välja ett liv som ensamstående. Ef-

tersom det uppstått total brist på fler förslag än så, föll valet
ändå på att flytta österut trots att Rut hade ännu mindre än
den minsta lust till det. Någonstans inom sig förstod hon
både vikten av att göra det och varför hon tvingades till det.

Mitt i sommaren, som för övrigt var varmare än vad någon
upplevt på decennier, föddes bebisen. Det blev en liten
flicka och lyckan var total. Ensamheten likaså. Rut bodde
där hon inte ville bo. Där passionen levt sitt tidigare liv och
där ingen ville se åt henne. Den där som snodde en annan
kvinnas man. Hon hade hamnat väldigt långt från sina egna
vänner, sin familj och någon sorts civilisation. Och några
nya vänner fanns inte att uppbringa i den ankdamm hon
simmade runt i. Hennes enda sällskap var bebisen, för pass-
ionens liv gick vidare. Han hukade under jobbhögar som
bara tycktes bli högre och högre och blev till delar rätt osyn-
lig bakom dem.
Vid det här laget hade dilemmat helt tagit över. Passionen
hade sköljts bort i något diskvatten, rullats ihop i en blöja
eller landat längst ned i smutskorgen. Ingen förståelse fanns,
från vare sig den ena eller den andra och alla förändringar
hade gjort situationen ohanterlig. När bebisen inte längre
var bebis utan två år, lämnade Rut stället där hon inte hade
den minsta lust att vara. Varken då eller nu.

Efter den flytten hade Rut packat flyttkartonger två gånger
till i sitt liv och den gula Garlattin hade hängt med som en
sorts historisk klenod i varje flytt men näppeligen använts.
För vem sätter en barnsadel på en sportcykel med en miljon
växlar, utan fotbroms och stänkskärmar?
Klenoden ställdes undan och cykelnyckeln tappades bort.
Luften pös ur däcken som sakta torkade och sprack. Ja, hela
cykeln förtärdes långsamt och hela tanken med den solgula
Garlattin hade med tiden formats till ett ingrott missnöje.
En cykelreparation skulle ha kostat skjortan, så Twist och
Rut lämnade den i stället i cykelbutiken strax utanför

Laduvik. Garlattin fick nytt liv som organdonator och
kunde cykla vidare i nya skepnader och kanske stå till tjänst
för andra passioner.
Därmed fick den en bra mycket bättre pension än vad den
hade fått i ytterligare ett förråd någonstans. Eller i en con-
tainer på tippen.

Och Rut, hon kunde slutligen klippa banden till det som då
var framtiden.

Kapitel 12
Om Sylvester Stallone, statistik och människokött i kylen
samt telefonsignalers betydelse och människor som välter

Pernilla blev avsläppt av en taxi utanför en stor tegelbyggnad någonstans i England. Färdvägen hade varit lite av ett
kaosscenario med evinnerliga vägbyten. Hon hade därmed
ingen rimlig chans att lokalisera ens *ungefär* var hon befann
sig. Det enda hon visste var att hon skulle till högstadiet på
en skola för att vara lärare där. Rimligtvis behövde hon ta
sig in i byggnaden, leta upp någon av lärarna och ett gäng
elever i lämplig ålder.
Pernilla hade tur. Det första lyckades hon med direkt. Hon
hittade en dörr och klev rakt in i en trång korridor. Luften
där var så fuktig och doftande av allt mellan himmel och
jord, mest hormoner och parfym, att Pernilla kände sig säker på att hon hamnat rätt. Ingen såg henne, ingen hälsade
och ingen lärare fanns i krokarna så hon insåg snart att hon
behövde ta sig längre in i byggnaden.

Pernilla hittade en dörr till vänster som ledde henne till en
ny korridor därifrån det hördes röster. På en lång rad, par
om par, kom lärarna gående i ett taktfast tempo. I tur och
ordning när de passerade, hälsade de med en diskret nickning åt Pernillas håll och hon kunde inte för sitt liv förstå
hur hon skulle få stopp på dem. Hon hade ju ett helt batteri
av frågor att ställa innan lektionerna skulle börja. Pernilla
hakade på tåget mot slutet och började prata med den som
såg vänligast ut.
"Hello, I´m from Sweden, I´m supposed to teach here but I
don't know whom or where and what subject. Not even if I
am on the right place on earth or nothing but here I am and
I follow your line. Thank You."

Snart därefter satt de alla i en jätte-aula och deltog som publik i en sång- och dansshow som varvades med prat och diskussioner. Pernilla tittade sig runt och varenda en i personalen hade en guldig överdel på sig. I brist på guld hade en och annan gult men det låg helt klart en tanke bakom klädseln och var långt ifrån Pernillas egen outfit. Vilken var en blårandig tröja. Hon var fortfarande en outsider.
Strax senare fick Pernilla reda på att alla lärarna skulle rida. Alla fick varsin häst, så även Pernilla. Och helt plötsligt och alldeles otippat kunde hon rida. Ibland med tömmar och ibland utan.

De red på ett långt led och hej vad det gick. Pernilla red bakom sin syrra och hon satt som en pösmunk så Pernilla ropade fram till henne att hon skulle sträcka på sig och svanka mer. Hur Pernilla själv satt såg hon givetvis inte men det kändes bra. De red in i hus och ut ur hus, uppför trappor och genom nya hus och nya rum. Pernilla kom lite efter och tappade kontakten med hästen framför. De red uppför en brant trappa och hennes häst var jätteduktig. Det blev trängre och trängre och Pernilla ropade framför sig: ”Am I on the right way, is it possible to get through here?”
”Yupp”, fick hon till svar. ”You just have to go on.”
När Pernillas häst kommit fram till ett utrymme, så trångt att den försökte pressa sin mule genom hålet, insåg hon att det nog ändå var fel. Om inte mulen kom igenom, hur skulle hela hästen komma igenom då? Och hur skulle hon själv, som satt högst där uppe på hästryggen, kunna ta sig igenom?

Pernilla vaknade och var alldeles blöt av svett. Som vanligt drömde hon intensivt. I drömmarna sattes hon alltid på prov och fick svåra uppdrag, ofta väldigt stressiga. Och hon var alltid lika lättad när hon vaknade.

Det hade varit smällvarmt i flera dagar och Pernilla skulle idag titta på resterna av midsommarrean för att hitta sig något svalt hemmaplagg. Planen när hon stack iväg, var att göra en snabb affär i centrum, men sen blev det så där planlöst som det kunde bli ibland. En sväng på Hennes och Mauritz, en på KappAhl… för balansens skull, en runda på Din Sko, till Exlibris och så slutligen på Åhléns. Om det var Tobbe som rört sig planlöst tänkte hon, skulle vägarna gå från Gant och Brother, sen till Hi-Fi klubben och vidare genom Clas Ohlson eller Teliabutiken, för att kanske avslutas på Naturkompaniet. Så olika gick deras vägar.
En sak var säker; helt still skulle Tobbe aldrig stå men det kunde tydligen Pernilla. Hon ryckte till när telefonen ringde och störde hennes tankar. Hon stod mitt på en större golvyta bland köksprylar på varuhuset Åhléns och insåg att hon glömt vad det var hon skulle titta efter där. Det hade med de nya köksluckorna att göra, så mycket visste hon.

Det var som så att en dag var Tobbe och Pernilla helt överens om att deras skåpsluckor i köket var superfula. Träluckor. Visserligen släta och utan tjafs, men ack så trista. För några år sedan hade de också haft trähandtag på luckor och lådor, närmare bestämt arton stycken. I akt och mening att modernisera sitt kök lite, bytte de då ut alla trähandtag mot någon slags borstad aluminium. Lite längre, smäckrare handtag som förhöjde snyggiskänslan en smula. Och det blev fint. Men skåpsluckorna var i alla fall fula, fast nu av en ny anledning. De hade visserligen nya handtag men spåren av de gamla fanns kvar. I varje köckslucka fanns det nämligen två gamla skruvhål, trettiosex till antalet. Mediokert lagade dessutom.

Det första förslaget kom för en tid sedan. De skulle köpa nya luckor. De letade och tittade, valde och vrakade… nej faktiskt inte, de vare sig valde eller vrakade. Istället var det så att de svalde. Hugaligen så dyrt det skulle bli. Att byta alla

luckor var inte bara dyrt, utan också synd. Synd på så fina
luckor som för övrigt var hela och fina, om det inte var för
skruvhålen. De fick väl ha lite skador på varje dörr då.
"Okej, vi låter köket vara, vi har ju i alla fall bytt handtag",
hade Pernilla sagt, fastän hon i samma stund knappt trodde
på vad hon själv nyss sagt. Samma röst sa sedan:
"Man behöver väl inte göra allt man tänker, man måste inte
förverkliga alla drömmar."
Det verkliga värdet ligger i att fortsätta låta sig vara fri och
lyfta blicken, hade hon hört någon säga en gång. Hon kände
sig fri, nåja hyfsat i alla fall och hon lyfte blicken. Problemet
var bara att när hon lyfte blicken, såg hon alla trettiosex lag-
ningarna på luckor och lådor. NEEEEEJ! det här gick
verkligen inte. De behövde göra något.

"Man kanske kunde lacka om luckorna?" föreslog Tobbe
efter att ha funderat ett tag.
"Utnyttja ROT-avdraget och få alla luckor och lådor de-
monterade, lackade och åter uppsatta i sitt kök till en över-
komlig kostnad."
Omlackning som alternativ överflyglade plötsligt alla andra.
De valde en färgton som låg i närheten av de andra vitmå-
lade detaljerna i köket och så beställdes jobbet.
Så det här var dagen då köket skulle länsas på alla lådor och
luckor. Därmed var allt blottat. Rörig ordning, det kant-
stötta och slarvdiskade syntes, därtill damm och andra obe-
gripligheter. Hur kunde så mycket konstigt komma in
bakom stängda dörrar?
Baksidan med sommarljuset var verkligen att allt snusk kom
i dagen och allting syntes i solljuset. Detta faktum föran-
ledde att allt skåpsinnehåll plockades ut, rensades upp och
ställdes tillbaka på rena hyllor fast i ny ordning. Slentrian-
plock bort, minnesträning fram. Det hade helt plötsligt bli-
vit en spännande sport att försöka hitta i sitt eget kök och i
sina egna skåp. Minnesleken försvårades ytterligare, när allt
nylackat kom tillbaka och täckte för nyordningen. Fortfa-

rande tre månader senare, hade de svårt att veta bakom vilken dörr som glas respektive tallrikar stod travade. Men det blev supersnyggt på ytan. Riktigt tjusigt.

Pernilla hade tagit upp luren mot örat och svarat på samtalet.
"Vart tog du vägen?" hörde hon i andra änden.
"Ja, helt ärligt vet jag inte vad som hände", svarade hon och harklade sig i en förhoppning att komma tillbaka to the real world som det heter.
"Jag står på Åhléns nu men vid en närmare besiktning av läget har jag precis bestämt mig för att åka hem. Vi ses om en stund."

Precis när hon skulle gå vidare kom hon ihåg att snappa åt sig shoppingkassen som hon parkerat en stund vid sina fötter. Tänk om hon hade glömt den och någon kanske skulle ta den och börjat tjuvkika i den. Då skulle vederbörande få ett bestyr med alla funderingar över innehållet. Det hen i så fall skulle få se, och därtill förundras över, var kompositionen av prylar. Två herrkalsonger med en väldigt snygg karl, typ Beckham, på kartongen. I närheten av honom ett par Bjäre Pils, plus en ansenlig mängd kontaktlinser, en påse skumgodisar, en vitlökspress och därtill ett rökt grisöra. Det senare var till hunden. Ja, inte deras egen alltså för den var ju numera en änglahund men grannen hade skaffat en liten cockerspanielvalp. Den var så oemotståndligt söt så någonting ville hon ge den. Ett rökt grisöra fick det bli. Tobbe skulle få kalsonger och öl, det gillade han. I samma stund insåg hon att inget av det hon hade med sig hem ingick i den inköpsplanen hon hade när hon lämnade hemmet. För i så fall... vart var det svala hemmaplagget? Hon lämnade avdelningen för köksattiraljer, letade upp bilen och åkte hem.

Pernilla och Tobbe hade nyligen läst att det krävdes tiotusen timmar av idogt arbete för att bli mästare. Då var det bara niotusen femhundra timmar kvar då vid det här laget. Av seglingstimmar alltså. I början av detta år, hade de satt upp som mål att senast till säsongsstarten lyckas sänka totalvikten ombord med minst tio kilo. Ett aningen udda mål för viktminskning, dels att ha sporten som huvudskäl och dels att utlysa en gruppbantning.

De gymmade ett par gånger i veckan, löptränade och cyklade till jobbet eller till stadsbussens hållplats. På gymmet körde de till en början triathlon men la sedan till simningen och kallade det då för tetrathlon. Dessa var upplagda med ett par kilometer rodd, tre till fem kilometer löpband, minst en mil på cykel och en kilometer simning. Ibland var fokus så hårt inställt på att röra sig mellan dessa stationer att Pernilla kände sig glad att hon faktiskt fått på sig baddräkten rättvänd och att hon inte hoppade i poolen med joggingskorna på.

Så en dag när de skulle ses vid poolkanten stod Tobbe redan på pass. Om man är tjej i badhuset, måste man gå hela poolsidans femtio meter för att nå fram till motionssimmet. Pernilla mötte många andra besökare på vägen. Det var alltid lite sisådär att gå runt i baddräkt, det tyckte hon. Låren var ganska vågiga och kroppen snudd på likfärgad. Det ”vobblade” lite när hon gick och kanske det inte var någon större ordning på bikinilinjen heller? Hon lyckades i alla fall hålla in magen något sånär och log vänligt till dem hon mötte. Hon tyckte att hon fick särskilt fin ögonkontakt med barnen, de tittade så rart på henne. När hon såg Tobbe långt där borta vinkade hon till lite, och reagerade på att han mest bara stirrade tillbaka på henne. Han vinkade i vart fall inte tillbaka. Sedan hon närmat sig honom såg han i stället lätt besvärad ut. Han sa något men hon hörde inte vad förrän hon var ända framme.

”Du kunde väl ha tvättat dig ordentligt”, sa han.

”Vadå?” Hon tittade på sig själv så gott hon nådde med blicken.

”Vad menar du?”
”Du ser ut som ett spöke, helt svart runt ögonen.”
Ah, shit. Då kom hon på att hon haft mascara på dagen och
enbart sköljt ögonen och då brukar det kanske inte bli så
snyggt. Rackarns pinsamt. Så mindes hon hur många som
redan sett henne, på den tillgjorda och fliniga catwalken ut-
med poolkanten. Och strax kom hon på hur många som
skulle se henne på vägen tillbaka till damernas dusch. Även
om hon troligtvis inte skulle flina då. Herregud, hur skulle
hon ta sig tillbaka? Hon gick fort, varpå det vobblade ännu
mer och så tittade hon hårt i backen. Det kan ha varit sista
gången de körde tetrathlon för sedan återgick de till vanlig
triathlon i stället.

De köpte också en riktigt bra roddmaskin till hemmet för
att hålla igång även där samt bestämde sig för ett lite mer
vanemässigt användande av chinsräcket i dörrposten. Mat-
vanorna levde kvar. De som redan tidigare ändrats och där
alla former av pasta, potatis, ris och bröd försvunnit från
menyerna. De levde sunt.

”Jag har tänkt om totalt idag”, avslöjade Pernilla en dag.
”Efter år av samma springrunda har jag nu börjat köra från
andra hållet. Men jag springer förstås framlänges”, tillade
hon med glimten i ögat. Tobbe tittade på henne med skep-
sis, lyssnade på hennes beskrivning av springrundan och så
fortsatte hon.
”Och så gymmade jag. Inget märkvärdigt med det, jag är
som en tyst mus bland redskap och maskiner, sliter i det
tysta. Men idag hände något. Sylvester Stallone kom till
gymmet.” Hon fortsatte även om hon såg att Tobbe him-
lade med ögonen.
”Waooow vad alla flockades, flera av dem som alltid varit så
allvarliga log med hela ansiktet. Sylvester lyfte så tungt att
stången, obs absolut inte han, vek sig dubbel. Alla beund-

rade, han gav allt. Han gav järnet vad det tålde. Min enda
tanke var att jag själv måste öka lite nu", avslutade hon.
Vad hon höll på med sina ambitioner, tänkte Tobbe som
inte lät sig imponeras av hennes upplevelse. Han tyckte det
var tramsigt. Träning var någonting man bara gjorde, en ak-
tivitet utan varken plus eller minus. Det skulle bara göras
undan. Varför ens bemöda sig att titta på vad andra på
gymmet höll på med. Typiskt henne.
Efter träningen drack de ofta varsin proteindrink eller en
fruktsmoothie och middagen bestod många gånger av hav-
regrynsgröt medan godiset framför teven fick bli nötter. En
dag tänkte Pernilla att maten verkligen var rejält deppig, oin-
spirerande och trist. Hon var rätt less på allt. Genom att
tänka på dem som hade det värre, vilket var rätt många i
världen, skulle det ändå funka. Så tänkte hon.

Hon anade att Tobbe åt i smyg på jobbet, alltså passade på
att trycka i sig när han var hemifrån. Eller egentligen visste
hon det, för en gång textade han henne när hon var på
gymmet. Han skrev att han skulle hoppa över träningen,
han hade inte hittat sina träningskläder. När de sågs hemma
sedan visade han att han tagit hem fyra små munkar och två
semlor. De hade blivit över efter jobbfikat och med deras
hjälp tänkte han ha en "goffakväll". Hon, å andra sidan, var
som besatt av skumgodis, och då särskilt skumtomtar.
Ibland hade de sådana hemma, kanske till och med en låda
full och då kunde hon snabbt stoppa ner handen i lådan och
fiska upp en tomte eller två. När han inte såg. Helt oväntat
då kunde det hända att Tobbe ville henne något, han kanske
ropade från övervåningen. Det svåraste som fanns var att
smygäta skumtomtar och så på plötsligt tilltal, försöka låta
"normal" med kinderna fulla med skum. Säger bara det. Det
kräver träning.
Även om fuskandet pågick, var målet gemensamt. De skulle
gå ner minst tio kilo ihop. På helgerna däremot var det fest!
Då kunde det stå både kycklinggrytor, röror, såser och goda

sallader på bordet. Sällan eller aldrig med potatis eller pasta dock.

Pernilla fortsatte att drömma konstiga saker. För närvarande slog det alla rekord och hon började fundera över om det rimligast kunde kopplas samman med stress.
En natt drack hon sig galet berusad och körde dessutom bil i det tillståndet. Nästa natt sprang hon allt vad hon orkade utan att komma ett uns framåt. Natten därpå var hon omgiven av gigantiska skithögar, alltså riktigt bajs och ytterligare en natt senare drömde hon att bromsarna på bilen inte fungerade. Det kändes som om hon undertryckte något väsentligt och hon tolkade det som att drömmarna visade henne att hon inte hade koll på läget. Eller var det så, att hon hade alldeles *för mycket* koll på läget kanske?
Drömmarna fortsatte. Hon hade suttit på ett möte och försökt förstå vad andra sa. De pratade ett sådant konstigt språk som hon inte begrep och när hon trodde att hon förstod, så bytte de språk. Det hade blivit hennes tur att prata och alla väntade, och väntade... men det gick inte att bringa ordning. Hon visste inte vad hon skulle säga men alla väntade tålmodigt. Den drömmen tänkte Pernilla måste vara förknippad med stress på något sett. Men kommande drömmar då? Vad betydde de?
Hon hade ätit människokött som varit upplagt fint på ett fat i kylskåpet och den senaste natten hade hon ätit en hamster. Med päls och allt. Visserligen var hon inte så glupsk, hon lämnade mycket, men det var ingen ursäkt. Man lägger inte döda hamstrar på sin tallrik och framför allt; man tar inte fram bestick och börjar äta på det lilla livet.

Just de här senaste drömmarna kanske fanns där som ett mene tekel för att inte göra om förra årets prestation. Det att först vara duktig och tappa vikt och sedan sakta smyghöja den igen. Tobbe kunde äta hur mycket som helst och strunta helt i träningen. Han såg ändå likadan ut och resulta-

tet på vågen med. Det kunde stå fyra vaniljmunkar och två
semlor på bänken till kvällsfikat varje dag, det tyckte han var
lagom. Det var väl bara att äta, vad rörde det honom? Han
var alltid fit. Pernilla gick upp i vikt bara hon tänkte på mat
och de var båda ena hejare på att äta gott. En bit choklad-
tårta kunde avsluta ett träningspass. En rejäl bit. Den sen-
aste julen hade de precis räknat ner tiden fram till jul med
hjälp av en chokladkalender, där hon fick öppna alla luckor
med jämna nummer och Tobbe alla udda. Fast hon smyg-
ändrade reglerna varannan dag, vilket slutade med att hon
fick nästan hela kalendern själv.
"Var det inte du som hade de jämna luckorna?" sa han
plötsligt och hon svarade att nej, de jämna var hans och att
han redan hade ätit sin chokladbit. Efter några dagar und-
rade han om det inte var han som hade de jämna och då
nekade hon till det.
"Du har tagit din chokladbit och de udda luckorna är dina",
svarade hon. Han bara skakade på huvudet och anklagade
sig själv för att inte komma ihåg.

En dag textade Pernilla följande till Tobbe:
*This is an emergency call from wifie! Kan du på hemvägen köpa en
påse godis, öppna den men lova för dig själv att inte ta så mycket för
att bussigt nog spara lite till din äkta hälft. Sen inte nöja dig men
"lite"... sen inte kunna sluta... sen inte kunna lämna ...för att det blev
så pinsamt lite kvar. Snälla gör det, så är vi kvitt. Nu har jag borstat
tänderna och lovar att bli en bättre människa.*

Han hade gjort en skärmdump på meddelandet och satt upp
på skåpet där de hade lite godis till och från. Så hade han
pekat på orden och sagt att det här, det här är beviset för att
hon var skyldig honom en påse godis. "Och lite till", la han
till.
Alternativen att inte äta godis eller att äta tills man kräks var
lika uteslutna. Lagom är någonstans mitt emellan men
kunde vara skapligt nära det där kräksiga, kände hon. Två-

hundra gram cocosbollar, det var en förpackning med åtta stycken det. Ett synnerligen bra godis till kaffet tyckte de båda. Allt som oftast blev det en eller två över, då kunde Pernilla bara säga att det nu för tiden var mindre än tvåhundra gram per förpackning eftersom de sista cocosbollarna oftast bara "försvann". Vart visste hon däremot inte.

Som ett lämpligt crescendo på temat att äta gott och mycket, åkte de på en kryssning med buffé. De hade alltid tyckt att det var mysigt att komma iväg bland folk. Att kryssa var som att förflytta sig men ändå liksom vara stilla. Bila, åka tåg eller hänga på fartyg, det spelade ingen större roll bara det rörde på sig. Att äta och dricka gott tyckte de som sagt om båda två, men bufféer av alla sorter var Tobbes gebit. Mat i mängder, han åt verkligen allt. Att studera folk var istället Pernillas absoluta intresse. Och var kunde man kombinera dessa intressen, om inte på ett kryssningsfartyg? Att dikta ihop historier om var och en av dem som syntes runt henne och som hon tyckte var tillräckligt spännande, hörde till favoritsysslorna.

Hon kunde få ihop hela sällskap faktiskt, vem som var släkt med vem och vilka relationer de alla hade. Vems barn som var vems och vilka som bytt partner, vilka som var syskon och vilka familjer som var av styvfamiljskaraktär. Hon kunde också räkna ut ungefär hur länge de varit tillsammans och vilka som inte var tillsammans officiellt men snart skulle vara det. Lite då och då hejdade hon sig och avslöjade sina undersökningar för Tobbe. Hon berättade vad hon kommit fram till och ibland var det ganska så komplicerade saker.

Hur vet du det? frågade han ganska ofta.

Jag bara vet, svarade hon då.

"Jag har lång erfarenhet av sådana här uppdrag, jag har hållit på i många, många år nu. Jag har suttit på bussar och tåg, varit på badstränder och nöjesfält, på familjeevenemang av alla sorter och på restauranger", fortsatte hon.

"Det är blickar, kroppsspråk, sätt att tala till varandra, hur
nära varandra man står, var man tittar på varandra och så
vidare som bygger de mönstren jag tolkar. Du måste tro
mig", sa hon självklart.

Till saken hör att Pernillas hörsel var nedsatt så hon kunde
inte alltid höra vad folk sa till varandra men det hela gick
ändå alldeles utmärkt att fånga på lite avstånd. Ibland trodde
hon att det var tack vare hörselnedsättningen som hon lärt
sig att fånga andra mönster i kommunikation än vad fullt
hörande gör. Eller, vilket hade föresvävat henne, var hon
bara full av fördomar och förutfattade meningar om andra.
I ärlighetens namn var det inte särskilt viktigt om det hon
kommit fram till stämde med verkligheten eller inte, i själva
verket var det snudd på oväsentligt. Det var processen och
inte resultatet som betydde något. Som roade. Men sådant
skulle Tobbe aldrig begripa.
En dag när hon satt på bussen och faktiskt för en gångs
skull kunde höra ett samtal, lät det ungefär så här. "Meh as-
så ja bah väschta fett najs asså hon fejla' inte så asså asnajs
bah föh ja bah e väschta stolt asså ja du förstår va'?"
Konversationen var kort och enväga. Det var ett telefon-
samtal. Sådana var sällan lika spännande att tolka och blev
ofta ett för lätt pussel att lägga för Pernilla med den erfa-
renhet hon besatt. Just detta samtal handlade om en person
som dessa båda telefonpratare kände sedan en tid tillbaka.
En person som börjat plugga och som nyligen klarat en
tenta. Det var ett samtal där de var glada för hennes, eller
hans skull, ingen avundsjuka antyddes och inga andra trå-
kiga signaler skickades runt dem emellan. De var bara stolta
och glada.

Nåväl, Tobbe och Pernilla kom iväg på sin kryssningsresa
men ett problem som oftare och oftare dök upp i sådana
här sammanhang var fyllan. Främst den medelålders fyllan.
Inte deras egen alltså utan andras, den tyckte de var riktigt

tragisk. Det var också så oändligt mycket svårare att tolka
kroppsspråk hos folk som var fulla. De som var aspackade
var ännu svårare och de som var nära medvetslöshet var
snudd på omöjliga att få grepp om.
För varje resa de gjort, hade de upptäckt att det här med att
supa blivit vanligare och vanligare. Denna resa var inget un-
dantag. Fredag klockan 18.00 lämnade de kaj. Klockan
18.15 hade flera redan slutat fixera blicken. Alltså *fästa* den
kunde de fortfarande. De hade liksom hängt upp den på en
punkt någonstans i fjärran redan efter de första drinkarna.
Gemensamt för dem som fått för mycket i sig var att de bli-
vit liksom tillfälligt begåvningshandikappade.

Varianterna på att ta sig från A till B är många och det finns
uppenbarligen många typer av kräftgång. En del tar sig fram
med fart enligt samma princip som när de senast cyklade, ju
högre fart desto bättre balans. Andra tar sig fram i bredd
vilket oundvikligen leder till problem eftersom de inte har
samma takt. Likt bowlingkäglor tjongar de ihop gång på
gång tills de välter, eller inte. En del försöker ta sig fram ge-
nom att runda andra. Det som då händer är att rundningen
liksom fortsätter med svagt stöd av centrifugalkraften och
tar aldrig slut. Istället säger det duns eller klirr lite längre
bort. Andra försöker kanske gena genom att krypa under,
smita före eller tränga sig förbi. Det de lyckas med då är att
fastna, och verkligen inte komma någonstans, eller snubbla.
Endera på sig själva eller på någon annan och strax därefter
faller de som furor. Faller de kommer de inte upp och gen-
ast erbjuder sig kompisen att hjälpa till. Det går sisådär. Var-
för då kan man undra? Jo, problemet är att just kompischen
som ska hjälpa till är minst lika blarig han. Och så blir det
otakt igen kan man säga.
De som sätter sig ner, kommer aldrig mera upp, i stället väl-
ter de. De som lägger sig ner kommer heller aldrig upp, i
stället kommer väktarna. Några tappar frisyren, andra
stänger inte gylfen, ytterligare andra märker inte att kjolen

har åkt upp och några går omkring med snus lite all over. Man har bara lust att gå bakom dem och rätta till allt.

Gångstilen förändras också ganska radikalt. Kvinnor kryper liksom ihop och tar kortare steg som för att fokusera på riktning och fart. Män däremot lutar sig mer bakåt och för att kompensera känslan av att falla bakåt tar de i stället längre kliv. Det längre steget tar de oftast bara med det ena benet vilket får till följd att de hamnar i någon slags cirkel-gång, men det märker de knappt. Som sagt... de har slutat fixera blicken för länge sedan. Gemensamt för dem alla, oavsett kön, är att de knappt ser horisonten framför sig men om de gör det, så är den sällan helt horisontell, snarare i lod. Strunt samma de har ju i alla fall haft kul. De som är så här smarta är också ganska så läckra. De säger också en massa härliga saker.
"Hej schnygging, står du här alldelesch schälv, å här kom-mer ja me en mascha öl, schka ru kansche hänga me mej å leta eftr' mina kompischar. Ja har tappat bort dom scherru, då kan du få schmaaakaaa".

Nåväl, buffén är ofta helt okej, det finns mycket gott att äta. Pernilla och Tobbe tar gärna den sena sittningen, så dans-golvet äntras inte förrän efter midnatt. De drar några Tra-voltasnurrar i det klibb av utspillda drinkar och gud vet vad som fernissat golvet. Ibland är det en bra DJ och mycket schysst klubbmusik så då kan de dansa ett tag innan de går och lägger sig. Att kryssa är nästan som att campa, tyckte Pernilla. Det blir många intryck att bearbeta när man så småningom hamnar på sin kudde i hytten. När man släckt lampan blir det alldeles becksvart och man somnar till mo-torernas brummande. Det är verkligen mysigt.
Nu var det faktiskt ett tag sedan den senaste kryssningen helt enkelt för att de kommit överens om det. Det var delvis på grund av all fylla. Pernilla hade misslyckats totalt med sitt uppdrag att få ordning på folk i sina tänkta sociogram. De

flesta var helt enkelt för fulla. Det gick inte att bringa någon som helst ordning.

Jaja, tänkte Pernilla, det var gottetider det, men nu gällde annat och de hade som sagt lyckats nå sitt delmål med vikten. Tio kilo hade de tappat tillsammans, med hjälp av nya matvanor och nya träningspass. Och det fanns ett övergripande mål med viktminskningen. De hade nyligen bokat in sig på ett nytt VM, denna gång med Hobie 16 i Australien. Här gällde det verkligen att hålla sig i trim och vikten på plats. I slutet av januari skulle det bära av. Pernilla var nu tillbaka hemma och körde upp på infarten. Hon gick raka vägen in i köket där kaffet var upphällt. Där satte de sig med sina kaffekoppar och surplade.

”Jaha”, sa Tobbe lite förstrött. ”Ingen bulle idag alltså”, det var tyst ett tag. ”Nej, men ett grisöra”, svarade Pernilla triumfatoriskt och visade det plus kalsongerna hon köpt.
Tobbe blev glad.
”Snart är sommaren förbi”, sa Tobbe sedan. ”Och vart tog den egentligen vägen?”
Han slog upp lokaltidningen och läste sommarvädret skrivet i kortformat: En återblick på vädret under juni, juli och augusti avslöjar att Stockholm haft totalt 769 soltimmar. Knappt hälften av dessa lyste upp deras tillvaro bara under juni månad. Visby låg som vanligt bättre till med så mycket som 864 soliga timmar. Även i Umeå brakade solljuset på riktigt bra, för att inte tala om Luleå med sina 930 soltimmar. SMHI's statistik över de senaste femtio åren visade att juni var den ljusaste sommarmånaden, juli den varmaste och regnigaste medan augusti bjöd på såväl varmaste badtemperaturen som mörkaste kvällarna.
”Jaha, det kunde väl vem som helst förstå utan att föra statistik eller jobba på SMHI?” sa han. ”Vidare gällde att den högsta temperatur som någonsin uppmätts i Sverige var trettioåtta grader och åren var 1933 och 1947. I år var topp-

tempen i Sverige 33,5 grader och den uppmättes i orten
Markusvinsa".
"Det som är gemensamt med orter som på ett eller annat
sätt toppar statistiken, är att man aldrig hört talas om dem.
Markusvinsa, var ligger egentligen det?" undrade Pernilla.
"Ja, den som det visste, men vad har vi att se fram emot
nu?" undrade Tobbe. "En mörk och trist höst, ta upp och ta
hem båtarna, en massa jobb, skrapa bilrutor, härja runt."
"Men hallå älskling, vi ska ju till Australien!" påminde Per-
nilla honom om. "Det ska bli så grymt spännande på alla
sätt och vis. Så fort januari passerat är vi på väg."

Självaste julen kommer alldeles för tidigt varje år, det tycker
alla. Tiden mellan jul och jul är kortare än den mellan mid-
sommar och midsommar. Kanske vi skulle hyska runt lite i
kalendern och lägga midsommar mot slutet av juli och flytta
julen till februari då snön ligger, föreslog Pernilla. Med tanke
på att ingenting ändå stämmer. Man kan äta kräftor året om,
handla på mellandagsrea före jul, äta semlor i januari och
titta i Mors Julbrev redan i oktober. Så då kan det väl kvitta
när vi firar midsommar?
"Jag känner mig hur som helst för gammal för det här tem-
pot", lät hon meddela.
"Allt bara upprepar sig om och om igen samtidigt som hän-
delser, dem som man tidigare nästan kunde ställa klockan
efter, så sakteliga förskjuts. I tron om att ingen märker nå-
got. Jultidningsförsäljarna knackar snart på dörren", fort-
satte hon.
"Och det är bara en massa skit i dem, i jultidningarna alltså.
Jag känner mig för ung för Mors julbrev, för gammal för
Dassboken, för fumlig för handarbeten och tänker för spre-
tigt för att klara av korsord", klagade hon.
"Man kan hitta tips om julpyssel också i jultidningarna",
påminde Tobbe henne.

"En apelsin, lite najtråd, ett stearinljus och så en helt vanlig
Ernst, därmed är julen mysfixad och klar." Han skrattade ett
tag åt sitt eget skämt.

Så sken Pernilla upp. "Via jultidningsförsäljarna brukar man
kunna köpa en låda juleskum. Det är aldrig fel. De finns för
övrigt också året om numera! En låda full med tomtar
gjorda av socker, glukossirap, gelatin, sorbitolsirap, ci-
tronsyra och ytbehandlingsmedel. Smakar lite tvål men
doppade i choklad är de vansinnigt goda." Hon hämtade
burken som för länge sedan var tom.
"Va?!?" tjöt Tobbe. "Är den tom? Hur kan det komma sig
egentligen, vem har stoppat i sig dem?" Han blängde låtsas-
surt på Pernilla och började läsa innehållsförteckningen.
"De innehåller en hel del energi, typ 1515 kilojoule och hela
38 gram kolhydrater och tar slut obegripligt fort."
"Ja, och i slutet av den sjuhundratjugo gram stora ju-
leskumslådan, det vill säga när man matat sig ner till botten-
lagret av de etthundratjugo tomtarna finner man att de är
både platta och skrynkliga. När man kommit så långt, just i
det läget, då mår man faktiskt lite illa", erkände Pernilla.

Ur jultidningen kan man eventuellt välja att köpa boken om
Cesar och hans valpar i stället. Eller förresten, varför inte
bara en bok om Cesar, Pernilla struntade väl i valparna
egentligen. Det var Cesar som var läcker. Han behövde inte
köra valptricket han inte.
Något hon i alla fall absolut inte skulle göra, var att köpa en
sådan där femårskalender där man dagligen skulle skriva
upp vädret. Dels med egna ord och dels med hjälp av sym-
bolerna regn, snö, sol, moln, dimma samt sol och moln i
samma symbol. Nej, hon skulle *inte*: 1) binda upp sig för en
ny femårsperiod med att observera vädret dagligen. 2) an-
stränga sig med att komma ihåg hur vädret var dagen innan
eftersom 1 misslyckats. 3) leta med svettiga fingrar på nätet
efter "gammalt" väder eftersom både 1 och 2 misslyckats. 4)

till slut ljuga ihop veckans alla passerade väder eftersom punkterna 1-3 misslyckats. För en sak hade hon lärt sig... Väder går aldrig att hitta retroaktivt, hon hade verkligen försökt hur många gånger som helst. Det som passerat, hade passerat. Nota bene; inte fem år till med en sådan kalender. "När jultidningsförsäljarna kommer ska jag göra mig till en fri människa och bara köpa skumtomtar, en femårsranson" sa hon slutligen, men då hade Tobbe redan lämnat henne där hon satt. Fast än var de väl inte där kanske, det dröjde nog ett par månader till innan jultidningsförsäljarna skulle börja knacka på dörren.

På tal om det här med statistik, fortsatte Pernilla i sina funderingar. Påtagligt ofta sammanställs statistisk information som sägs vara hämtad från ett stickprov ur befolkningen, men aldrig någonsin att någon hade frågat henne, tänkte hon buttert många gånger.
Så helt plötsligt en dag var det någon som frågade henne. Det damp ned ett synnerligen tungt kuvert i brevlådan. En SIFO-undersökning. Nu skulle hon få ingå, få vara med och tycka till, få säga sitt. Hon vred sina händer inför äran och uppdraget, öppnade kuvertet och började läsa. Sedan satt hon där i timmar och placerade ut kryss på sida efter sida, uppskattningsvis över tvåtusen. Det hela skulle göras med god precision eftersom kryssen skulle vara avläsningsbara sedan när de skannade av svaren. I det läget undrade hon i stället: "Varför är det alltid jag som blir slumpvis utvald?" Hon la ifrån sig hela bibban när telefonen ringde.

Tänk vad spännande det var förr i tiden när det ringde på telefonen. I en helt normal familj fanns alltid en central telefon. Några viktigpettrar hade flera telefoner. En telefon i köket, en i vardagsrummet och en i sovrummet. I familjer där de hade det riktigt exklusivt ställt, hade barnen varsin egen telefon på rummen, kanske även med eget nummer. I de familjerna hade man också en snabbtelefon mellan olika enheter i hemmet. Till exempel mellan garaget och huset, mellan övre och undre våningsplanet eller mellan uthuset och köket. Ungefär så.

Ringde det i telefonen, hoppade alla högt. Det fanns ingen signal som andades så mycket förhoppning, väckte så mycket nyfikenhet och skapade så höga förväntningar som just en telefonsignal. Den endorfinkick som utlöstes i ett helt vanligt hem när signalen ljöd, går inte att uppnå längre. Alla slängde det de hade för sina händer, startade det stora språnget mot telefonen samtidigt som de skrek i mun på varandra:

"jag tar, jag tar... det är till mig". Någon fick upp luren, någon fick ett rivsår och någon blev sur. Viktigast av allt! Den som svarade, gjorde det med fullständigt för- och efternamn som om den som ringde inte hade en blekaste aning om vart den nyss ringt.

Då för tiden var allt märkvärdigt. Som exempelvis att ställa om från 33 varv till 45 på skivspelaren, att äga en videobandspelare, ha en kombinerad stereo för både C-kassett och vinylskivor. Och "Anslagstavlan" från -69, som med sina olika kortfilmer visade samhällsinformation, hörde till det tecknade som visades mest frekvent. Inledning bestod nämligen av en liten figur som klev in i bild, kliade sig i huvudet framför anslagstavlan, nös så att den blev tom, satte upp en egen lapp och därefter lämnade bilden. Bara så, men man bänkade sig varje gång vinjetten startade. Och "Solfilmen" från -63, som under femtiotvå sekunder på ett lustfyllt sätt visade solens upp- och nedgång på olika platser i Sverige. En videosnutt som ingen ville missa. Den sattes in lagom till vårdagjämningen det året och skulle sedan tas bort, men det blev sådant ramaskri att den fick vara kvar. Så kom också "Linus på linjen", men det var senare. Hur som helst var alltsammans den tidens mirakel, mer behövdes inte. Tv4 lanserades vid sidan av tv1 och tv2, det var stort och starten på hur många kanaler som helst. I ett helt vanligt välbärgat

hem skulle så många som sextio kanaler finnas att välja
bland. Micro var märkvärdigt och bärbara telefoner, person-
sökare och de första mobiltelefonerna var viktiga händelser
och att man kunde börja chatta online och SMS:a.
Nu för tiden är det svårt att komma på något särskilt super-
häftigt. Endera är det bara more of the same. Aningen
mindre, plattare och med bättre upplösning eller så är inno-
vationerna på så hög teknisk nivå, att bara ett fåtal kan
känna sig hemma i tekniken. Samtidigt som världen blivit
lättare att utforska, mer och mer nåbar och enklare att lära
känna ... och alternativen till kontakt och kommunikation så
många och varierade, att vi plötsligt blivit loja. Jaha, det
ringde. Vem bryr sig?
Vi har som sagt fler tv-kanaler än vi mäktar med, bättre mu-
sikspelare än någonsin trots att vi föredrar att streama musik
från nätet. Det finns säkert tre datorer och ett par iPads och
iPods och mobiltelefoner i flera olika varianter i varje hem.
Vi har fullt med digitala hjälpmedel, exempelvis fjärrkon-
troller, kontaktdon, mobiler och mediaspelare som ligger
och skräpar i lådor. Nedslängda ihop med mängder av slad-
dar, laddare och plugIn-lurar som nyss var moderna men nu
blivit kasserade. Inga plingande, ringande ljud gör oss glada
längre. Tvärtom, vi blir irriterade. När telefonen ringer,
kanske vi hellre kollar vem det är och sorterar bort samtalen
i stället för att svara. Så tekniktrötta är vi. Pernilla grubblade
över detta när den tredje signalen ljöd i hennes kök.

På 70-talet var jag för liten för att förstå mig på teknik, på
80-talet för ointresserad, på 90-talet hade för fullt upp och
nu är jag för bedrövligt dum för att förstå hur allt fungerar,
summerade hon läget.
Ibland kunde hon stå framför teven med en fjärrkontroll i
varje hand och inte ha en aning om vad hon helst skulle
trycka på för att få igång teven. Hon visste inte om det
rörde sig om hjärnsläpp, utbrändhet, teknikstress, en pre-
demens eller helt vanlig beslutsångest som drabbat henne.

Det enda hon visste var att hon gärna, hemskt gärna skulle vilja titta på ett tv-program.

Hon reste sig upp på fjärde signalen och ökade tempot på sin väg mot telefonen. Plötsligt hajade hon till. Vad var det? Någonting rörde sig i ögonvrån, vart tog det vägen? Där var det igen. Hon flämtade till. En näbbmus, en spindel... vad? Nej faktiskt, det var bara damm. En grå och snabb damm-råtta. Hon undrade när den senaste dammsugningen hade ägt rum. De måste nog hugga tag i den biten snart. Undrar förresten vad det finns mest av på jorden. Pollen, insekter, eller damm? Undrar också vad den där lilla djävulen heter som är så aktiv här hemma, han som spelar på strängarna tills de nästan brister. Ja just det...

”Uppskjutardjävulen”, sa hon samtidigt som hon lyfte på telefonluren efter femte signalen.

Kapitel 13
Om de nittioåtta procenten som är en gåta
samt pincetter, getflocken och mitten på en bulle

Rut stod framför spegeln och betraktade sin spegelbild.
Hon hade precis fått höra att japaner inte ser gamla ut förrän de är väldigt gamla. De ser tydligen ut som tjugo ända tills de är femtiofem, sen bara "bom", så blir de jättegamla. Det var kunskap att lägga på minnet tänkte Rut där hon stod. Femtiofem är lika med väldigt gammal alltså. Tur då att hon hade några år kvar tills dess.
Twist höll på att dammsuga och Rut hade lite egen tid i badrummet. Åh, tänkte hon. Jag skulle vilja ha långt, ljust, tjockt, lockigt hår. Fast inte just på överläppen kanske. Hon rotade fram en pincett och ryckte bort de mest generande hårstråna. Hon hade verkligen börjat se dåligt nu och glasögonen låg aldrig, verkligen aldrig där hon för tillfället var. Det var ett ständigt letande efter dem. Att börja ha glasögonen uppe på huvudet var uteslutet och i en snodd runt halsen likaså. Hon lämnade nu överläppen och gick över till ögonbrynen. Rut plockade på och de flesta av de tunna hårstråna lossnade utan någon större dramatik. Hon såg som sagt inte särskilt väl vad hon höll på med och ibland gick det lite trögt. Hon funderade över om det var för att pincetten var dålig, eller för att hon nypt till om för många hårstrån åt gången eller om hon faktiskt hade fått tag i skinnet på ögonlocket. Det var nog alla tre skälen men hon bestämde sig för det första, att hon hade en dålig pincett. Dags att shoppa en ny kanske.

Hon hörde hur dammsugaren tystnade längre bort i huset. I den tystnaden som la sig, började hon grubbla över när hon någonsin skulle finna anledning att piffa till sig så där extra igen. Tänk att få lägga en massa pengar på sig själv i stället för på halm, kraftfoder och avmaskningspulver. Hon mindes hur det var förr i deras liv när hon sprang på manikyr och hos frissan stup i kvarten. Ett tag gick hon också och fick lite extra ögonfransar. De limmades fast på de redan befintliga fransarna och som genom ett trollslag såg det alltid ut som om hon hade mascara. Från morgon till kväll hade hon färg på ögonfransarna och hon sparade massor av tid i badrummet. På denna ytas finish ägnade hon dessutom massor av tid på gym och med löpträning. Allt för att hålla sig i form och känna sig lite fin.

Till vilken nytta då kunde man verkligen undra. Med det stresstempot som då rådde, var hon ju rufsig som ett virvelmarsvin i håret innan kvällen var till ända, minns hon. Hon härjade runt från det ena till det andra, och alltid med andan i halsen. För ett ögonblick tänkte hon till på Pernillas kalender igen. Så hade hennes också sett ut om hon inte dragit i nödbromsen. Vilket hon ju faktiskt gjort för ett antal år sedan.

Twist såg aldrig några av hennes förnyelseprocesser. Alltså, hon kunde verkligen förlåta honom för att han inte såg den gången då hon bytte från ena sidbenan till den andra men naglarna, de kunde man bara inte "inte se". Hon fick praktiskt taget sticka in dem under ögonen på honom varje gång. Frissabesöken sedan, som kostade lika mycket som en treliters Piper Heidsieck varannan månad, kommenterade han inte heller. Inte ens om hon skulle färga håret kalasorange, skulle han notera en förändring. Kanske. Eller om hon rakade skallen? Hon mindes att hon vid ett tillfälle smidde en djävulsk plan, nämligen den om att skaffa en liten hund, typ en sån där med väska och allt. Den skulle hon byta ut mot katten och bara ställa in i köket en dag, och se om han märkte något. För att få honom att höja på ögonbrynen. Förresten, det skulle inte bara finnas en väska som tillbehör, utan den lilla vovven skulle ha lackdräkt och gummistövlar med. Det kunde vara något. Nä, han var verkligen blind för förändringar.

But nobody's perfect. Det är en spricka i allt, det är så ljuset kommer in. Fint sagt av någon, hon trodde att det möjligtvis var Leonard Cohen. Hur som helst, Twist var bra på annat och det var inte väsentligt att se sån där piff egentligen. Det fanns detaljer som hon inte noterade där han säkert önskade att hon skulle vara lite mer pigg om man säger så. Till exempel att datorerna behövde programuppdateras ibland. Alltså, de sa ju alltid till själva och då kunde man välja "ja tack" eller "senare". Hon valde alltid "senare" medan han tog ansvar för att faktisk göra det som datorerna så väl behövde. Varför hon inte valde "ja tack" var av samma skäl som hon inte gav en försäljare chans att börja prata, det tog nämligen aldrig slut. Det blev alltid tusen följdfrågor sedan man okejat den första kontakten. Hon ville inte bli utfrågad av vare sig säljare eller datorer. Så "senare" fick det bli, ett enkelt beslut.
Twist slipade knivar och saxar också. Sådant såg hon aldrig, eller såg gjorde hon allt, men hon struntade i det. Han tömde hängrännor, hällde grus i groparna på uppfarten, slog i spikar som tittade ut och målade takplåten som börjat flagna. Han var också intresserad av att med hjälp av modellbeteckning på en bil, gärna diskutera motorkapaciteter och årsmodeller. Sådant tyckte han var roligare att prata om än naglar och hårlängder. Hon gäspade och stängde av öronen omedelbart om han började prata bilar. Ja, så det var ett faktum för dem båda att de hade olika intresseområden.

Twists fotsteg närmade sig toalettdörren och hon sköljde bort hårstråna i handfatet, stoppade undan pincetten och kammen tillsammans med sina funderingar och skulle precis öppna dörren, när Twist gjorde det i stället.
"Hej, vad fin du är, har du piffat till dig lite min kära kvinna", sa han.

234

"Ja", svarade hon, plötsligt lite generad över sina tankar nyligen. Hennes tankar kunde både fabulera och berömma, snacka skit och fördöma. Det hände av bara farten.
"Jag har rensat bort lite skog, det är viktigt ibland vet du", svarade hon.
Hon slog ned blicken och undrade en kort sekund vad han hade i handen. Så såg hon snart att det var filofaxen som han höll upp framför henne.
"Ånej, den hade jag glömt", sa hon. Twist tittade på henne och påstod att hon bara hittade på. Han sa i stället att det nog var så att hon undvek den in i det längsta, och han hade rätt.
"Jag hittade den när jag städade, den hade hamnat under en kudde i utdragssoffan. Undrar vem som hade lagt den där?" sa han och kikade på henne genom misstänksamma ögon.
"Det kanske är dags att ta kontakt med Pernilla nu. Hon har ju varit utan sin kalender länge nog. Rimligtvis har hon skaffat en ny, men vill säkert ändå ha tillbaka sin gamla, tror du inte?" Twist gick iväg mot hallen och försvann ut.

Det hade varit så många vändor med händelser sedan hon först tog upp den där kalendern på Frödins gårdsplan. Rut hade alltså haft den sedan i juni någon gång, men Frödin visste att paret skulle vara svåra att nå direkt då på grund av en utlandsvistelse. Därefter hade hon påmints om den i augusti när hon såg paret på bild i ett reportage och senast i förra månaden hade hon lovat sig själv att ringa. Och så var det ju tomten också. Den där fula, tunga och hårda tomten i sina akrylröda kläder som Frödins hade lämnat i deras hall. Den var mest troligt också hennes, eller deras.
Rut tog kalendern med de broderade bokstäverna "PW" på. I pärmens insida stod telefonnumret 070-3141592. Rut vred och vände på huvudet. Hon funderade och grubblade. Det där numret var bekant på något vis. Ja, att det började med talet pi, det såg hon på en gång men när senast kom hon i kontakt med ett telefonnummer som började så? Då kom

hon på det. Det var på ICA's anslagstavla förra hösten den där dagen då hon var så arg och irriterad på ICA-handlaren och köttis. Den där dagen då hon stod med falsk oxfilé i handen, beredd att möta den sura handlaren men i stället hade hamnat framför anslagstavlan utanför affären. Telefonnumret hade stått på en av alla lappar, på den om den bortsprungna kattungen. Åh, vad hon älskade sitt minne. Nog för att hon hade många långa haranger av funderingar i sitt huvud, men minnet var det inget som helst fel på.

Det finns en förklaring till varför kvinnor generellt sett har bättre minne än män. Rut funderade på var hon fått tag i informationen om detta, men kom inte på det. Hon brukade inte gilla generaliseringar kring mäns och kvinnors beteenden men hon fann någon sorts igenkänning i denna information, typ så här: Mäns hjärnor är gjorda av små boxar. I varje box finns *ett* eget område, exempelvis: bilar i en box, jobb i en annan, barn i en och pengar i en. Det finns ingen som helst kontakt mellan dessa boxar och man diskuterar en box i taget, punkt slut. Det finns också en box utan något som helst innehåll, vilken är den absoluta favoritboxen, dit de hittar så ofta som möjligt. Män har förmågan att tänka på absolut ingenting. För kvinnor finns inget så provocerande som en man som inte gör någonting, och som inte tänker något, slash säger något. För kvinnors del har allt kontakt med allt. Hela tiden. De bryr sig om precis allt och deras hjärnor stannar aldrig. Av den anledningen påstås det också att kvinnor har större behov av sömn än män. Det som driver just kvinnors sätt att fungera är en energi. Den energin stavas "k ä n s l o r". Allt som händer styrs av känslor och det är ett utomordentligt sätt att få minnen att bränna sig fast. Därför minns kvinnor mycket, kanske till och med det mesta.

Ja, nu hade hon inget att vänta på, det var bara att slå numret och presentera sig. Rut själv visste mer än väl vem hon ringde till, men frågan var om Pernilla skulle ha någon aning om vem Rut var. Sist de sågs verkade de vara mer uppstressade än lovligt och gången innan det, ja det ville Rut helst inte tänka på. Då var hon själv inte särskilt tillmötesgående. Pernilla kanske inte ens hann svara förresten så det var inget att skynda på med.

Rut bestämde sig för att gå efter Twist ut och ta en sväng hos getterna innan hon skulle ringa. Hon var ändå rätt trött på grannarna som gasade på sin musik så högt. De visste ju att det fanns djur i närheten så de kunde väl ändå visa lite hänsyn? Förutom Mac och Pia-Carin, var det inte nära till närmsta granne så de måste ha riktigt hög volym på. Det hördes nog över hela nejden. Det hade varit hård basgång och ett dunkande i över en timme faktiskt. Hon lämnade sina toalettsysslor och gick ut för att lyssna om hon kunde höra från vilket hus det kom. Då insåg hon plötsligt att ljudet kom från deras egen övervåning. Twist hade dragit igång musik en trappa upp. Alltså gud, vilken dålig lokaliseringsförmåga hon hade. Det var inte bara det att hon såg dåligt och saknade djupseende, hon hade börjat höra lite sämre, liksom mer i mono. Djup, nivåer och avstånd hade börjat bli svåra att urskilja.

Monoauditiv, så kunde hon beskriva sitt hörande. Det var vanligt, snudd på lite populärt nuförtiden att vara bipolär. Var och varannan människa gick och kallade sig bipolär. Rut hade alltid känt sig hyfsat monopolär egentligen, men nu var hon monoauditiv också. Om någon undrade.

Så satte hon på sig sin jacka och någonstans i den låg nyckeln till djurens matförråd. Hon började leta. En helt vanlig jacka har fyra till sju fickor men varför var det man letade efter alltid i den fickan man kände i sist. Ibland brukade Rut lura jackan och leta i omvänd ordning, men det var alltid jackan som vann leken. Så även denna gång. Nyckeln låg i sista fickan och det kändes alltid lika provocerande att hon valde fel ficka att leta i.

Ibland var hon säker på att hon hade lagt nyckeln i den
högra fickan och humpade därför över det hon bar i, till den
vänstra armen för att ha höger hand fri att söka nyckel med.
Varenda gång, precis varenda gång, hade hon fel. Givetvis
hade hon nyckeln i den vänstra fickan, varpå hon fick lassa
över allt hon bar tillbaka till den högra sidan igen. I allra
värsta fall hade hon letat för slarvigt i den högra fickan
första gången, och att det faktisk var där nyckeln låg, och i
så fall var det bara att flytta över allt en gång till, över till
den vänstra armen. Så där kunde hon hålla på. Ibland tänkte
hon att om det som utspelade sig, var en scen i en kriminal-
film, där hon var jagad av någon eller något ondskefullt...
och snabbt behövde få fram nyckeln till ytterdörren eller
bilen och då skulle hålla på som hon brukade... Ja, då skulle
hon vara både misshandlad, dräpt och flådd innan hon hit-
tat det hon sökte. Fummelfia.
Det där med att leta efter saker var något de ägnade en hel
del tid åt på gården fast det var helt klart Twist som vann
seriespelet här. Alla gånger.

Rut hittade Twist ute, fullt upptagen med någon slags syssla
i vanlig ordning. Han höll på att smörja gångjärnen till en av
boxarna i hägnet. I staketet precis utanför boxarna, i ut-
rymmet mellan boxarna och hönshuset, hade han tidigare
byggt en liten nisch. Tanke med den var att man exempelvis
skulle kunna ställa dit kaffekoppen som ofta följde med ut
på gården. Eller man kunde lägga ifrån sig arbetshandskarna
medan man skruvade eller pillade med någonting. En sådan
där typisk fiffig Twistlösning. De hade planer på att belysa
nischen med någon starkare sorts lampa också eftersom de
båda hade blivit lite skumögda. Många gånger, eftersom de
ständigt och jämt glömde att bära med sig sina läsglasögon,
önskade de i stället ljus av alla sorter. I den här åldern be-
hövde man det. Just nu stod det en flaska fett i nischen såg
Rut när hon passerade. Hon gick in i hägnet och kramade
om sin gubbe där han stod.

"Jag tycker så mycket om dig", sa hon stilla.
"Jag tycker att vi har ett sånt fint liv här på gården och ibland önskar jag att tiden bara kunde stå still. Jag vill ha det som det är nu, precis så".
"Hmmm", svarade Twist.
"Det känns ofta som om det bara är morgon och kväll. Allt däremellan bara passerar. På något sätt verkar det mer och mer så att livet är det som passerar medan vi gör något annat", tillade han.
"Men vi ingår i ett sammanhang även om vi inte alltid är i nuet", svarade hon. "Sammanhanget är du och jag, min gubbe oavsett om vi har fullt upp eller inte."

Rut tänkte på det här med förälskelse. Visst är det otroligt härligt med blixtförälskelse och pirr i magen, att utforska och lära känna varandra, såsom det var från början. Minst lika fint är allt det som sedan blev. Att vara riktigt nära en annan människa, sin partner - funnen och utvald - av alla människor på jorden. Vara den person som både får ta emot funderingar, komplex, önskningar, farhågor, sorg, ilska, oro och glädje samt ge detsamma tillbaka. För så är det, till slut känner man varandra så väl på alla plan att det inte krävs mer utforskande. Det kanske är där förälskelsen tar slut och kärleken tar vid. Istället för att utforska varandra, behöver man snarare förvalta det ens partner placerat mjukt i knäet på en.
Hon liknade det vid en bergsbestigning. Det finns de som aldrig blir nöjda trots att de nått toppen. När de väl är där uppe funderar de bara på var nästa topp finns. De söker ständig bekräftelse precis som den nyförälskade gör. Söker nya spänningar och önskar visa sin duglighet gång på gång. Klättrar högre och högre. Låter sig pumpas full av bekräftelse från sin partner som gärna boostar venerna med kärleksdroger.
De kommer aldrig till nästa stadie, vilken är aningen lite tristare för den som önskar snabb tillfredsställelse och be-

kräftelse. Till förvaltningen. Förälskelsen tar alltid slut me-
dan kärleken kan bli livslång om man hjälps åt att förvalta
den. Att sköta en relation är lite som att vara materialare.
Man måste samla ihop allt och sköta det. Smörja och putsa,
laga och stryka, plåstra och klappa om. Och man får inte
slarva bort något.

Rut och Twist satte sig tillsammans i halmen och tog
varandras händer. Det var faktiskt ganska varmt fortfarande
i luften och rätt så torrt trots otaliga stunder av regn. I häg-
net fanns det gott om plats men eftersom Rut och Twist
hade slagit sig ned där, hade givetvis getterna sökt sig till
dem och flockades där nu. De var så fantastiskt sällskapliga.
Och nyfikna. Några hade lagt sig ner, andra rörde sig kon-
stant mellan foderbordet och den övriga flocken, någon var
ensam i en annan del av hägnet.
”Tänk vad de är lika oss egentligen”, sa Twist.
”Ulvar är sur och tvär, så kan man ju känna sig ibland.”
”Ja”, svarade Rut.
”Och Syn och Älva är rätt lika i temperamentet. De ser
lugna och trygga ut ända tills ett obekant ljud stör dem, då
börjar de stressa och steppa runt”. Hon skrattade till när
hon tänkte på hur kul det brukar se ut.
Twist skrattade han med.
 ”Så är det, de båda är lite skvättna. De coolaste getterna är
ändå Kolgrim och Tengel och kanske Saga, men det är svårt
att veta ännu med den lillkillingen. De andra två hade precis
kommit förbi den där ”tonårstiden”, då allt ska testas så det
bara ställer till oreda i flocken. Nu är de fina och kloka.”
”Kolgrim och Tengel börjar bli flockledare nu” sa Rut.
”Och Lille Villemo, killingen, följer dem ofta baki svansen.”
”*Baki* svansen”, sa Twist.
”Nu låter du som din mamma, det heter *bakom* Rut,
bakom”. Hon svarade inte.
”Men du”, fortsatte Twist, ”vet du vilken av getterna som
egentligen är Minis favorit, har du någon koll på det?” Det

hade inte Rut, men å andra sidan var hon säker på att Mini inte var en sådan som hade favoriter. Hon trodde att han med sitt sinne för statistik, mönster och naturens ordning, skulle tänka att skaffar man en favorit, blir någon per automatik också en ofavorit. Och sån var inte han. Mini tyckte nog om dem allihop lika mycket.

Så där kunde de sitta i långa perioder och prata. Ibland satt de i ladugården med kon och hennes tre kalvar, ibland sjönk de ihop i halmen hos hästen och sällskapade med henne ett tag. Men aldrig någonsin att de satt hos hönsen. De blev bara störda och så gick äggvärpningen åt pipan. Dessutom påmindes Rut och Twist genom hönsens eviga och nervösa pickande, om hur de levt i ett tidigare liv. Då det var ett evinnerligt duttande från det ena till det andra. Det var massor att göra och allt gjordes halvdant, det var en ständig jakt efter nya projekt och göromål. Egentligen var inget av allt det de fyllde sina liv och dagar med särskilt viktigt, även om de trodde det då. Nej, egentligen i ett så kallat helikopterperspektiv, var de bara som spelpjäser som drev runt i överljudsfart på en galet stor spelplan. För att orka med tempot och inte glömma något, gjorde de listor på allt de behövde ta tag i. Innan de hunnit stryka någonting från listornas topp, hade de lyckats fylla på med flera nya saker i botten. Så gick det på, innan de slutligen drog i stora nödbromsen och tänkte om.

Visst, de hade massor att göra nu också men det kunde unna sig på ett annat sätt att ge varandra uppmärksamhet. Att ge djuren tid och att sitta så här och prata med dem och varandra. Kunna uppleva livet och njuta av vardagen. Nackdelen var att de hade blivit mer låsta, de kom inte loss från allt ansvar. Det hade minsann upplevts lite bekymmersamt ända tills i våras då Mini kom till deras undsättning och hjälp. Hans arbetsinsatser och hans intresse för djuren, det var verkligen guld värt. Möjligen hade sysslorna på gården också kommit till hans egen undsättning, så kändes det i alla fall.

”Du”, sa Twist plötsligt.
”Det här med att vi är som vi är när vi ändå inte blev som vi tänkt oss”, skojade han.
”Jag läste något riktigt intressant på nätet häromdagen. Jag ska försöka återge det.”
I början av 50-talet var det två gossar som beskrev DNA-spiralen. Ungefär femtio år senare slog man fast att människan var uppbyggd av drygt tjugotusen gener men att dessa bara utgjorde två procent av DNA-trådarna som finns i nästan alla celler. Vad övriga nittioåtta procent gjorde för nytta hade varit höljt i dunkel trots att nästan fyrahundra forskare varit inblandade i frågan under tio års tid.
Medan han pratade, klappade han Saga bakom öronen. Rut lyssnade uppmärksamt och var en smula imponerad över det faktum att Twist börjat intressera sig för forskning. Hon hade lagt sig ner för hon insåg att det här kunde ta tid innan det var klart. Så typiskt ingenjörer tänkte hon. Nu var han nere på cellnivå, då gick det minsann bra att prata på. Twist berättade vidare.
Nu hade man äntligen kommit fram till att en stor del av det som tidigare kallats skräp-DNA, fyller funktionen att reglera om gener ska vara *av* eller *på* eller hur mycket de ska jobba. Tänk en jättestor kontrollpanel full med knappar där en viss knapp reglerar olika gener. Alltså är alla våra celler pyttesmå processindustrier. Man fann också samband mellan variationer i av- och påknapparna och olika sjukdomar. Framför allt i vilken mån de är av och på under självaste fostertiden.

Han tystnade och tittade på Rut. Hon sov som en gris, rygg mot rygg med Villemo. Jaha, så spännande var jag, tänkte Twist som fortfarande inte kunde släppa detta intressanta forskningsfält. Vad lätt det var att känna sig liten och fullkomligt i händerna på något. Tänk så många stora och vik-

242

tiga beslut vi fattar både här och där, hit och dit och så är vi egentligen förprogrammerade redan under fostertiden och yttepyttesmå detaljer är det som styr förutsättningarna.

"Vi är verkligen bara små lortar", sa han tyst för sig själv medan han torkade bort en strimma av saliv från Ruts kind. Det började bli lite kallt där de satt.

"Dags att vakna nu", viskade han.

Hon slog upp ögonen och sträckte på sig. Villemo som legat rygg mot rygg med henne hoppade raskt åt sidan. De andra getterna hade letat sig ut i hagen så Villemo drog sig bort mot dem. Hittills hade det här varit en dag utan innehåll och det var också en upplevelse.

Nu skulle Rut ta sig i kragen och gå tillbaka till huset för att ringa till Pernilla med anledning av filofaxen. Hon gick in och hängde av sig i hallen och passerade köket på sin väg till telefonen. Hon lyfte på luren och så slog hon telefonnumret. Signalerna gick fram, säkert både fyra och fem stycken. Ja, det vore väl himla typiskt, om det inte var någon som svarade nu när hon äntligen tog sats i något som hon skulle ha gjort för länge sedan. Svarade hon inte nu, skulle det kanske dröja igen innan Rut fick ändan ur vagnen och månaderna skulle gå igen. Det här kan inte vara sant! tänkte hon. Precis då, rasslade det till och någon lyfte luren på andra sidan.

"Uppskjutardjävulen", hörde hon någon svara med ett flåsande i andra änden. Och sekunden efter:

"Hallå!"

Undra om jag kommit rätt, var det första Rut tänkte och funderade samtidigt över hur man kunde svara så i telefon. Plötsligt kände hon sig ändå helt säker på att hon kommit rätt.

"Ja hej", sa Rut lite trevande.

"Jag heter Rut men jag tror inte att du riktigt vet vem jag är men jag vet lite mer om dig kan man kanske säga. Alltså i en rent objektiv och oskyldig mening", la hon till för att det inte skulle verka som att hon hade spionerat eller förföljt kvinnan i andra änden av samtalet. Eller... spionerat hade hon ju i och för sig gjort. Hon hade ju läst anteckningarna i filofaxen, kanske till och med lite väl grundligt med tanke på att det inte var hennes egen filofax. Det hade varit dumt och sådant man faktiskt inte gör, men det kunde inte Pernilla känna till. Och spanat bakom gardinerna hade de gjort mer än en gång, både Rut och Twist, men det var så sällan och så länge sedan nu att förseelserna kunde anses preskriberade vid det här laget. Dessutom var det inte hon, utan herr Frödin som initierat tjuvkikandet i filofaxen. Så mindes hon det i alla fall. Helt säkert.

"Jaha", svarade kvinnan i andra änden.

"Jaha", sa hon efter en stund igen, fast nu med ett helt annat tonläge och uttryck i rösten.

"Jaha", sa hon en tredje gång och nu med en undran till tonfall.

"Och hur kommer det sig om jag får fråga, alltså att du vet vem jag är medan jag inte vet vem du är?" sa hon sedan.

"Ja, det kan man verkligen undra", spottade Rut ur sig med en aning för stark stämma. Hon blev själv förvånad och kände knappt igen sin egen röst.

Hon tog ny sats och kände sig lite röd om kinderna, för hur kom det sig som sagt? De hade setts som hastigast hos Frödins, Rut och Twist kom dit samtidigt som Pernilla och Tobias skulle åka därifrån. Pernilla hade själv lagt sin kalender på bilens tak och när de hade satt sig i bilen och skulle stänga cabben, flög kalendern av och hamnade i gruset. Så var det. Rut var säker på att hon mindes rätt för när detta hände var både hon och Twist, djupt imponerade över cabben som levde sitt alldeles egna liv, lite som ett självspelande piano där uppe på bilens övre del. Hon visste bestämt att de aldrig skulle glömma detaljerna i denna stund för övrigt.

Det som också poppat upp i Ruts minne, lika klart som en månstråle och i samma stund som filofaxen landade i gruset, var en händelse från sin barndom. Lustigt nog, tänkte hon, men så funkar tydligen hjärnan, i alla fall om den inte är uppbyggd av boxar. I stället plockade den plötsligt fram, ur någon av alla snirkliga veck, fyrtio år gammal information så där bara.

Det var en händelse från när hon var liten, kanske fem sex år så där, och hade fått en kanelbulle och ett stort glas hallonsaft där hemma. Det var sommar och hon hade varit ute och lekt ett tag. Hon hade varit långt upp i skogen, där hon hittat pinnar och kottar, plockat med stenar, lyft upp små sjok av mossa och plockat ihop lite saker som hon kunde sälja i sin skogsaffär sen. Nu stod hon framför huset och hade tagit emot den röda saften och sin kanelbulle. Den var lite kladdig. Saften hade hon svept omedelbart för törstig var hon. Bullen däremot krävde mer omsorg innan den kunde komma i närheten av att bli uppäten. Det godaste i en bulle finns i mitten, så var det. Därför åt hon först det torra längst ut och runtom på bullen och sparade det godaste till sist. Denna strategi vid bullätande var egentligen både ohygienisk och opraktisk eftersom hon sedan stod med den kladdiga mittenbiten kvar. Det fanns liksom ingenting att hålla i. Allt det torra tumlade runt i munnen och saften som skulle kunna skölja ner just det, var som sagt uppdrucken.

Innan hon var framme i kladdet i mitten kom hon på att hon faktiskt hade en servett. Då böjde hon sig fram för att plocka upp den och då hände det som inte fick hända. Hela den goda mittensnurran föll i backen med en duns. Den krängde runt i grus och damm och grämelsens tårar började tränga fram i Ruts ögon när hon insåg att godbiten blivit oätlig. Små och stora gruskorn blandade ihop sig med kanel och socker högst upp på bullsnurran. Särskilt ofta var det inte som hon fick en bulle och så ofta var det inte som hon var skärpt nog att äta bullen på rätt sätt och så slutade det så där. Precis det kom Rut att tänka på när filofaxen landade i backen på Frödins torra och knastriga grus. En lustig parallell kan tyckas men hjärnan spelar sina spratt som sagt. Denna filofax som verkade innehålla ett helt liv och säkert minst lika betydelsefull som mittensnurran i bullen.

"Jaaa... hur kommer det sig tro?", sa Rut och denna gång hade hon anlagt en lite mer svävande röst. Även den förvånade henne. Hon trevade sig fram medan hon valde sina ord.
"Ni tappade den hos Frödins när vi var där, vi bor förresten i närheten, och Frödin tyckte att det var bättre att jag tog hand om den och sökte upp dig. Han är väl lite blyg och så mumlade han något om att han hade så lätt för att glömma och ni skulle visst ut och resa eller hur det var. Hur som helst fick herr Frödin plötsligt lite bråttom och jag med, så det slutade med att jag tog den helt enkelt."
"Men det är ju flera månader sedan jag tappade den. Jag vet precis när jag saknade den och visst, jättebra att du hittat den men vilken tid det tog för dig att hitta mig då. Eller jaja, det gör inget alltså för de här månaderna har varit ganska goda", sa hon vidare.
Goda, tänkte Rut, vad hade det med saken att göra? Goda månader, är det månader då man är filofaxlös... och onda är då man vet var man har sin filofax, eller vad?

Pernilla hade fortsatt att prata och beskrev då hur uppstressad hon blivit av att ha en kalender, hur hon planerat sönder dagarna. Hon sa också att på grund av sin kalender lyckades hon aldrig leva här och nu eftersom hon alltid låg minst två veckor, ibland en hel månad fram i planeringen. Så det goda med de här månaderna hade varit att hon kunde varva ner en smula. Hon lät de sista orden hänga kvar i luften och det var tyst en sekund. Rut förstod vad hon hade menat.
"Konstigt men sant", sa hon och strax efter fortsatte hon prata. Och Rut lyssnade.

246

"I min värld har jag alltid trott att det är genom kontroll man varvar ner och att det krävs en kalender för att skaffa kontroll, men nu har jag lärt om, lärt nytt", sa Pernilla och salvan av ord som smattrat runt i luren gjorde en ny paus. "För övrigt har jag nu skaffat en ny kalender. Med två bokmärken i som man kan markera särskilt viktiga händelser med, la hon till för att inte verka hur flummig som helst. Men bara två, resten får vara. Aldrig mer än två viktiga saker."

Aldrig här och nu, tänkte Rut. Det var så evinnerligt sorgligt att aldrig riktigt vara på plats mentalt. Undrar vad som egentligen krävs för att lämna det sättet att leva på? Och vad som gjort att man en gång hamnade i det? Var det första gången man "blev" med en kalender och började skriva in saker i den eller? Hon kunde aldrig minnas att tiden försvann så fort när hon var liten eller tonåring. Det var någon gång sent på högstadiet eller kanske på gymnasiet som Rut själv började märka just det som vuxna alltid tjatade om. Att tiden gick så fort och att de inte hann allt de ville göra. Och plötsligt en dag märker man att man faktiskt lever ett fulltecknat liv som bara rusar fram med samma fart som ett expresståg. Egentligen handlar det om en vana, uppbyggd under lång tid, en slags felprogrammering som kan vara möjlig att bryta. Ungefär som att äta fort eller långsamt. Har man vant sig vid att sitta längst ut på stolen att sleva i sig maten och bli klar på fyra och en halv minut, så behöver man träna på att äta långsamt. Man behöver medvetandegöra det man håller på med och själv vilja ändra sig innan man kan bryta det. Rut om någon visste att det gick, men det tar tid att bryta ner sin övertygelse om vad som går och inte går och hon hade fått kämpa hårt för att skaffa sig lite mer ångloksfart på tillvaron.

"Från det ena till det andra", sa Rut.

"Ditt telefonnummer, det var kul! Ja, alltså att det börjar på talet pi. Telefonnummer som man annars aldrig kommer ihåg, det var lätt att komma ihåg de tre första siffrorna här i alla fall, alltså efter noll sju noll."

"Tre? Alla sju menar du väl? Alla sju är början på talet pi och jag valde numret själv när jag ändå skaffade nytt abonnemang. Jag jobbar som lärare och hade för tillfället en tävling med några elever om hur många siffror vi kunde komma ihåg av talet pi. Pi är ju 3.14159265... och så vidare. Ett oändligt tal utan regelbundenhet, därför är det så förträffligt att använda vid minnesträning."

"Wow", var det enda Rut fick ur sig. Pernilla berättade vidare.

"Så vi roade oss att träna in så många decimaler som möjligt. Jag själv lärde mig de första tjugoåtta decimalerna utantill som jag tränade om och om igen så fort jag hade chansen. Till exempel när jag var ute och sprang min runda. När det sedan var dags att byta telefonnummer, var valet självklart."

Rut var alldeles tagen av det hon nyss hört. Det måste vara en speciell sorts människa som fungerar så? Och som får med sina elever på en sådan typ av tävling. Hon undrade också i all hast hur det gick för eleverna eller om Pernilla överglänste dem så till den milda grad att de ändå inte kunde mer än de två första decimalerna. Så där som alla andra. Så där som Rut. Pernilla kanske såg hela livet som en tävling, som en testning för var gränserna går?

Rut kom att tänka på ett tv-program där man pratade om detta med att man inte behövde vara så duktig. Allt för ofta jobbar man på för att passa in, för att kunna mäta sig mot andras förväntningar och kanske sina egna. Det finns en risk att på vägen tappa bort sig själv och plötsligt ha "blivit" någon. Att det sen kunde vara svårt att vara något annat än det man blivit. Föreläsaren kretsade kring frågor om eget ansvar, egen påverkan och egna initiativ. Det hela rundades av med konstaterandet att: "våga chansa är utvecklande och utan att chansa kommer man ingen vart". Man behövde ta matcherna i livet.

"Hallå", hörde hon i andra änden.
 "Är du kvar?"
"Oj förlåt mig", svarade Rut. "Jag lyssnade på vad du sagt och hamnade i egna funderingar, jag gör så ganska ofta", avslöjade hon för Pernilla där i andra änden av samtalet. "Tidigare hade jag också en fulltecknad kalender men tänkte om. Jag vågade chansa, tog initiativ till att hitta ett nytt väderstreck och styrde mitt liv i en annan riktning. Okej, jag tappade ingen filofax men klippte av snöret."
"Snöret?" undrade Pernilla.
Rut berättade om föreläsaren som hade beskrivit detta med att våga, att vilja och att chansa med hjälp av en sten, ett snöre och en ballong. Snöret hade en ballong i ena änden och en sten i den andra. Tanken var att illustrera att ballongen, som var fylld av "våga, vilja och chansa", hindrades av stenen. Den kunde inte stiga förrän man tog fram en sax och klippte av snöret. När stenen fallit, kanske man kunde märka att man förlorat något men det fanns också mycket att vinna.

"I så fall är du ballongen och jag stenen just nu", skojade Pernilla.
"Fast jag håller på att bli en ballong! Nu förstår jag också varför det dröjt innan du ringt mig, du kanske hade en liten sten någonstans du också?", sa hon sedan och Rut anade att detta var en skärpt människa. Hon visste precis vad det handlade om.
"Tänk att vi tydligen behöver lite hinder och utmaningar för att kunna växa. Det brukar jag säga till min man när han antyder att jag är lite ansträngande." fortsatte Pernilla sen, samtidigt som hon skrattade till.

"Jag pratar en hel del tycker han. Jag pratar lika mycket som
det är fullt i min filofax faktiskt. Fast inte längre."
Rut var så glad över samtalet och kände, precis som hon
hade gjort i mötet med Mac och Pia-Carin, att kontakten
gav henne något stort. Enkla människor var det bästa hon
visste. Sådana som var öppna och gillade att dela med sig.
Spännande, trevliga, generösa och glada människor.
"Kan jag eller vi kanske komma förbi er, jag hämtar gärna
upp mina gamla minnen. Sa du att ni bodde nära Frödins?
Kan det passa att vi kommer senare, när passar det er?" frå-
gade hon.

Samtalet avslutades och Rut drog på sig jackan igen. Hon
fullkomligt studsade hela vägen ut till Twist.
"De kommer, de kommer", ropade hon. Hon var spänd och
upprymd. "De skulle komma inom ett par timmar bestämde
vi."
"Ja tänka sig", sa Twist. "En dag utan innehåll blev en dag
med mer innehåll än vanligt", svarade han.
Både Rut och Twist hade haft en ganska inskränkt känsla av
de här människorna, trots att de inte alls kände dem. Så
knäppt. Det hela var nog en blandning av avundsjuka och
dålig självkontroll. Men var det inte ofta så, att man uppfat-
tade andra och omgivningen genom sig själv och att det
formade känslan för hur man såg på andra människor? Hur
kommer det sig då att man bedömer andra så fel ibland,
alltså... känner man inte sig själv bättre?
Det finns en tendens att förklara andra med en modell av
sig själv och det är djupt nedlagt i vår natur. Om vi tycker
att någon annan gör konstiga saker, och kanske till och med
fel, ser vi deras personlighet och karaktär som nyckeln till
felsteget.
Men när vi själva gör fel av något slag ursäktar vi oss med
att vi inte hade kunna gjort på annat vis. Vi ser oss som of-
fer för en rad olika omständigheter. Vilket självbedrägeri,
tänkte Rut.

Rut och Twist, Pernilla och Tobbe. Snart skulle de ses. Åh,
vad de såg fram emot det.

Kapitel 14
Om känsliga personer, de stora elva och avbitna kattsvansar
samt sanningar om stelbenta akryltomtar

Rut greps av plötslig nervositet och okontrollerbar stress nu
när det var ett faktum att de skulle träffa sina nya vänner.
Vad skulle de bjuda på och vad skulle de prata om? Skulle
det vara för påfluget att visa gården och skulle de verkligen
ha tid att stanna? Skulle Twist framstå som en ladugårds-
tomte och hon som en getstinkande irrhöna? Hur skulle det
bli och hur skulle hon göra? Hon visste att det skulle gå lät-
tare för gubbarna. De kunde alltid prata om bilar eller båtar
eller snärja in sin nervositet i vilda teknikdiskussioner, me-
dan kvinnor behövde relatera mer till varandra för att kall-
pratet alls skulle hamna i närheten av något som kunde kal-
las meningsfullt.
Tomten! Den fick hon inte glömma att överlämna. Den
borde ju vara deras om hon skulle tro Mac, och varför
skulle han ha fel? Få se, var någonstans hade hon ställt den
nu då? Bäst att titta efter med en gång.

Rut var sådan, och hade egentligen alltid varit sådan, att hon
tyckte att allt var på hennes ansvar. I ett telefonsamtal var
det hennes plikt att hålla igång samtalet, speciellt om det var
hon som initierat kontakten. Om hon satt med någon på
bussen, var det hennes fel om ingenting sades. Gick hon
jämte någon på vägen, kände hon att det var hon som skulle
ta initiativet till kontakt och om hon tipsat någon att se en
film eller lyssna på någon låt, blev hon superstressad över
vad denne skulle tycka. Gillade de inte hennes tips, var det
hennes ansvar att se över sina tips till nästa gång. Det kän-
des som om det var hennes fel om det hon tipsat om inte
höll måttet. Som om det var hon som hade skrivit boken,
manuset, texten, musiken... Hon hade ett gigantiskt ansvar

för andra och ändå hade hon ju bara i största välmening
bjudit på ett förslag till en upplevelse.

Nyligen hade hon läst om detta och funnit att hon var en av
de cirka tjugo procenten som påverkats av att vara en HSP,
"A Highly Sensitive Person". En sådan person är lättsårad
och försiktig i nya situationer, fattar endast genomtänkta
beslut och grämer sig över det som missats. Man ser för öv-
rigt också väldigt tydligt saker som andra missar. Vidare blir
man irriterad över att behöva göra flera saker samtidigt, blir
nervös vid tävlan och mår dåligt av oljud. En mindre till-
rättavisning på jobbet kan förstöra en hel dag för att oför-
rätten ältas om och om igen. Känselspröten är ständigt ute
och tron är stark att alla kollektiva bannor egentligen inte
alls är kollektiva utan riktade enbart mot en själv, men sägs
gälla alla.
Allt detta var Rut helt medveten om, så nu gällde det att
vara försiktig och modig på en och samma gång. Hon skulle
naturligtvis bjuda på något som lätt gick att plocka fram
men som lika gärna kunde stå kvar i kylen om de inte hade
tid att stanna. Kanske till och med något som kunde tryckas
in i frysen om så skulle behövas. Fixa något som man defi-
nitivt inte kunde misslyckas med, vad skulle det vara? Det
var viktigt att inte utsätta en HSP för att behöva läsa av gäs-
ternas besvärade miner och grimaser när detta "något" blivit
för salt eller för starkt, för smetigt, för grötigt eller alldeles
för torrt. Nu var det ännu viktigare att hålla tungan rätt i
mun och givetvis också att fokusera. Den här gången skulle
hon inte dra i väg i sina tankar, hitta något att läsa eller
fastna i sina fantasier eller så. Den här gången skulle det inte
bli en pizzamiddag. Rut funderade över om hon kanske
skulle ta Twist till hjälp för att undvika just det igen.

För så var det. Hela denna armada av irrelevanta reaktioner
kring sådant som ingen annan ens tänkt på, kommer sig av
att man är rustad med ett synnerligen reaktivt nervsystem.

Ett nervsystem som reagerar ovanligt starkt på yttre stimuli. Tröskeln för att ta in olika sinnesintryck är lägre hos en HSP än hos andra. I hjärnan bearbetas intrycken på ett djupare mer förgrenat sätt och mycket psykisk kraft ägnas åt att dela in och kategorisera i flera fack, i många nyanser. En ständig katastrofberedskap och oförmåga att filtrera intryck kan i värsta fall leda till att man inte får tillräckligt med tid för återhämtning. Risken för stressrelaterad ohälsa i form av ångest, depression eller utagerande beteende ökar.

Precis så var det innan Rut bestämde sig för att varva ner i livet. Hon hade sitt eget liv och alla andras liv och reaktionsmönster på sina axlar och en vacker dag blev det bara för mycket. Hela världen snurrade, hon levde aldrig någonsin i realtid utan var ständigt strängt upptagen av att beta av diverse saker.

Check, check, check. Kolla av, notera, skriva upp, ha kontroll. Hon reagerade, registrerade och påverkades ideligen av andras sinnesstämningar som avspeglades i deras blickar, kroppshållning eller röstlägen.

Som HSP är man tunnhudad, vilket är raka motsatsen till att vara utrustad med gåshud. Man är orkidébarn, istället för maskrosbarn. Men myntet har som bekant alltid två sidor. En HSP är visserligen känslig för påfrestningar men också mer mottaglig för positiva livserfarenheter. En sån här person är också ofta kreativ, empatisk, reflekterade och analytisk.

Som från ingenstans ramlade Twist in genom dörren och hennes HSP-tankar fick ett abrupt slut. Se där! Hon hann bara börja tänka lite, så fastnade hon och kom inte loss. Tur att Twist fanns nu. Han slängde posten framför henne på matbordet innan han visslade vidare in i huset. Rut kikade i posthögen. Överst låg en försändelse från jordbruksverket och det visste hon på en gång vad det handlade om. Det hade kommit nya regler kring ID-märkning av nötkreatur. Just då var hon inte riktigt upplagd för den typen av läsning

faktiskt. Nästa kuvert innehöll en hälsning från ICA med ett välkomsterbjudande för den som ville starta "Veckans matkasse", alltså ICA:s svar på middagsmat vid dörren. Erbjudandet hette humörhöjarmat och hon läste snabbt om riskerna med halvfabrikat. Att socker och tillsatser ökar inflammationsrisken i kroppen och att man löper femtioåtta procent större risk att bli deprimerad av sådan mat.
Hon läste vidare. Det finns mat som har motsatt inverkan och som stimulerar våra naturliga må bra-hormoner; serotonin och dopamin. Äter du rätt kost skickas signaler till hjärnan att börja producera ämnena serotonin, som gör dig lugn och glad, och dopamin som gör dig avslappnad. Hon började skratta. Skärande högt och innerligt hjärtligt på samma gång. Twist tittade in i köket.

"Tänk. Nu sitter jag här igen och läser i stället för att laga mat", att jag aldrig lär mig.
"Du säger alltså att jag ska förbereda mig för att åka till pizzerian igen?", undrade Twist.
"Nej aldrig!", intygade hon.
"Kan vi inte hjälpas åt i köket? Vi kan väl slå våra kloka huvuden ihop som vi är så bra på, please", bad hon. "Kolla i erbjudandet från ICA här, vi kanske har det mesta hemma. Nu är det Big eleven som gäller, de elva smartaste intagen!"
"Which is?" undrade Twist som vid sidan av att breda mackor, nätt och jämnt kunde koka ägg.
"Jag läser... eller du kanske läser? Vi ska sno ihop lite humörhöjarmat, ser du älskling." Twist började läsa medan Rut kämpade hårt med att lyssna fokuserat. Samtidigt plockade hon fram det som behövdes.

"Lax med sitt nyttiga fett är bra för minnes- och koncentrationsförmågan. Forskning har visat att deprimerade människor ofta saknar omega 3-fettsyran DHA, inledde Twist."
"Jag hämtar i frysen och lägger på bänken", sa Rut. Hon plockade fram laxen och Twist läste sedan högt om tomater.

"De som äter tomater två till sex gånger i veckan löper fyr-
tiosex procent mindre risk att bli deprimerade jämfört med
dem som äter tomater sällan. Det är det röda färgämnet
som ligger bakom detta. Vet du vad det heter?" frågade
Twist...

"Haha, Lykopen! så kallas det."

Läsningen fortsatte och de lärde sig att grönsaker generellt
minskar riskerna för depression, och det med hela tjugosex
procent! Det är den extra dosen antioxidanter och folsyra
som gör att vi lättare upplever oss ha kontroll över våra
känslor. Och vi behöver tydligen äta mycket, cirka sju port-
ioner dagligen.

"Tur älskling att vi alltid har gröna saker hemma", sa Twist
samtidigt som han slurpade in överskottet av den saliv som
sakta börjat svämmat över eftersom han stått framåtböjd
och läst. Han fortsatte sedan.

"Kyckling och kalkon består av en aminosyra som har av-
stressande effekt på humöret, nästan som en Prozac lik-
nande effekt. Den innehåller också höga halter av vitamin
B12 som har en lugnande och avstressande effekt på hela
kroppen. Skivad kalkon ligger i kylen, det kan vi göra rullar
av."

"Bra där", sa Rut.

"Uppe på kalkonen innan vi gör rullarna, kan vi strö lite
pumpafrön. De är fulla av magnesium står det. Magnesium
motverkar muskelkramper och har en naturligt avstressande
effekt på humöret eftersom det ökar produktionen av av-
slappnande dopamin. Det var verkligen intressant läsning
det här", fyllde han i.

"Kan vi inte lägga varje rulle på lite fullkornsbröd? Även
laxen kan vi skära i små kuber och lägga på brödet", före-
slog Rut. Genom att äta fullkorn får man i sig zink. Vet du
vad som händer om man äter för lite zink?" undrade hon
sedan.

Han brydde sig inte om att lyssna på vad hon hade för teorier, utan fortsatte istället ivrigt att läsa vidare. Rut avbröt honom genom att svara på sin egen fråga.

”Jo, man blir irriterad, mentalt trött, får humörsvängningar och nedsatt koncentrationsförmåga. Om man har zinkbrist alltså.”

Twist var verkligen i sitt esse och när han sträckte sig över henne för att nå tandpetarna, höjde hon ögonbrynen inte bara en utan två gånger. Han berättade att han skulle plippa i en tandpetare i varje kalkonrulle för att hålla ihop bröd och kött. Så läste han högt om bär som är som små antioxidantgranater som skyddar kroppen mot fria radikaler, vilka annars skapar stress och inflammationer i kroppen. Sådant kan leda till cancer. Ytterligare nytta med bär är att de är humörstabiliserande, något som särskilt gäller blåbär. Frysta bär hade de i sin frys och genom att mixa dessa i yoghurt, kunde de bjuda på en välkomstdrink när de kom. En smoothie. Yoghurt innehåller både protein, kalcium och vitamin D som alla krävs för att produktionen av serotonin ska sätta fart och minska ångesten.

Rut bara gapade.
”Det blir bra det här, älskade Twist. Nu kan det väl inte vara så mycket kvar av The big eleven va’? Vi har bärsmoothie, kalkonrullar, laxkuber... men får vi dricka något kaffe?”
Twist läste och läste.
”Japp! Vi får både kaffe och efterrätt. Jag kilar ut och hämtar några äpplen sen och så gör du en sådan där god äppelpaj med havregrynstäcke, för havregryn det är verkligen fint skit det”, sa han innan han fortsatte att läsa innantill.
”Lika sugen som man blir på kolhydrater när man stressar, lika irriterad blir man av kolhydratfattig mat. Detta är helt naturligt eftersom kolhydrater frigör insulin som i sin tur hjälper hjärnan att tillgodogöra sig serotoninet. Havregryn med sitt höga fiberinnehåll, som kroppen absorberar lång-

samt, håller serotoninutsöndringen stabil. Detta balanserar blodsockret och håller humöret i schack. Kaffe sedan, minskar risken med femton procent för att utveckla depression. Mest troligt är det koffeinets förtjänst tror man. Bryter vi sedan upp några rutor choklad på ett fat, så är bjudbordet komplett.”

”Nä stopp nu”, sa Rut plötsligt. ”Det här kan jag, är det något jag kan så är det choklad. Nu kan du sluta läsa och så kan jag berätta”.
”Kakao har en unik förmåga att påverka hjärnans signalsubstanser. Kakao höjer nivåerna av serotonin i kroppen och så det där andra ämnet, vad hette det nu... fene... fenelen... fenyl...”
”Fenyletylamin”, hjälpte Twist till.
”Just det! Och då får man en känsla som liknar den man har när man är kär! Men obs obs obs... det gäller inte vilken choklad som helst. Det får inte vara mjölktillsatser utan rawchokladkakor som sötas med agavesirap eller kokosnötsolja. Och det har vi inte, men däremot ett par Marabou tvåhundragrammare, hepp.” Hon snubblade över de sista stavelserna.

”Kakaon kommer att vara borta från jordklotet i oktober 2020”, sa Twist plötsligt. Det är för att de kinesiska kakaoodlarna kommer att börja odla gummi i stället eftersom det ger snabbare avkastning och bättre ekonomi.”
”Nope”, kontrade Rut. ”Du är en olyckskorp. Det är så här, att i Västafrika där sjuttio procent av världens kakao växer görs stora insatser för att säkra kakaoproduktionen. Problemen ser ut som i så många andra branscher, att få av de unga är intresserade att ta över. Det är inte alla som har turen att träffa en Mini helt enkelt.”
Det blir bra det här, sa de i mun på varandra när allt var på plats. Den klossiga tomten med sina röda akrylkläder stod på plats också. Mitt på bordet.

Klockan närmade sig fyra på eftermiddagen när ett spännande ekipage rullade in på gårdsplanen. Det var tur att det fanns gott om plats för svängrum behövdes. Rut och Twist slängde på sig sina ytterplagg och gick dem till mötes. Bilen, som den här gången inte var en cabb, gjorde dem aningen osäkra på vilka det var men så såg de vad som var lastat bakom bilen. Det var helt klart en katamaran. Ett skrov på varje sida om en transportlåda och så en mast som låg surrad över alltihop. Så fort ekipaget parkerats och bilmotorn stannat, klev de ut. Kvinnan, alltså Pernilla, hade håret på ända och var klädd i något slags seglarställ vars ärmar var hopknutna över magen. Han, som rimligtvis borde vara Tobias, var lite mer alldagligt klädd men hade en alldeles för liten mössa på huvudet. Vad var det, en röd bebismössa? De tog i hand och presenterade sig som Tobbe och Pernilla. Hon hade fascinerande långa naglar, med färg och glitter längst ut på varje, i övrigt lackade med något genomskinligt. Å Gudars, tänkte Rut, kan man verkligen segla med sådana klor... eller det kanske rent av var en förutsättning för att segla, vad visste hon? Man kanske använde dem som verktyg eller så? Rut gjorde sitt yttersta för att dölja sina egna naglar som det säkert gömde sig både getskit och packat gammalt fjäderdun under. Att ta Tobbe i hand var som att ta Twist i hand, tänkte Rut. Ett rejält varmt och stadigt grepp. Inget trams där inte.

”Åh vad kul att ses”, slapp det ut Rut. ”Vi har under det här året stött på er i flera olika sammanhang och ni är de mest spännande personerna för oss just nu.”
Hon kunde inte låta bli att ge dem den uppmärksamheten, för så var det.
”Ju äldre man blir desto oftare stöter man på händelser och personer som känns igen på ett eller annat sätt. Eller så är det helt enkelt bara så att man reflekterar över situationer mer nu, är mer vaken på det som händer, än man var förr”, sa hon sedan.

"Jag tror att saker och ting, och händelser med för den de-
len går runt på något sätt", svarade Pernilla.
"Så känns det i alla fall för mig. Vad fint ni har här förres-
ten, alltså vi var ju här... förra hösten var det väl? ...men det
var ju i ett halvmörker och då var vi så irriterade och trötta
så vi såg ingenting egentligen."
"Och ni kallar oss spännande?" fortsatte hon. "Ni som har
en egen gård med så mycket liv att ta hand om!"

"Vad är det ni släpar runt på då", undrade Twist och nick-
ade mot Tobbe som svarade.
"Ja, vi släpar våra båtar både hit och dit. Nu var det dags att
ta hem henne för säsongen. Vi ska ha båten där hemma på
tomten för nu blir det ingen mer segling på några månader.
Inte med den här båten i alla fall. Vi har ju en båt till, och
där har vi en tävling kvar, sedan ska vi släpa hem även den.
Om den nu får plats. Hehe... ja vi är väl inte riktigt kloka
kanske."
"Spännande", var det enda Twist kom sig för att säga, osä-
ker på hur han annars skulle utveckla det vidare. Man kan ju
inte hålla med, när en vilt främmande människa säger sig
inte vara riktigt klok. Det vore väl oartigt? Och man kan
heller inte avfärda det, eftersom man inte vet hur sant på-
ståendet ändå kan tänkas vara.
"Det vill jag höra mer om", sa han sen, samtidigt som han
svepte med blicken över gården. Det han såg var alla getter,
nyfiket vända åt deras håll. En del med hö i munnen, andra
bara stirrandes. Gemensamt för dem alla var att de stannat
upp i sina rörelser. De bara glodde. Twist såg de kacklande
pickande hönsen, hästen, kon och kalvarna, grönsakslandet,
högen med granar som getterna aldrig åt upp i fjol, cisterner
och rör till det som någon gång skulle bli ett musteri och
slutligen baracken där de tillverkade gårdens getost.
"Ja du", försökte han igen och nickade bort mot allt det han
såg, "vi är väl inte kloka någon av oss, men var och en får
bli salig på sin fason som Fredrik den Store sa. Eller vem

det nu var som sa så. Bra sagt i alla fall. Vill ni titta runt eller
har ni bråttom?" Han såg att Rut och Pernilla hade gått mot
huset så Twist anade att han kunde ta Tobbe på en liten
gårdssväng.

"Jag tittar gärna runt", svarade Tobbe.
"Jag ser att ni har höns, men hur går det med räven då?"
undrade han och så berättade han om katten de hade där
hemma. Hur det plötsligt hade slamrat till i tvättstugan, och
kattluckan som hade suttit där i ytterdörren hade fått sig en
rejäl knuff. Tillräckligt för att helt gå sönder. I tvättstuge-
dörren gapade det bara ett stort svart hål och på golvet en
bit in låg självaste luckan. Kattens svans var kraftig som på
en Surikat och kroppshållningen låg. Tobbe hade skruvat
bort ingångstunneln som suttit i dörren och inspekterat
luckan. På glaset fanns ett stort tassavtryck och då hade han
givetvis tänkt räv.
"Jaså", sa Twist. "Tror du verkligen att det var en räv?" Han
rös av välbehag av bara tanken på om rävarna skulle bli ett
sådant problem i tättbebyggt område, att de skulle kalla in
folk med jägarexamen för att bistå med avskjutning. Att han
skulle kunna bli en av dem som skulle få göra tjänst då.
"Ja, med tanke på smällen som vi hört, den rädda katten
samt det stora tassavtrycket la vi ihop en hypotes som sa räv
halvvägs inne", svarade Tobbe.
"Och folk hade *sett* räv också", tillade han. "Men man vet
aldrig. Folk kan bli så förblindade ibland av medias påver-
kan. Det kan ha varit en vanlig jycke med. Hundar jagar
också katter, det är ju allmänt känt. På landet till exempel,
har vi en lösspringande japansk spets som faktiskt liknar en
räv."
"Visst", sa Twist. "Jag har också tänkt på det. Det finns nå-
gon ras som heter Pomeranian som man också kan missta
sig på, men hundar går väl inte all in så där... liksom rakt in
kaklet och genom hela kattluckan."

"Nej, deras jagande är sällan så utsvultet att de behöver
hamna i kattluckor och halvvägs in i folks tvättstugor. De
jagar nog mest på lek", fortsatte Tobbe.
"I lokaltidningen sedan stärktes tesen ytterligare, när vi läste
att just denna kväll hade en kvinna hittat en kattsvans - alltså
avbiten från katten - i en villaträdgård i deras område. Sånt
gör väl inte hundar i alla fall? Och den här gången var det
som tur var inte vår katt som gick åt, eller det vet vi egentli-
gen inte. Vi hade en liten kattunge förra hösten som för-
svann spårlöst. Pernilla tror att räven tagit henne men jag
försöker släta över det hela genom att ge andra tänkbara
versioner".
Det blev tyst ett tag.
"Vi kanske skulle ge sig ut på jakt?" sa Tobbe plötsligt.
Det glimmade till i Twists ögon. Lusten att få använda sina
gamla vapen igen, att få ge sig ut på jakt. Att få spana och
smyga och göra upp en plan, den lusten var så skön att det
skälvde i honom.
"Jag har två bössor här hemma, så vi kan hjälpas åt. Gärna!"
sa han.

"Ja", sa Rut och vände sig till Pernilla, "jag har din kalender
här inne och så har vi precis fixat i ordning något lätt att
stoppa i magen, kanske ni vill göra oss sällskap en stund, har
ni tid tror du?" sa hon och såg att Twist var på väg in i ost-
baracken med Tobbe. Ulvar var naturligtvis dem tätt i ha-
sorna. Det hon såg var Tobbes nervösa blick bakåt när Ul-
var kom sättande och fler getter hade fått fart under klövar-
na så klart, de älskade ju sällskap.
"Ja tack, varför inte?" hörde Rut att Pernilla svarade från
köket. Själv var hon på väg in i vardagsrummet för att
hämta filofaxen.
"Fast jag är inte precis trevligt klädd för att sitta till bords.
Jag får be om ursäkt för det helt enkelt."

Pernilla klev in över tröskeln till köket och det första hon
såg var tomten. Å nej, tänkte hon snabbt. Den där har jag
inte sett.

”Hej på dig förresten”, viskade hon snabbt. ”Hoppas du har
det bra.”

”Vadå?”, ropade Rut, ”Sa du något, jag hör inte så bra för-
står du. Fel på hörseln, närsynt, astigmatisk, höga tandhal-
sar, dålig blodcirkulation, åldersseendet är sisådär … dags
att skruva i en starkare lampa helt enkelt som vi ofta säger
här hemma”. Hon skrattade medan hon pratade. Under ti-
den närmade hon sig köket där hon såg att Pernilla stod och
inspekterade tomten på bordet.

”Åh, vad bra att du såg den. Jag hade tänkt fråga om den
var din. Mac Frödin trodde det. Han är ganska ful va... men
speciell, alltså inte herr Frödin utan tomten. Är den din?
Mac hade verkligen fått för sig att det var så.”

”Nej”, ljög Pernilla helt kort och började fundera över tom-
tens alla äventyr som under många år gäckat dem med både
oro och överraskningar. Det var de och deras granne som
hade busat med varandra på temat tomte och man visste
aldrig riktigt var tomten kunde vara mellan varven. Gran-
narna var lite speciella, så där som Ove och Anette i tv-
serien Solsidan. Fast inte lika irriterande men de var överallt
liksom. Gjorde grejer och fnissade åt sin egen påhittighet.
Det hade börjat med att Pernilla och Tobbe ”pikat” gran-
narna och bara ställt dit tomten. Det var lite symbolik i det
hela, för den manliga hälften i grannparet var lite som en
tomte. Han var *mycket* som en tomte. Gick ofta i träskor,
hade skägg och runda kinder och så var han en generös
prick. Tomteleken hade bara fortsatt. En eftermiddag hade
tomten stått uppe på taket på skorstenen till köksfläkten och
en morgon skrämde den morgonluften ur henne när hon
drog undan sovrumsgardinen. Då stod den på fönsterbleck-
et utanför fönstret, på andra våningen. Den hade suttit fast
under motorhuven, farit runt med Postverket i paket till

olika adresser och hängt högst upp i flaggstången dinglandes upp och ner.

En dag låg det ett fotografi på tomten i brevlådan. Då hade han ögonbindel och var alldeles nerlortad. I stället för texten "GOD JUL" på skylten som han höll i, stod det nu "HJÄLP". Han hade blivit kidnappad och Tobbe och Pernilla krävdes på en lösensumma annars skulle det bli allvarliga konsekvenser. De betalade så klart och då kom han tillbaka. Fast denna gång låg han infryst i ett isblock i deras frys. För att tina upp honom till normal tomtetemperatur igen, hade han fått bada badkar länge. Rödfärgen hade runnit från akryldräkten och missfärgat både skägg och ben. Därefter fortsatte tomteskämten i en allt vildare karusell och Pernilla hade inte kunnat lista ut på vilket sätt hon skulle få denna lek att sluta. Det enda hon visste var att särskilt road var hon inte längre och hade heller inte tid med allt trams, det var liksom lite för fullt i hennes kalender. Så en dag tog hon med tomten till landet. Och där fick han vara över vintern.

"Men det var konstigt", svarade Rut.
 "Herr Frödin var verkligen så säker på att det var er lille tomte. Den hade stått på hans kontor, mitt på skrivbordet en dag när han kom in. Just den dagen då du, eller ni varit där. Ja, så sa han i alla fall. Då får jag väl lämna igen honom då. Förresten, varsågod! Här är din filofax äntligen åter. Jag är så ledsen för att det dröjde och jag har ingen bra förklaring på det egentligen. Ska vi ropa in gubbarna tycker du, är du hungrig?"
"Mmmm", lät det om Pernilla som plötsligt känt ett styng av dåligt samvete. Fast hon hade inte rett ut om det var för att hon ljugit för sin nya vän, eller om det var för Frödins eller för tomten hon kände sig kymig.
Rut pinnade iväg mot hallen. Pernilla hörde att ytterdörren stängdes.

Hur skulle hon komma ur den här situationen nu då. Hon var ganska säker, eller förresten helt säker på att tomten flinade åt henne nu där han stod mitt på bordet. Hon petade på honom så han stöp på näsan.

Pernilla mindes när hon själv hade tomten och fick idén att fylla upp en liten jutesäck med kolor som hon knöt fast med ett snöre på tomtens rygg. På skylten där det tidigare stått först: ”GOD JUL” och sedan: ”HJÄLP”, skrev hon nu: ”VARSÅGODA”. Tomten, ihop med sin skylt och sin godissäck, lyckades hon med lite intern hjälp smuggla in till grannens personalrum på jobbet. Då hade grannen minsann fått rejält med huvudbry. Så där som det kan bli när fel person är på fel plats, ja eller när fel tomte är på fel plats då. Man känner att något inte stämmer men man får inte ihop det i huvudet.
Grannen, som även hon är lärare, berättade att hon hade haft en lektion och forsat in i personalrummet, tittat till på bordet och sett tomten. Sen hade hon fullföljt rörelsen som hon var mitt inne i, innan hon stelnade till och bett hjärnan om hjälp. Vad var det egentligen hon nyss sett? Denna unika och fula tomte, som det inte fanns motstycke till, helt säkert inte en till av, stod plötsligt där i hennes personalrum och bjöd hennes arbetskamrater på kolor ur en jutesäck. Hur hade egentligen det gått till? Kunde tomtejäveln gå nu också? Rut kom tillbaka.

”Kaffe eller te”, hörde hon Rut fråga.
”Å, tack gärna kaffe för mig, med mjölk om du har.” Pernilla log lite förstrött och tänkte vidare.
Strax därefter hade tomten dykt upp igen hemma hos Pernilla och Tobbe. Eller först skickade han bara en liten julhälsning med sig själv på motivet. Ett julkort som låg bland alla de andra i brevlådan en dag. Sedan visade det sig att han hade snikat in sig bakom dem på bröllopsfotografiet och därmed förstört det. Han hade också haft ”FF”, det vill säga

föräldrafritt hemma hos Tobbe och Pernilla. De hade varit borta över helgen och när de kom hem såg de bilder som rullade på deras digitala fotoram i vardagsrummet. Allt var fotograferat, hela helgens aktiviter och allt som tomten haft för sig. Hur var det nu...?

Bild ett: Han hade tagit av sig skorna fint i hallen, men det var inte bara han som gjort det utan några till, han hade bjudit in lite kompisar. Bild två, tre och fyra visade hur de hade hängt framför tv:n och suttit vid datorn och läst familjens blogg vilket i och för sig var okej, men sen festade de loss så tomten höll på att bli orm-mat. Han hade verkligen spårat ur och kunde absolut inte ha varit i något gott sällskap. På bilderna därefter såg det ut som om en apa inspirerat, ja rentav lurat tomten, till alla styggelser. De hade varit i barskåpet och det värsta var nog att han hade tagit med sig en brud i säng. I Tobbe och Pernillas säng! Hela kvällen slutade med att han hade mått lite dåligt och hängt djupt ner över toaletten och kräkts.

Alla dessa partybilder hade alltså lagts in på Tobbe och Pernillas digitala fotoram och när de kom hem avslöjades allt. Det var efter dessa händelser som de ville ta ut tomten på landet i ett försök att få stopp på allt som hände. De kände att deras grannar hade gått lite för långt och varit för närgångna. De kanske inte heller skulle ha kvar kopior av varandras nycklar? Hur som helst var det en bra idé att inte lämna tillbaka tomten till grannarna. Det var nog det bästa alternativet för att undvika en grannosämja dem emellan. Beslutet togs. Tomten fick flytta ut på landet.

I ärlighetens namn hade Pernilla också börjat oroa sig över om de alla gått lite för långt med den stackars tomten och att det skulle kunna slå tillbaka på dem en dag. Alltså så där som man tänker om en maskot fast liksom tvärtom. Han kanske kunde bringa otur med sig. Hon hade legat vaken en hel natt och fått panik över detta, kanske mest för att de

266

lämnat honom på landet ensam. Därför tog hon tomten
från landet, det var förrförra hösten. Så en dag beslutade
hon att det kunde vara dags att pensionera honom eller ge
bort honom till någon som verkade uppskatta det tradition-
ella, det enkla, det som inte var flashigt och supermodernt.
När hon ändå skulle till herr Frödin fick hon en ingivelse att
ta med tomten och låta honom stanna där. Hon tänkte att
de skulle trivas med varandra. Men nu stod tomten i stället
här på bordet. Eller låg snarare.

I samma stund kom Twist och Tobbe in genom köksdör-
ren, de pratade och skojade och det lät som om de hade
mycket kvar att prata om.
"Nämen hej på dig lille tomte", var det första Tobbe sa när
han tittade till på köksbordet. "Ligger du här?"
Det blev pinsamt tyst och Pernilla kände hur en rodnad
spred sig i hela hennes ansikte. Från haka till panna, från öra
till öra och i all jämförelse måste tomten se blekröd ut.
"Men den där är ju vår, hur har den hamnat här? Pernilla,
har du sett... eller är det inte han? Jo, det finns bara en sån
där fuling." fortsatte Tobbe.
"Det roliga är att vi inte minns hur han hamnade hos oss,
men vi tror att det kan ha varit en företagsgåva i nån sån där
delikatesskorg eller nåt kring jul. Ännu mer frågande är vi
kring vad som kan ha inspirerat till hans design. Det är ing-
en Beskowtomte, eller hur? Han är inte heller av John Bauer
eller Jenny Nyström design. Han liknar inte en dvärg eller
en gruvarbetare och definitivt inte en amerikansk Santa
Claus. Någon tillstymmelse till vresig svensk hustomte finns
inte heller i hans genetiska kod. Vi vet inte heller om han
har några bröder, he's just one of a kind, ja Herregud."
Tobbe skrattade högt.
"Jaså", sa Twist.
"Ja det har du nog rätt i", mumlade han lite fundersamt och
sneglade försiktigt på Rut som i sin tur betraktade minen på

Pernilla när hennes man omedvetet fortsatte att göra bort henne.

"Jag kommer ihåg förra hösten när det låg godis i mitt postfack på jobbet", fortsatte han.
"Jag tackade tomten för godiset både i personalrummet och på Facebook, mest på skoj men jag visste ju inte vem som var skyldig till gåvan. Snart var det fler som tipsade tomten om var deras postfack var och snäll som han var började han pytsa ut godis till alla som önskade. Jag tror att tomten till slut jobbade ihjäl sig för strax därefter fick jag ett anonymt rim i mitt postfack som antydde att tomten var typ död eller så". Tobbe läste ur minnet:
Liten tomte slita och släpa för flera pralin skall få äta, tomte tar hjälp av kartong och skrot för att... äh jag kommer inte ihåg fortsättningen. Och visst, R.I.P. dagen efter var det tejp i backen och brottsplatsundersökningen var i full gång. Jag undrade mycket över det där faktiskt men släppte det nä...", Tobbe avbröts i sitt babblande.

...på stämningen göra bättring och bot, väl uppe vid de översta facken, faller han och bryter nacken, därav upphör snaskattacken, fortsatte rimmet, sa Pernilla.
"Det var jag som la dit godiset och rimmet. Jag var så trött på tomten och alla tomtelekar och ville få dig att känna detsamma. När det inte lyckades, försökte jag komma på ett bra sätt att bli av med honom. Jag ställde honom till slut på Mac Frödins kontor en dag när jag var där, och sen försökte jag få dig att tro att tomten förolyckats. Jag kunde ju inte bara slänga honom. Jag menar, så gör man ju bara inte med en tomte, eller? Va'?"

Twist bara stod där med öppen mun och undrade vad som pågick. För att göra någonting, sträckte han sig försiktigt över bordet och reste upp tomten till stående position igen. Han såg att skägget blivit lite platt av att ha hamnat i kläm och att några smulor hade fastnat i tomtens luva. Dessa borstade han bort lite förstrött samtidigt som han hörde Pernilla prata vidare.

"Och nu har jag stått här i ditt hem och ljugit också", sa hon och vände sig till Rut.

"Ja, det var vår tomte men kan vi få slippa ha den, snälla? Kan inte ni ta hand om den? Han kommer att må bäst här bland alla era djur och i er gästfrihet. Vill ni ta honom... please... jag orkar faktiskt inte med honom längre. Först var han var för busig, eller vi var och grannen var och vi kunde inte få något stopp på det hela. Tydligen. Och på landet i kylan kan han inte bo i sin ensamhet. Han behöver göra tjänst, tänker jag. Som det anstår en tomte."

"Men givetvis sa Rut, och en lögn... ja, det behöver du inte bekymra dig om, vi tänker alla fel ibland", sa hon, som fortfarande skämdes över att ha kikat i Pernillas kalender.

"Vi tar gärna emot tomten och hoppas att han ska trivas här hos oss, att vi duger som fosterhem åt den lille busen. Här kommer han att få det lugnt och skönt kan vi lova. Vi försöker leva efter den stulna devisen att fylla åren med liv istället för att fylla livet med år och tomten kan säkert bidra med det. Och verkligen, är det inte så att tomtar blir evighetsgamla? Då kan du och jag under samma evighet känna oss ganska unga här på gården", sa hon och vände sig mot Twist.

"Jag vet till och med var tomten ska få stå och speja", sa Twist som tog över ordet.

"Vi har en liten nisch i staketet mellan hönshuset och getternas boxar där vi hade tänkt skruva i en lampa för att få lite ljus i mörkare stunder. Nu har vi verkligen en anledning att göra det. Vår lille hustomte måste så klart få ledljus där ute när han vaktar ägorna åt oss och spanar runt. När han kollar framåt, bakåt och åt sidorna och skrämmer räven från hönsen så de slipper värpa färdig omelett."

"Att få vara här hos er, är också ett exempel på att fylla
åren, eller i vart fall eftermiddagen med liv", sa Pernilla och
tackade så mycket. Hon tyckte att det kändes så mysigt och
tittade med nyfikenhet på allt gott de dukat fram. Det var en
spännande blandning av allt möjligt, och hjälp så många
tandpetare?
Det påminde henne om när de varit i Barcelona på en av
alla Pinchosbarer som fanns där. Pinchos är små bitar av
bröd med ingredienser, många färger och kreativt dekore-
rade. Bröden hålls ihop av tandpetare och man blir skyldig
det totala antalet tandpetare som man lämnat på sin tallrik i
slutet av måltiden. Ett mysigt och trevligt sätt att kunna
testa många olika smaker en kväll. Det fanns bra och
mindre bra pinchosbarer i Barcelona, men med deras sed-
vanliga tur hade de hittat ett av de mest populära.

"Tänk att det finns ett pinchosställe här i Laduvik", sa hon
och nickade åt sin man.
"Ja, det var väl fantastiskt. Verkligen supertrevligt", sa han
och tittade på värdparet
"Jag vill gärna lyssna på allt ni hade att berätta om er seg-
ling", sa Twist. "Jag har själv provat en sån där Hobie Cat
en gång, när jag var ung. Det skulle vara så kul att höra om
era äventyr med båten."
"Ja, vi har massor att berätta! Och vi vill gärna att ni berättar
om era planer med äppelmusteriet, ja med gården över hu-
vud taget, som ni har på gång. Hur det är att leva så här",
kontrade Tobbe och svepte med blicken bort mot fönstret.

Pernilla berättade att deras nästa plan beträffade seglingen
var att åka till Australiens sydostkust, cirka femton mil söder
om Sydney, för att delta i Hobie VM där. Det skulle bli så
ofattbart spännande och de höll just nu på att planera för
fullt. I slutet av januari skulle de sticka.
"Å wow, vad spännande!" sa Rut och Twist i mun på
varandra, det vill vi höra mer om... men först, hoppas att ni

har lust att göra oss sällskap med denna humörhöjarmat. Vad säger ni gott folk? Jag berättar gärna vad det hela innehåller och på vilket sätt humöret kan hållas på topp bara man äter rätt", sa Rut.
"Så kan vi få höra allt om seglingen sedan. Vi har förresten pratat lite löst om att åka till Grekland, något som även båtmotorreparatören och hans fru, ja Mac och Pia-Carin ni vet, de har fått lyssna på till leda vid det här laget. Där kan man väl också segla har vi sett", sa Twist och nickade menande mot Pernilla och Tobbe.
"Ja, det kan vi varmt rekommendera", sa Tobbe. Bättre semester kan man inte ha".

"Snälla ni ta för er", fyllde Twist i.
"Vi kan väl höja våra smoothies också för att vi sitter här. Låt oss fortsätta att njuta av livets allt. Hoppas att vi alltid orkar vara nyfikna, fylla våra kalendrar med härligheter men också tar oss tid att njuta. Här och nu." Rut tittade på honom. Hon var stolt, hon var glad, hon var kär.

"Twist, vad var det nu du sa om Lykopen, det där röda färgämnet som gjorde oss mer glada och vakna. Kanske det finns även i tomtens dräkt, så att han blir modigare och starkare där ute på sin vaktpost? Skål för att räven fortsatt är listig; Stay hungry but not foolish."
Twist och Tobbe tittade på varandra och Tobbe mimade: *PANG, PANG* till Twist nästan ljudlöst. Twist log.

"Skål!" Sa de alla i mun på varandra.

Tack!

Varje månad sedan hösten 2010 har jag skrivit om saker
som händer i vardagen. För er som månatligen följt min
blogg finns det mycket i Köttrymden som känns igen från
den. Den största skillnaden mellan bloggen och sagan, är de
personer som tillkommit och utgjort ramverket som allt
hängts upp på.

Det finns så mycket inspiration i vardagen i såväl människor
som händelser men också i det som sägs och skrivs. I mitt
huvud pågår det ofta en pjäs; fullt utrustad med kulisser,
scener, dialoger, pratbubblor och rekvisita, som följer paral-
lellt med mitt till synes vanliga liv. Detta dubbelliv har legat
till grund för både bloggen och manuset men har också
fyllts på av en ständig ström av idéer. Mycket av det som
händer runt mig, det som sägs eller det jag läser, hamnar i
små fack som jag sedan plockar friskt ur.

Men allting började faktiskt med ett RUT-avdrag och en
svajig båtmotor.

Alla likheter mellan verkligheten och bokens händelser, ka-
raktärer och platser är rena tillfälligheter. Det här är en saga
med mer eller mindre drag av verkligheten, men som till
största delen är en produkt av skribentens stolliga fantasier.

Nu vill jag först och främst hylla vardagen för allt vad den
bjuder på. Utan den, inget liv.

Och samtidigt tacka:

Vanja, Carina och Ida som troget läst min blogg och gett
glada tillrop och bekräftande omdömen.

Thomas som med sin blotta närvaro gett många uppslag
och lika generöst som tillitsfullt låtit mig skriva utan att nå-
gonsin själv få läsa. Som också varit teknikstöd, idébank och
layoutare.

Mia som engagerat läste en tidig version av bok ett och där
gett många värdefulla tips och sågningar kring uttryck och
formuleringar som jag förhoppningsvis undvikit därefter.
Och Vanja som bistått på samma sätt genom att läsa tre de-
lar, fast två gånger.

Joel, Ville och Pelle som genom att bara vara, gett idéer fast
de inte haft en aning om det.

Alla kända och okända skribenter och föreläsare som i
mängder av artiklar, krönikor, insändare, tal och notiser be-
skrivit händelser och fenomen. Med innehåll som varit så
spektakulärt och intressant att det tålt att berättas en gång
till fast på nytt sätt. Exempelvis ur Ruts och Pernillas per-
spektiv.

Människor och händelser knutna till mina arbetsplatser och
utbildningar, som utgjort grunden till mycket av allt spän-
nande i vardagen.

Dagspress och lokaltidningar, som återgivit på lättläst vis
vad olika studier resulterat i. Som också publicerat artiklar
om dråpliga händelser om sådant man inte trodde kunde
hända.

Google, Wikipedia och synonymlexikon, där allt finns att ta
reda på. Möjligheten har där funnits till att slå upp ord och
uttryck, leta fakta bland annat kring personer, detaljer,
syndrom, processer, regler och mycket mer.

Ett stort tack till dig som peppat mig sedan många år tillbaka med orden: ditt skrivande, det borde du göra någonting av, och dig som sagt något i stil med: människa, skriv en bok någon gång då, och till dig som tyckt: det du skriver borde fler få ta del av. Plus några andra som på sina vis har uppmuntrat mig.
Sist men inte minst: Utan Book on Demand, det vill säga plattformen för oberoende bokutgivning, hade det inte blivit bokformat av manuset.

Det blev en hel del waller men nu är det i alla fall klart.